욕망의 발견

간호윤 簡鎬允 | Kan, Ho-Yun

고전독작가(古典讀作家) 간호윤은 1961년 경기 화성, 물이 많아 이름한 '흥천(興泉)'생으로, 순천향대학교(국어국문학과), 한국외국어대학교 교육대학원(국어교육학과)을 거쳐 인하대학교 대학원(국어국문학과)에서 문학박사학위를 받았다. 두메산골 예닐곱 때 명심보감을 끼고 논둑을 걸어 큰할아버지께 한문을 배웠다. 12살에 서울로 올라왔을 때 꿈은 국어선생이었다. 대학을 졸업하고 고등학교 국어선생을 거쳐 지금은 대학 강단에서 고전을 가르치고 배우며 현대와 고전을 아우르는 글쓰기를 평생 갈 길로 삼는다. 저서들은 특히 고전의 현대화에 잇대고 있다. 『한국 고소설비평 연구』(2002문화관광부 우수학술도서) 이후, 『기인기사』(2008), 『아름다운 우리 고소설』(2010), 『당신 연암』(2012), 『다산처럼 읽고 연암처럼 써라』(2012문화관광부 우수교양도서), 『그림과 소설이 만났을 때』(2014문화관광부 우수학술도서), 『연암 박지원 소설집』(2016), 그리고 『아! 나는 조선인이다 – 18세기 실학자들의 삶과 사상』(2017)까지 모두 직간접으로 고전을 이용하여 현대 글쓰기와 합주를 꾀한 글들이다. '연구실이나 논문집에만 갇혀 있는 고전(古典)은 고리삭은 고전(苦典)일 뿐이다. 연구실에 박제된 고전문학은 마땅히 소통의 장으로 나와 현대 독자들과 마주해야 한다'는 생각으로 글을 쓴다. 연암 선생이 그렇게 싫어한 사이비 향원(鄕愿)은 아니 되겠다는 것이 소망이다.

휴헌 간호윤

욕망의 발견 소설이 그림을 만났을 때

초판인쇄 2018년 3월 26일 **초판발행** 2018년 4월 6일

지은이 간호윤 **펴낸이** 박성모 **펴낸곳** 소명출판 **출판등록** 제13-522호

주소 서울시 서초구 서초중앙로6길 15, 1층

전화 02-585-7840 **팩스** 02-585-7848

전자우편 somyungbooks@daum.net **홈페이지** www.somyong.co.kr

값 25,000원 ⓒ 간호윤, 2018

ISBN 979-11-5905-224-8 03810

이 저서는 2015년 정부(교육부)의 재원으로 한국연구재단의 지원을 받아 수행된 연구임

This work was supported by the National Research Foundation of Korea Grant funded by the Korean Government

(NRF-2015S1A6A4A01012030)

DISCOVERY
OF
DESIRE

욕망의 발견

소설이 그림을 만났을 때

간호윤 지음

환지통幻肢痛이라도 앓아야 하나 보다. 우리의 고소설, 즉 이야기적 존재인 우리를 있게 하였던 고소설은 지금 우리에게 잘려나간 부위에 통증이라도 느끼라는 환지통 환자라도 되라고 한다. 불과 몇십 년 전까지만 해도 할머니 무릎을 베고 들었던 이야기였다. 이 이야기들, 고소설은 "춘향이네 집 찾기 같다", "뺑덕어미 살구값이냐?", 강원도의 '심청굿', 병풍과 벽화 그림, 책 표지…… 따위. 책과 문자의 한계를 넘는 중층 의미와 개방성, 그것은 우리 삶 그 자체였고 고소설 편폭이었고 독자들 욕망이었다.

그 시절, 1910~30년, 분명 고소설은 '풍경風景의 발견發見'이었다. 그러나 현재 우리 고소설의 현주소는 '고전古典'이라는 이름으로 '고전苦戰'하는 몇 작품이 전부인 몰풍경이다. 또 고소설을 '학문입네'하며 호구지책으로 삼는 그들만의 경직된 관료문학이 늘수록 고소설과 독자 거리는 그만큼 멀어졌다. 이런 고소설과 독자의 생이별을 목도하자니 왠지 괴란쩍고 살풍경스럽다. 고소설은 이제 독자들에게 '2인칭 당신當身'이 되었다. 너나들이할 수 없는 '극존칭인 당신'이거나, 아니면 아예 상대하기조차 싫은 '극비칭 당신'으로 말이다.

이 책의 출간 목적은 이야기의 주인인 그들(독자들)에게 고소설을 돌려주려는 데 있다.

1910년~30년, 이 땅은 욕망의 시대였다. 조선 후기를 거치며 억눌린 중세 의식에서 벗어났다. 사람들은 각자 욕망을 꿈꾸기 시작하였다. 욕망을 이끈 것은 시각을 자극하는 신문물이었고 고소설 역시 욕망의 시대에 맞추어 시각문화Visual culture로 변신을 꾀하였다. 그것이 바로 '신연활자본고소설책의도'이다.

신연활자본고소설책의도는 '이야기'인 고소설을 그림체로 담아낸 책의도다. 그러니까 이 책은 바로 그 욕망의 시대, 고소설이 그림을 만난 이야기다. 설명을 보태자면 [글·말] 이야기가 [그림] 이야기로 된 것이 바로 '신연활자본고소설책의도'이고 이 책은 신연활자본고소설책의도 속에 담긴 이야기를 해보겠다는 말이다.

우선 다음 질문으로부터 머리말을 열어보자.

'고소설이 그림을 만났을 때인가?', 아니면 '그림이 고소설을 만났을 때인가?'.

'고소설이 그림을 만났을 때이다.' 비유하자면 밤톨이 밤나무가 되고 벼 씨앗이 벼가 되도록 해주는 것은 당연히 흙이다. 하지만, 밤이니, 풀이니, 나무니 나누는 것은 씨이기 때문이다. 고소설이 없으면 당연히 고소설이 그려진 병풍, 벽화, 책의 표지, 무속용 고소설도는 존재할 수 없으며 신연활자본고소설책의도도 이하동문이다.

조선 후기, 고소설은 그림을 캐스팅하며 장생불사의 연진을 시작하였다. 그것이 고소설도였다. 욕망의 시대, 이 고소설도를 이은 것이 신연활자본고소설책의도이다. 고소설도가 고소설의 정서적 재현과 회화사의 모방, 화공의 예술적 상상력과 표현이 아우러진 생활치레 그림이라면, 신연활자본고소설책의도는 기술과 물질적 욕망을 덧붙인 시장형 그림이다. 바로 이것이 신연활자본고소설책의도로 독자들에게는 초현실주의적인 장면이었다.

시기적으로 고소설도는 조선 후기에 그려졌거나 후일 그려졌어도 유사한 화법의 그림이고 신연활자본고소설책의도는 신연활자본고소설에 그려진 고소설 표지 그림이다. 이 두 그림은 그야말로 우리 고소설사에서 신기원을 써 내려갔다. 그것은 단순한 고소설의 대중화란 함의만이 아니다. 고소설이 읽을거리에서 볼거리와 시장경제로 진출을 뜻하기 때문이다. 당연히 신연활자본고소설은 단순히 서적이라는 고립적 존재가 아니다.

고소설이 그림이라는 조형 예술 및 출판문화와 만남으로 탄생한 신연활자본고소설책의도는 고소설의 발전을 이끌었다. 신연활자본고소설책의도는 이 땅의 독서대중을 휘어잡은 신연활자로 출간된 고소설 책가의 그림이다. 지금까지 필자가 조사한 신연활자본고소설책의도는 약 470여 편 남짓이며 생성 공간은 서울, 당대 복합적 문화욕구의 중심지였다. 신연활자본고소설책의도는 1910년대 수준 높은 그림이 많이 그려졌고 1920년을 거쳐 1930년 후반에 이르러서는 거의 찾아볼 수 없게 되었다.

신연활자본고소설책의도는 소설 외적 상황이 자못 흥미롭다. 정치·경제·사회 문화와 문화접변을 한 상호교차 지점에 놓여서다. 특히 신연활자본고소설책의도가 우리 고소설의 대중화에 직접적인 영향을 미친 이유는 바로 울긋불긋 오방색에 감춰진 시대의 욕망이었다.

이 책은 이러한 신연활자본고소설책의도 속에 들어 있는 욕망의 소설 사회학을 발맘발맘 따라잡아 보겠다. 고소설, 즉 이야기의 힘으로 작동한 신연활자본고소설책의도를 욕망이라는 키로

열고 들어가려 한다.

칸딘스키의 글을 보다 알았다. 단단한 유리창으로 차단된 밖을 보는 것과 신연활자본고소설책의도를 보는 방법이 다르지 않다는 것을. 그는 '유리창으로 차단된 밖'을 피안彼岸이라 하였다. 눈으로 확인한 신연활자본고소설책의도 저 밖, 그 웅성거리는 소리를 들어보아야 한다. 특히 논거의 준거와 거푸집인 틀, 논리와 성찰에서 벗어나 '직관·감정·마음'으로 고소설이 그림을 만났을 때를 보아야 하지 않을까? 그래 독자들에게 이러한 고백을 하지 않을 수 없다. '나는 이 책에서 무슨 대단한 미학을 운운하거나 장황한 고소설 이론을 펴려는 의도가 추호도 없다. 그럴 만한 학문적 견식도 없다. 다만 고소설을 가르치고 배우는 자로서 느낌을 순연히 풀어놓았으니 소박한 마음으로 읽어주었으면 한다.

아울러 이 책은 2014년 세종도서 학술부문 우수도서인 저자의 『한국 고소설특강 - 그림과 소설이 만났을 때』(새문사, 2013)와 연작 형태의 글임을 밝힌다.

'왜(Why)'

'어쩌면(may-be)'

이 책을 만든 두 개의 언어요, 내 공부의 숙주이다.

저자의 저서 『고전서사의 문헌학적 탐구와 현대적 변용』(박이
정, 2008)의 머리말이다.

그러한 것 같다. 이 책 역시 '왜 화공은 이러한 책의도를 그렸
을까?'에서 발걸음을 떼어 '어쩌면 이렇지 않을까?'로 마친다. 누
군가 말했다. 진정한 학자는 '거미보다는 꿀벌이 되어야 한다'라
고. 거미는 거미줄이라는 틀에서 벗어나지 못한다. 틀에 의거하
여 먹잇감을 찾고 살아간다. 꿀벌은 다르다. 쉼 없이 날아다녀야
만 생존할 수 있다.

꿀벌의 먹잇감 찾기는 저자의 연구방법론이다. 몇 해 전 '왜?'
부터 이 책을 마무리짓는 이 시점까지 회의의 연속이다. 어느 방
법론을 써야만 옳은지 솔직히 몰라서다. 그렇게 고민하다 찾은
게 이 방법론이다. 지금까지 고소설 전공자로서 감각을 최대한
활용하기로 하였다. 어떤 외국의 학문적 이론에 의지하기보다는
지금까지 30여 년 동안 나름대로 우리 고소설을 보고 느끼고 책

으로 써 낸 그 감정 말이다.

　여기 하나의 직물이 있다. 직물은 날실과 씨실로 이루어진다. 직물을 연구라 치면 연구하는 방법론이 바로 날실과 씨실이다. 따라서 신연활자본고소설을 욕망이란 이름으로 나누어 보았다. 사실 소설이란 욕망이 낳은 산물이기 때문이다. 이를 날실로 삼자고 하였다.

　다음에는 씨실이 문제였다. 씨실은 신연활자본고소설 발행량을 보면 되나 이에 대한 자료가 없다. 따라서 간행에 대한 산술적인 수치를 씨실로 삼기로 하였다. 이 날실과 씨실을 교직하면 신연활자본고소설책의도에 나타난 욕망을 추출해 낼 수 있다는 생각이다.

　일제 하 어느 거리의 수은등 아래서, 혹은 어느 허름한 책방에서 신연활자본고소설책의도를 보며 사람들은 무슨 생각을 했을까?

　이제 [글·말] 이야기의 [그림] 이야기, 그 욕망의 세계로 들어가 보자.

첨언 _ 이 책을 만드는 데 여러분들의 도움을 받았다. 책이 발간되는 대로 일일이 찾아 뵙고 고맙다는 말씀을 올려야 할 터이다. 그래도 나의 대학 은사이자 이 책의 구상에서 자료까지 제공해 주신 홍윤표 교수님, 현직에 계실 때부터 우리 그림을 사랑하고 어렵게 구입하신 신연활자본고소설을 연구하라며 저자에게 건네주신 권혁송 선생님께 깊은 감사를 드린다.

2018년 3월 휴휴헌에서 간호윤

차례

1
장

신연활자본고소설책의도란

무엇인가?

01　생성공간

　"금반지 구멍이 있다. 이 구멍은 금과 마찬가지로 금반지에 본
질적이다. 금이 없다면 구멍은 반지가 아니다. 그러나 구멍이 없
다면 금 또한 반지가 아니다." 프랑스 철학자 코제브의 『헤겔 독
해 입문』에 나오는 말이다.

　금반지와 공간의 만남! 금반지와 구멍이 만나 금반지 구멍이
되었다. 모든 삶이 그렇다. 사람과 사람, 사물과 사물, 혹은 사람
과 사물이 만나 새로운 세계를 만들어 낸다. 이렇듯 삶을 적어 놓
은 문학 또한 다양한 사물(사회, 문화, 경제 등)과 조우遭遇(만남)한다.

1910년대, 한국 고소설사에서 그림과 상업성, 그리고 문학 간의 조우, 그 독특한 상호작용을 보이는 조형 예술이 등장하였다. 바로 신연활자본고소설 표지도이다. 신연활자본고소설 표지 그림은 문학인 고소설이 새로운 조형 예술로 융합된, 금반지 구멍이다.

신연활자본고소설책의도는 세 가지 매체가 합쳐진 말이다. '신연활자본+고소설+책의도'[1]이다. 이 신연활자본고소설책의도는 1910년~30년 사이 일제 치하에 크게 유행하였다. 모든 작품의 산출은 당대와 무관치 않다. 그림은 더욱 그렇다. 조선 후기에 풍속화가 많이 그려진 것도 예외가 아니다. 문화사적, 혹은 사회학적인 상상력으로 시대를 읽어야 한다는 의미다.

신연활자본고소설책의도 생성 공간은 서울, 당대 복합적 문화욕구의 중심지였다. 애석한 것은 신연활자본 시대로 접어들면서 고소설의 지리학적 측면은 썩 달갑지 않게 되었다는 점이다. 1920년을 들어서며 서울, 그것도 종로 집중현상으로 방각본 고소설 시대를 함께 담당했던 안성, 전주가 소설사에서 서서히 그 이름을 감추었기 때문이다. 당시에 지방의 서포로는 대구 재전당서포 정도가 있을 뿐이다.[2] 전국에 산개하였던 고소설도도 이 무렵부터 자취를 감추었다. 이유는 신연활자본 인쇄소가 서울에만 집중적으로 설립되었기 때문이다.

당시 서울은 독서문화가 흥성거렸고 신연활자본고소설이 그 중심에 있었다. 그것은 분명 독서문화계의 큰 충격이었다. 신연활자본고소설은 방각본이나 필사본과 함께 세

1 『청춘』 1호 목차에는 "의화(衣畵 : 옷그림)(석판채색)-고희동"이라고 인쇄방법과 표지 작가를 밝혔다. 표지 그림을 의화라 싱안 것에서 진래의 책의(冊衣 : 책 옷), 책가의(冊加衣 : 책에 덧입힌 옷) 등 명칭에서 비롯되었음을 알 수 있다. 이에 대해서는 '4. 신연활자본고소설책의도' 항에서 자세히 살펴보겠다.

2 최호석, 「대구 재전당서포의 출판 활동 연구 : 재전당서포의 출판인과 간행 서적을 중심으로」, 『어문연구』 34권 4호 통권 132호, 2006년 겨울.

책점貰冊店에서 대본貸本될 정도였으며[3] 다양한 유통방식으로 판매하였다. 정가할인, 특별할인, 우편구입 따위가 그것이다.

이러한 유통구조가 자리를 잡으며 고소설이 하나의 문화산업으로 성장하였고, 고소설의 독자층은 우리 고소설사에서 정점까지 오르게 되었다. 여기에는 고소설에 대한 지식인의 자각도 한 몫을 하였다. 고소설을 사회 교화적 장르로 이용한 것이다. 신채호가 소설을 '국민의 혼'[4]이라고 한 것이나 박은식, 이광수 등의 소설관, 카프 계열 작가들이 소설의 기능을 극대화하려는 것 등이 바로 그것이다.[5] 특히 신채호는 "소설은 국민의 나침반"[6]이라고 하였으며 박은식 등은 계몽도구로서 소설의 가치를 적극 받아들였다.

여기에 신연활자본고소설 독자가 누구인가도 생각해 보아야 한다. 그들은 대부분 농민이나 공장 노동자들로 숨통이 조여오는 삶이었다. 아마도 그들은 이 신연활자본고소설을 읽으며 하루의 시름을 날렸을지도 모른다.[7] 인간은 서사적敍事的인 동물이다. 인간의 삶이 이야기이기 때문이다. 이 이야기 중 가치 있거나 남을 만한 것이 남아 된 것이 인정물태人情物態를 그린 소설이다. 당시는 근대를 관통하는 시공간이었다. 팍팍한 현실을 살아내는 노동자들로서는 세상살이에서 일어나는 인정물태, 그리고 권선징악의 결말을 보여주는 신연활자본고소설에서 절망의 마음을 희망으로 옮기는 등, 작으나 큰 독후讀後를 느꼈을 것이다. 그래서인지 우리 고소설사를 최초로 정리한 김태준金台俊, 1905~1949은 이 고소설을 '시민문학'[8]으로 이해하였다.

3 유춘동의 「구활자본 고소설 세책본 소개」(『대중서사연구』 제15호, 대중서사학회, 2006)를 보면 영풍서관에서 간행한 『사씨남정기』(1913), 동미서시에서 간행한 『소대성전』(1914), 신구서림에서 간행한 『팔장사전』 상·하(1917), 회동서관에서 간행한 『옥린몽』(1918), 조선서관에서 간행한 『월봉산기』 상·하(1916), 『언문서유기』(1919), 신명서림에서 간행한 『장한절효기』(1919) 등이 모두 세책본이다. 세책점은 1927년을 기점으로 자취를 감추었다. (세책점은 세를 받고 책을 빌려 주는 책방으로 세책집, 대본점貸本店이라고도 하였다.)

4 신채호, 「년 근금 국문소설 저자의 주의」, 『대한매일신보』, 1908.7.8

5 홍신선, 「한국 근대문학 이론 형성 과정에 관한 연구–1894~1919년을 중심으로」, 동국대 박사논문, 1987, 63~89쪽 참조.

6 신채호, 「소설가의 추세」, 대한매일신보, 1909.12.2.

7 김기진, 「대중소설론」, 『동아일보』, 1929.4.17 참조.

8 김태준, 『조선소설사』, 문예사, 1939, 268~269쪽에서 "조선의 소설은 원래 니야기책에서 출발했다. 그러한 내용과 형식이 양반사회의 퇴물이었다. 갑오개화를 중심으로 양반 대신에 이 땅도 시민의 사회가 되었다. 시민은 이양(異樣, 모양이 다른)의 문학을 요구하였다"라 적바림했다.

1910년, 신연활자로 인쇄된 신연활자본고소설의 시기는 이러한 생성공간 속에서 열렸다. 종로에서 만들어진 신연활자본고소설은 서적상들에 의해 전국으로 팔려 나갔고, 다시 이를 봇짐장수들이 메고 주로 시골 장터를 돌아다니며 팔았다. 『삼천리』 1935년 6월호를 보면 봇짐장수들이 천사오백 명이나 된다고 하였으니 그 숫자가 적지 않다. 서울에서도 서점 외에 야시장 한 귀퉁이에 신연활자본소설이 자리잡았다. 기록을 보면 "세창서관의 주인인 신태삼이란 자가 5일 동안에 50~60원 분을 메고 다니면서 하루에 20원씩 벌었다"는 기록이 있을 만큼 잘 팔렸다. 1920년대 노동자 하루 임금이 40~90전으로 미루어 그 값이 여하함을 짐작케 한다. 그러나 당대는 문맹률이 높았던 때다. 1920년대 문맹률이 80% 정도였는데[9] 고소설이 잘 팔린 이유를 김기진은 이렇게 일러준다.

"우리의 노동자와 농민은 반드시 눈으로 소설을 보지 않고 귀로 본다. (…중략…) 한 사람이 목청 좋게 읽으면 여러 사람이 듣는다. 듣다가 오줌이 마려워도 조금 더 듣고 싶어서 잠깐만 참자 하다가 오줌을 싼다."[10]

앞 시대부터 이어져온 전기수傳奇叟의 후예들도 있겠지만, 맛깔나게 고소설을 읽는 이야기꾼도 있었다는 의미이다. 이러한 이야기꾼들이 1960년대까지도 꽤 많았다. 그러니 문맹인 자들도 이 이야기꾼 앞에만 가면 신연활자본고소설을 읽는 데 아무런 문제가 없었다.

9 최준, 「언론의 활동」, 『한국사』 21, 국사편찬위원회, 1981, 57쪽에서 1928년 문맹률이 80%였다고 하였다.
10 김기진, 「대중소설론」, 『동아일보』, 1929.4.17.

02 신연활자본

'신연활자본'이란 명칭을 짚어본다. 신연활자본을 현재 학계에서 편의상 '구활자본'이라 부른다. 하지만 이는 엄밀하게 서양인쇄기술의 도입으로 신연활자로 인쇄한 책 명칭이기에 적절하지 않다. '구활자본'은 현재적 관점으로 보아서고 당대적 관점으로는 신연활자이기 때문이다. 구활자란 고려 때 이미 선보인 금속활자 일체를 지칭할 수도 있기에 시기적으로 곤란하다. 따라서 1900년 어름 활자본이라는 당대성과 이전의 활자까지 고려한다면 신연활자新鉛活字로 제언한다. 고소설이라는 명칭도 '고소설/구소설/신작구소설' 등이 뒤섞여 쓰였지만 학자들의 합의로 고소설로 칭한 바 있다.

이 신연활자본은 그동안 필사·목판으로 이어지던 인쇄기술의 혁명을 가져왔다.

03 신연활자본고소설

신연활자본고소설은 한 시대를 분명 풍미하였다. 한 시대라 함은 1910년에서 30년까지이다. 신연활자본고소설은 무단통치와 토지조사사업으로 일제의 식민지 정책이 노골화되고 조선인의 감정이 극도로 불편하였을 때인 1910년에서 20년대를 관통한다, 그것도 조선의 국심國心, 종로 한복판에서 일어난 일이다. 우리나라 출판사出版史를 따져 보아도 민족자존의 상징인 종로에서 가장 많은 고소설이 나왔으니, 일제와 사회학적 역학관계를 고려한다면 의미 있는 결과를 추론할 수 있다.

그렇기에 '일제의 정책에 의해 책 출간이 어려워지자, 부득이하게 1910년대, 20년대 우리나라의 출판은 고소설 따위를 팔아서 근근이 꾸려나갔다'는 출판사出版史 기술은 온당치 못하다고 생각한다.[11] '온당치 못하다'는 이유를 몇 들면 이렇다.

경술국치일을 당하기 전에도 이미 일본인 인쇄소는 10여 개소나 되어 업계를 장악하고 있었다. 합방 후에는 불과 2~3년 내에 30여 개소로 대폭 늘어나더니 전체 인쇄업계의 8할 이상을 점유하였다. 총독부는 1910년 11월 16일에 『초등대한역사初等大韓歷史』, 『대한지지大韓地誌』 등 51종의 서적을 판매 금지시키고 모두 압수하였다. 이와 같이 출판계에 대한 탄압이 가중되는 가운데 총독부 인쇄국은 민수용 인쇄물까지 흡수하여 한국인 민간 인쇄업계는 어려움에 봉착하게 된다. 그렇게 1910년대는 총독부의 가혹한 언론 출판의 통제 정책 때문에 한국인 인쇄업체들이 많은 어려움을 겪었다. 이런 어려운 시기 고소설 출간을 두고 딱히 범속한 상업주의라고 매몰찬 시선으로만 볼 수 없다.

'이중검열'[12]을 피하기 위하여 고소설을 간행하였다는 논리도 그렇다. 고소설을 부르던 말로 '육전소설六錢小說, 혹은 '이야기책'[13]이니 하는 말이 통용되던 때다. 6전이란 당

11 예를 들어 한기형, 『신소설의 근대문학적 위상』, 성균관대 박사논문, 1997, 128쪽에서 "신연활자본이 지닌 비현실의 세계를 탐닉하거나 상당 수 신소설이 지니고 있던 현실조작에 빠져" 등과 같이 절망적인 사회심리로 보는 경향이 있다. 그러나 신연활자본고소설은 대중의 요구에 의한 것이 아니라 출판사의 기획의도라는 점에 무게 중심을 준다면 이야기는 달라진다.

12 이중검열이란, 일제가 1907년 법률 제1호로 '신문지법'을, 1909년 2월 법률 제6호로 '출판법'을 발표한 것을 말한다. 이들 출판 관계법은 모두 언론과 출판을 제한하는 것이었는데 특히 제6호는 원고의 사전검열과 출판 뒤의 납본 검열이라는 '이중검열'이었다. 따라서 많은 책이 압수되었으며 출판은 더욱 까다로워지기 시작했다.

13 신연활자본고소설이 유행하던 당대 일반적인 명칭은 '이야기책'이었다. 현재 학계에서 이 신연활자본고소설을 '딱지본'이라 칭하는데 이는 근래 학자들이 사용하면서부터다. 더욱이 그 용어 유래조차 정확히 몰라 아이들 놀잇감인 딱지와 색채가 비슷하다거나 책 뒷장에 딱지처럼 붙이는 서점 이름이 있어, 혹은 크기가 작아 우표나 상품에 붙이는 딱지 따위에서 그 이름이 비롯되었다고 하니 이를 학술용어로 쓰는 게 옳은지 모르겠다. 더욱이 학문연구 대상을 '딱지본'이라 칭하는 것은 문학에 대한 예의도 아닌 듯하여 '신연활자본고소설'로 부르기를 제언(提言)한다.

시 국수 한 그릇 정도의 값이며, 또한 결코 고소설에 함량을 부여하는 용어들이 아님은 분명하다. 고소설 출판이 널리 대중화를 꾀함이 아니라 단지 이윤을 추구하고자 한 것이라면, 굳이 경박한 소설을 택할 까닭이 없다. 왜냐하면 아직도 한편에서는 소설을 야박하게 대할 때였기 때문이다.

당시 고소설과 근접해 있던 모리스 쿠랑M.courant,1865~1935 은 그의 『한국서지韓國書誌』에서 "중류계급조차도 이런 유의 소설책을 손에 들고 있는 것을 남에게 보인다면 얼굴이 붉어질 일이다"[14]라고 할 정도였다.

'육전'이란 가치와는 다른 육전소설의 광고문[15]도 곰곰 되짚어 볼 일이다. "넷 칙 가운듸 가히 전홀만흔 것을 가리혀 ᄉᆞ연과 글의 잘못된 것을 바로잡으며…" 같은 구절에선 고소설 출판이 재물 불리기에 영악한, 혹은 부득이한, 혹은 단순히 돈벌이용이 아님을 간취하기는 어렵지 않아서다.

로베로 에스카르피의 지적대로 출판 기능을 "선택하고 choisir, 제작하고fabriquer, 유통하는distribuer 것"[16]이라 함은 상업성을 다분히 드러낸 말이지만 동시에 선택, 제작을 하는 데는 출판자의 의식이 선명히 드러나 있음도 간과치 말아야 한다.

14 모리스 쿠랑, 이희재 역, 『한국서지』, 일조각, 1994, 69쪽.

15 신문관에서 1913년 발간한 『륙전쇼셜』 발간문은 이렇다.
근릭 칙 박는 법이 편홈을 ᄯᆞ라 답지 못흔 칙이 만히 나ᄂᆞᆷ 녜전부터 널니 힝ᄒᆞ던 칙을 구태 일홈을 밧고고 ᄉᆞ연을 고치되 혼이 쥬옥을 변ᄒᆞ야 와륵을 만들어 턱 업는 리를 탐ᄒᆞ는재 만호니 엇지 한심치 아니ᄒᆞ리오 우리가 이를 개연히 넉이여 크게 이 폐단늘 고칠 씌를 훌시 먼저 녯 칙 가운듸 가히 전홀만흔 것을 가리혀 ᄉᆞ연과 글의 잘못된 것을 바로잡으며 올치 못한 것을 맛당토록 고치여 이 『륙전쇼셜(六錢小說)』이란 것을 내오니 ᄉᆞ연은 녯 맛이 새로우며 글은 원법에 마지며 칙은 암젼ᄒᆞ며 갑슨 싼지라 ᄉᆞ희쳠군즛의셔는 다힝히 깃븜으로 마지시기를 쳔만 바라ᄂᆞ이다

16 로베로 에스카르피, 민병덕 역, 『출판문학의 사회학』, 일진사, 1999, 78쪽.

신연활자본고소설책의도

　신연활자본고소설책의도는 1910년대에서 1930년대까지 신연활자로 출간된 고소설 표지 그림이다. 신연활자본 고소설책의도는 화공이 먼저 독자를 상정하여 소설을 읽고 그린 초본을 인쇄공이 필름으로 인화하여 색깔에 맞추어 여러 번 인쇄한 책 표지이다.

　따라서 이 신연활자본고소설책의도는 출판물이라는 점에서 같은 고소설을 그림으로 그린 고소설도古小說圖[17] 와는 다르다. 고소설도 대부분이 벽화대용(석상), 사찰벽화용, 병풍용(족자), 책의 표지와 삽화용, 무속용(꼭두)인 반면, 신연활자본고소설책의도는 책 표지이기에 소설 내용을 단 한 장에 그려 넣은 그림일 뿐이다. 신연활자본고소설책의도가 상업성 그림임을 염두에 둔다면, ① 필선, ② 구도, ③ 형상, ④ 화재, ⑤ 화색 등에서 고소설도와는 다른 그림체를 만들어 냈다는 의미이다. 신연활자본고소설책의도에는 소설과 그림, 화가와 독자의 내밀한 긴장인 고소설 비평, 고소설과 회화의 긴밀한 관계망, 고소설과 속화라는 두 장르의 상호교섭, 표지를 통한 고소설 읽기와 상입직 맥락, 전방위적인 당대 문화 흡수, 문학사와 회화적 함의가 자못 다의적이고도 중층적으로 그물망처럼 얽혀있다.

　신연활자본고소설책의도는 영창서관, 세창서관, 경성서적조합, 광동서국, 조선서관 등 약 60여 개 출판사에서 발행하였는데, 소설 속 주인공들이 표지의 주를 이루지만 전

17 현재 미술계에서는 고소설도를 '민화'라 칭하고 설화도(說話圖) 혹은 고사도(故事圖)라는 하위분류에 넣고 있다. 하지만 이는 마땅히 '고소설도'라 불러야 한다. 이에 대해서는 졸고, 『그림과 소설이 만났을 때 한국 고소설도 특강』, 새문사, 2014, '1강 고소설도는 민화가 아니다'참조.

대에서부터 내려오던 구름, 나무, …… 따위 문화적 상징물들이 오밀조밀 숨겨있다.

신연활자본 출판사가 생긴 것은 1883년, 이후 1912년 유일서관에서 간행한『불로초』가 최초의 신연활자본고소설책의도이다.

이제 책의도라는 용어도 살펴보자. 선인들은 책표지를 책가의冊加衣, 책가의冊假衣, 책의冊衣, 가의加衣, 가의假衣, 책갑冊甲이라고 하였다. 책 표지를 '책에 입힌 옷'이라니 참 예쁜 이름이다. 따라서 책의 표지 그림은 '책가의도冊加衣圖(책에 덧입힌 그림)'나 '책의도冊衣圖(책 옷 그림)'라는 명칭이 가능하다.『세종실록』7년 7월 기록을 보면 "이제부터 진상하는 책의는 모두 흰 능화지를 쓰고今後進上冊衣 皆用白綾花紙"라는 글이 보이며 이 용어는 조선 후기까지 여러 문헌에 일관되게 썼다. 따라서 이 책에서는 '책의도'라는 명칭이 고전의 현재적 변용에 적합하여 이에 따르기로 한다.

이 새로운 조형 예술로 융합된, 즉 '신연활자본고소설책의도新鉛活字本古小說 冊衣圖'는 우리나라 고소설사에서 고소설만이 아닌 외적 요인으로 고소설 독서 대중화를 이끈 큰 결절이다. 이것은 당대에 새로운 '시각문화'가 일어났다는 의미이다. 고소설에 회화적pictorial인 책의도를 붙임으로써 듣는 고소설에서 보는 고소설로 시각장視覺場의 변화를 꾀했다는 말이다.

시각장의 변화는 신연활자본고소설책의도를 시각문화로서 이해해야 한다는 의미이다. 따라서 문학, 출판, 물질, 인쇄와 1920년대의 영화, 만화까지 아우를 수 있는 탈학제적인 '시각문화연구Visual Culture Studies'는 이 분야에 꽤 유용한 방법이다.

이것은 근대문명의 수입처인 일본의 영향과도 연결될 수도 있다. 신연활자본고소설책의도를 그린 이들이 당대의 신문물을 받아들일 수밖에 없었기 때문이다(하지만 이에 대한 저자의 이해 부족으로 이 부분은 후일을 기약한다).

고소설을 생산에서 유통까지 보면, 필사본이나 활자본이나 '생산-매체-수용자'라는 과정은 동일하다. 하지만 신연활자본고소설은 인쇄물이고 책의도라는 표지 그림을 넣어 시각적인 효과를 노렸으며, 이것이 책 판매에 영향을 준 광고라는 점에서 완연히 다르다. 이러한 점이 신연활자본고소설이라는 '텍스트text 망網' 전체 의미를 구현해준다. 텍스트 망 전체 의미를 책의 문자와 도상 이외에 서적이란 물리적 존재까지 확장시켜야 한다는 뜻이다. 이는 책의 외관에서 찾을 수 있는 물질성, 시각성, 유통성, 예술성, 상품성과 같은 책의 물리성이 고소설이라는 텍스트 망을 구성하고 있다는 점과 연결된다.

05 신연활자본고소설책의도 현황

우리의 출판은 신식연활자와 서양식 인쇄기세가 수입된 1880년대를 기점으로 나뉜다. 통리아문 박문국에서 『한성순보漢城旬報』를 발행한 것이 1883년(고종 20)이고 역시 우리나라 최초의 근대식 민간 인쇄 업체인 광인사廣印社 설립도 이때이다. 신연활자로 인쇄한 최초의 출판물은 『충효경집주합벽忠孝經集註合璧』으로 광인사에서 1884년 7월에 빛을

18 책의 전문화와 규격화는 대량생산으로 이어졌다. 고소설은 세책본과 방각본, 신연활자본을 거치며 규격화와 전문화되었다. 예를 들어 세책본은 가로 23~24.4cm, 세로 18~19.5cm이고 한 권당 장수는 30여 장, 한 면은 11행이고 1행은 14자 내외이다. 신연활자본고소설의 경우 가로 13cm 내외, 세로 19cm 내외, 한 권당 장수는 30여 장, 한 면은 17행이고 1행은 35자 내외이다.

『불로초』유일서관, 1912.8.10
최초의 신연활자본고소설책의도이
다. 『불로초』는 「토끼전」의 개작이다.

19 근대식 인쇄기가 도입되었다 하
더라도 출판문화는 신구 문화가 공존
하였다. 일부 방각본 고소설은 신연
활자본고소설 시대 이후에도 출판되
었다. 완서계간 『심청전』은 1906년,
안성판본 『양풍운전』은 1917년이라
는 간기가 보인다.
20 권순긍, 『구활자본 고소설의 편폭
과 지향』, 보고사, 2000, 325~340
쪽(부록) 참조.

쬐었다. 1896년에 대동서시,
1900년 초 고재홍서사(1907년
회동서관이라 개칭), 1905년에
는 김상만 책사(1907년 광학서
포로 개칭), 1906년에는 신문관
이, 1907년에는 박문서관이,
1908년에는 회동서관과 보급
서관이 설립되었다.

특히 1904년 12월, 탁지부
度支部에 새로 인쇄국을 설치하
여 전환국의 인쇄 시설과 제
지 공장을 이어 받은 것은 우
리의 인쇄사에 한 방점이었
다. 1900년대에 종로를 중심
으로 한 출판은 조선 최고의
위치를 점하였고 고소설 책도
여기에 맞추어 규격화되고 전문화[18]되었다. 일부를 제외한
대부분 방각본 고소설은 활자만 갈아타고 신연활자본고소
설의 시기로 이어졌다.[19]

지금까지 발행된 신연활자본고소설은 60여 곳의 출판사
에서 300여 종을 발행했으며 1960년대까지 1,000여 회 이
상 발행되었다.[20] 최초의 신연활자본고소설은 1908년 7월
에 광동서국에서 발행한 『강감찬전』이다. 그러나 표지 그
림이 없기에 신연활자본고소설책의도는 1912년 8월 10일
유일서관에서 간행한 『불로초』로 보아야 한다. 채색은 단

조로우나 거북 등에 올라 탄 토끼, 나무, 구름과 달, 수평선과 배, 그리고 원근법 사용 등 꽤 수준급임을 알 수 있다.

이제 신연활자본고소설을 발간한 눈에 띄는 출판사를 몇 찾아보면 이렇다.

홍순필洪淳泌이 설립한 성문사誠文社는 공평동에 있었는데, 『옥중가인』(1914), 『금강취유』(1915), 『소상강』(1915), 『초한전쟁실긔』(1917), 『현씨양웅쌍린긔』(1920) 따위 고소설을 인쇄하였다.

보성사普成社는 지금의 수송동에 있었는데, 『천도교월보天道敎月報』 등을 발행하는 출판 기관이었다. 보성사에서는 『수호지』(1913), 『노처녀고독각씨』(1916), 『황장군전』(1917), 『소운던』(1918), 『쟝비마초실긔』(1918), 『현토주해 서상기』(1919) 따위 어림잡아도 수십여 종 고소설을 발행 및 인쇄하였다.

대동인쇄주식회사는 공평동에 있었는데, 『강태공』(1920), 『정을선전』(1920), 『현토주해 서상기』(1922), 『금송아지』(1923), 『상화홍년진』(1926), 『초한전』(1926) 따위의 작품을 꾸준히 인쇄하였다.

이 외에 당시 고소설 발행소로 회동서관,[21] 덕흥서림,[22] 박문서관,[23] 조선서관,[24] 신구서림,[25] 신문관,[26] 세창서관[27]도 눈에 띈다. 그리고 견지동의 대창서원大昌書院은 72회, 경성서적업조합京

21 고제홍(高濟泓)이 창립한 서점으로 신구서적을 뒤섞어 팔았다. 창립시점을 『한국민족문화대백과』에서 1897년이라 하나 저자는 이에 대해서 분명한 견해를 갖고 있지 않다. 이 서점은 『유충렬전』(1913), 『증수 춘향전』(1913)을 시작으로 『사씨남정기』(1914), 『금산몽유록』(1915), 『옥린몽전』(1917), 『이진사전』(1925), 『최고운전』(1927), 『태조대왕실기』(1928) 등 30여 종을 발행하였다.

22 김동진(金東縉)이 주인으로 견지동에 있었던 덕흥서림은 『강릉추월』(1915), 『모사옥루몽』(1917), 『죠선태죠대왕전』(1926), 『옥년몽』(1913) 등 20여 종을 발행하였으며, 이후 1930년대까지 지속적인 영업을 하였다.

23 남대문에 있다가 봉래동으로, 그리고 지금의 종로 3가에 정착하였던, 노익형(盧益亨)이 설립한 박문서관에서는, 『심청전』(1916), 『정을선전』(1920), 『춘몽』(1924), 『슈뎡삼국지』(1928) 등 30여 종의 고소설을 간행하였다.

24 박건회(朴健會)가 주인으로 『삼국지』(1913), 『슈뎡삼국지』(1928), 『강감찬전』(1913), 『강태공전』(1913), 『금방울전』(1916), 『남정팔난기』(1915), 『한수대전』(1918) 등 17여 종의 고소설을 간행하였다.

25 『강상련』(1912), 『추풍감별곡』(1912), 『토의간』(1913), 『음양옥지환』(1914), 『배비장전』(1916), 『현수문전』(1917), 『이화정서전』(1931) 등 무려 50여 종의 고소설을 간행하였다.

26 최남선(崔南善)이 주재하였으며 『신교 옥루몽』(1912), 『신교 수호지』(1913) 등과 1913년부터 간행한 육전소설인 『심청전』, 『흥부전』, 『홍길동전』, 『삼설기』, 『저마무전』, 『사씨남정기』 등 10여 종을 발행하였다.

27 신태삼(申泰三)이 주인으로 『녀장군전』, 『이태백실기』, 『금화기몽유록』, 『장국진전』, 『홍길동전』, 『김인향전』, 『백학선전』 등 60여 종을 1960년대까지 간행하였다.

城書籍業組合은 49회, 조선도서주식회사朝鮮圖書株式會社가 31회 발행하였으며, 종로의 영창서관永昌書館은 51회, 한성서관漢城書館이 46회, 송현동의 광동서국光東書局이 34회에 걸쳐 고소설을 발행하였다.[28]

장소로는 고소설 발행 횟수 755회 중, 500회로 특히 종로 소재 출판사들이 많았다. 그런데 이들 출판사들은 발행소發行所, 발매소發賣所, 인쇄소印刷所 분매소分賣所, 총발행소總發行所 등의 명칭을 사용하였으나 정확하게 분화되지는 않은 듯하다.

지금까지 찾은 구체적인 목록은 뒤에 '[첨부] 신연활자본고소설책의도 목록'으로 정리하였다.

28 이외에도 앞에서 언급하였던 한남서림(翰南書林), 견지동에 있던 고금서해(古今書海), 종로의 광학서포(廣學書鋪), 동양서원(東洋書院), 경성서관(京城書舘) 등 출판사들이 다투어 1910~1930년대의 고소설을 간행, 판매하였다.

01 신연활자본고소설책의도 유형에 나타난 욕망

    앞장에서 보았듯 저 시절, 고소설은 독서계를 확장, 전진시켰고 독자들은 창의적으로 고소설을 향유하였다. 시가로, 민요로, 무가로, 속담으로, 벽화로, 병풍으로, 속화로 …… 그렇게 고소설은 저 시절을 살아내는 이들의 삶이었다. 하지만 동시대적 근대 문명과 겨룸도 마다않으며 '대중'을 탄생시켰던 고소설의 한창 때는 이제 지나갔다. 이제는 케케묵은 상투적 용어가 되어버린 '고소설'은 타가수정을 하며 근근이 질긴 목숨을 이어간다. '자차분하다'라는 형용사를 전제해야겠지만, 고소설이란 원천 콘텐츠(고유명사화된 고소설, 혹은 정전화된 소수의 작품이지만)가 지금도 영화, 연극, 패러디 등 장르를 가리지 않고 문화접변, 혹은 통섭을 수용하고 있는 것은 사실이기 때문이다.

문제는 고소설을 숙주로 기생하는 전국 대학 국문과 책상에, 대중과는 유리된 독과점품목으로서 놓여있는 고소설…… 몇몇 그들만의 리그가 된 작품만이 입시용으로만 남아 있는 것이 현실이다.[1] 아직도 이 땅에는 이야기적的 인간이 그때처럼 살아가는데 말이다. '고소설 연구로 뗏거리를 챙기는 자로서 매우 무람하다'라는 생각과 '오늘날, 우리들에게 고소설은 더 이상 잃어버린 과거인가?'라는 질문을 나에게 돌려본다. 학문에는 정답이 없고 길은 사방으로 열려 있으니 저 시절이 다시 오지 말란 법도 없다는 생각을 하며, 신연활자본고소설책의도 유형과 화법을 정리해본다.

1) 전통

신연활자본고소설책의도는 고소설도의 연장선상에 있다. 고소설도에서 '도圖'란 속화俗畵이니, 고소설을 속화로 그려낸 것이 고소설도이다. '속화'란 생활공간의 장식을 위해, 또는 민속적인 관습에 따라 제작된 속태俗態가 나면서도 실용적인 그림이다. 이 고소설도가 서구적 출판기술, 여기에 근대적인 회화기법과 어우러지면서 신연활자본고소설책의도로 발전한 것이다.[2]

[1] 오늘날, 우리들에게 고소설은 더 이상 잃어버린 과거인가? 고소설(국문학) 연구의 발전을 보려면 고전과 현대, 산문과 운문을 가르는 분과학문의 폐쇄성과 학연에 얽힌 올무에서 벗어나야한다. 그래야만 활발한 상호학제 간 연구를 통하여 기존의 몇몇 텍스트와 작품 연구만이 능사라는 학문 이론 중심에서 벗어난다. 폐쇄적 학문에 의한 '패러다임(paradigm)'과 '아비투스(Habitus)'도 전복적 변화를 꾀하게 된다.

문자는 천하공물이듯 고소설은 학자들만이 아닌 누구나 공유해야한다. 학문에는 정답이 없고 길은 360도로 열려 있다. 반문해 본다. '전국 대학 국문과에서 독만권서(讀萬券書)하고 행만리로(行萬里路)한들 교문작자(咬文嚼字)요, 연편누독(連篇累牘)일진저!'가 정녕이런가?

[2] 이에 대한 자세한 설명은 졸고, 「고소설도 목록화와 문화접변 연구」, 『고전문학과 교육』, 2013, 199~204쪽 참조.

여기서 '고소설도'라는 명칭을 잠시 짚는다. '고소설도'는 민화가 아닌 속화라야 한다. 고소설도는 이야기가 있는 도해圖解로서, 첫째, 도화서의 화공부터 사찰의 화승, 그리고 떠돌이 화가까지 그렸으며, 둘째, 풍속화에 속하며, 셋째, 속화는 녹취재의 정식 화문畵門이며 넷째, 병풍, 벽화, 무속화, 장식 등으로 나뉘기 때문이다.

속화는 주지하다시피 조선 후기 주로 서민층에 유행한 세속적인 그림으로 정식 그림교육을 받지 못한 무명화가나 떠돌이화가에서부터 화승畵僧과 도화서의 화원까지 그렸다. 따라서 데데한 그림이 주를 이루며 병풍·족자·벽화 등 다양한 유형으로 발전하며 일반 백성들과 친연성이 강하였다. 이 속화 중, 고소설도는 『삼국지연의』, 『구운몽』, 『춘향전』, 『토끼전』, 『심청전』, 『수호전』, 『곽분양전』, 『서유기』 따위, 그 고소설 수는 많지 않으나 개별 작품은 수 백여 폭이 국내외에 산재해 있다.

이 속화 고소설도와 신연활자본고소설책의도는 같은 점과 다른 점이 있다. 동일한 점은 고소설도와 신연활자본고소설책의도 모두 고소설을 속화로 그린 것이요, 고소설도나 신연활자본고소설책의도 모두 당대의 문화현상 또한 오롯이 담겨 있다는 사실이다. 하지만 고소설도의 유형이 주로 병풍용, 포교용, 신앙용인 반면, 신연활자본고소설책의도는 책의 표지로 유형이 좁아졌고 상업용으로 그림의 용도가 변경되었다는 점에서 그 차이는 왕청뜨다.

왕청뜬 차이는 소설과 그림 간 활발한 교섭에서 나아가, 출판문화의 생산·유통·소비는 물론 정치·경제·사회·문화라는 제반 현상이 어우러진 문화접변과 이어진다.

더욱이 신연활자본고소설책의도는 소설 전체의 주제를 집약하고 우리의 속화를 계승 발전한 소설 표지에 담아낸 그림 이야기다. 그림 하나하나의 상징성, 이야기의 압축성, 그림의 다의성이라는 회화사는 물론, 고소설사까지도 짚어야 한다. 여기에 신연활자본고소설책의도를 그린 이들이 허연 백지에 무심코 환을 친 것이 아닌 이상 일제치하와 근대화에서 오는 여러 문화접변을 표지에 그려 넣었을 것이라는 숨은 의미도 찾아야 한다.

현재 고소설도에 대한 연구는 미술학계에서 민화로 다루는 정도에 그쳐있다.[3] 신연활자본고소설책의도에 대한 연구는 그나마 미술학계에서 장문정[4]과 서유리,[5] 그리고 최근 이은주[6]의 논문 정도가 고작이고 국문학계에서는 일부 작품의 표지 그림을 모아 놓은 것[7] 외에는 전무한 실정이다.

이 글은 저자의 『그림과 소설이 만났을 때-한국 고소설 특강』을 잇댄 책이기에, 상호 연계선상에서 신연활자본고소설책의도를 목록화하고 문학과 조형예술이라는 장르의 조우와 융합, 그리고 여러 문화접변 현상을 살피는 것에 목표를 둔다.

범위는 신연활자본고소설로 한정한다. 신연활자본에는 신소설도 있기 때문이다. 신연활자는 1880년 이 땅에 상륙하였고 신연활자본고소설은 1910년에서 1930년 사이에 대다수 작품들이 햇볕을 쬐었고 그 끝자락은 1970년대 후반까지 보인다.

3 고소설도 전체를 아우른 연구서로는 졸고, 「고소설도 목록화와 문화접변 연구」(『고전문학과 교육』, 2013)를 확대·부연한 『그림과 소설이 만났을 때 – 한국 고소설도 특강』(새문사, 2014) 정도가 있을 뿐이다.

4 장문정, 『딱지본의 출판디자인사적 의의』, 홍익대 석사논문, 2001.

5 서유리, 「딱지본 소설책의 표지 디자인 연구」, 『한국근현대미술사학』, 20호, 2009.

6 이은주, 『딱지본 표지화의 이미지 연구』, 홍익대 석사논문, 2017.

7 소재영 외, 『한국의 딱지본』, 범우사, 1996.

8 서유리는 「딱지본 소설책의 표지 디자인 연구」, 『한국근현대미술사학』, 20호, 2009, 54쪽에서 표지를 1900년 말~1910년까지, 1920~1930년까지 두 시기로 나누었다. 이유는 "딱지본과 관련되는 제 분과의 생성 및 미술, 문학, 영화 등식민지 근대의 문화적 환경의 급격한 변모와 관련된다"라고 하며 이유를 영화의 대중성과 연결시켜 씬(scene)에서 찾았다. 서유리의 글은 딱지본 전체를 상대로 한 것이다.

9 이도영은 서울 출생으로 초명은 중일(仲一), 호는 관재(貫齋) · 면소(沔巢) · 벽허자(碧虛子) · 관주(貫舟)로 대대로 명문가의 자손이다. 12대 조가 월사 이정구이다. 가계는 그림을 그리는 이가 많아 부친인 이인승뿐만 아니라 이형승과 이교익은 모두 나비 그림에 뛰어났다. 안중식(安中植, 1861~1919) · 조석진(趙錫晉, 1853~1920)의 문인이다. 이도영에 대해서는 현영이, 『관재 이도영의 생애와 인쇄미술』, 홍익대 석사논문, 2001 참조.

2) 유형

고소설도의 유형은 그 조형 형태에 따라 벽화대용(석상), 사찰벽화용, 병풍용, 책의 표지와 삽화용, 무속용(꼭두)으로 나뉘었다 그러나 신연활자본고소설책의도 유형은 책의 표지만으로 단순해졌다. 따라서 신연활자본고소설책의도 유형은 표지만으로 한정하고 그 표지는 편의상 두 가지 작가군과 인물, 사건, 상징, 문구, 네 방향으로 나눌 수 있다.[8]

작가군은 크게 둘로 나눌 수 있다. 하나는 이도영 같은 전통 화가요, 하나는 무명 작가군이다.

(1) 전통화가

신연활자본고소설책의도를 그린 이들은 대부분 무명화가들이지만 그렇지 않은 경우도 있다. 그 대표적인 경우가 이도영이다. 이도영李道榮, 1884~1934[9]은 명문가 후손으로 조

『증상연예 옥중가인』 신구서림, 1914
좌측 제자 하단에 '관재가 서명하다'라는 '관재첨(貫齋籤)'과 '도영(道榮)'이라는 도인이 보인다. 소설의 가치를 높여 은연 중 독서 대중을 끄는 효과를 누렸다고 보인다. 이 책에는 이도영이 붓으로 그린 컬러 도판 1점과 목판화 8점이 수록되었다.
이도영은 나비와 꽃 그림에 유달리 뛰어난 솜씨를 보였다. 지조를 상징하는 매화와 국색천향(國色天香)인 모란, 파랑 나비를 그렸다.

『증상연예 옥중가인』 신구서림, 1914 에 실린 이도영의 목판화
그림 우측에 "엉둥춤츄는 츈향모"라는 삽어가 보인다.

선미술사에 큰 획을 그은 화가이다.

그가 치음으로 그린 직품은 〈몽건제갈량〉으로 25세 때이다. 그러나 『몽견제갈량』은 표지에 그림이 없고 삽화만 2점이 있다. 이외의 것으로는 〈선한문춘향전〉(동미서시, 1913), 〈홍도화〉(유일서관, 1909), 〈홍도화〉(동양서원, 1912), 〈십오소호걸〉(동양서원, 1912), 〈추풍감수록〉(동양서원, 1912), 〈행락도〉(동양서원, 1912), 〈황금탑〉(보급서관, 1912), 〈화중화〉(광동서국, 1912), 〈박연폭포〉(유일서

관. 1914), 〈정정5판옥중화〉(보급서관, 1914), 〈형월〉(박문서관, 1916)
이 더 있는데, 특히 〈춘향전〉 삽화가 눈에 띈다. 이들 그림에는
중일仲一이나 관재貫齋라는 낙관이 보인다. 이도영의 그림은 이 외
에도 상당할 것으로 보인다.

이도영의 그림은 전통적인 화법을 구사하였고 다른 신연활자
본고소설책의도보다 월등한 그림임을 한 눈에 알 수 있다. 그가

왼쪽
『강상련』 광동서국, 1912 에 실린
이도영의 목판화
"父親이 오작 비곱프랴 밥 엇어
들고 오는 심청"이라는 삽어가
보인다.

오른쪽
『황장군전』 세창서관, 1952

그린 책의도는 대부분이 상징물이나 인물이었다. 이도영은 목판화도 제작
하였는데 표지는 없고 모두 삽화이다. 이해소가 개삭한 『옥중화』(보급서관,
1912)에 목판화 7점, 『강상련』(광동서국, 1912)에 10점, 『증산연예옥중가인』
(신구서림, 1914)에 컬러 도판 1점과 목판화 8점이다. 『서한연의』에도 내지
에 목판화 삽화가 보인다. 목판의 재료는 돌배나무, 산벚나무, 살구나무나
대추나무, 피나무, 은행나무 등 결이 곱고 단단한 나무를 사용하였다.

흥미로운 것은 『(訂正九刊)옥중화』(박문서관, 1912)로 11편의 삽화가 보인

『(訂正九刊)옥중화』 박문서관, 1912

세 고소설 책의가 있다. 책의 우측 하단에 화성(華醒) 이승철(李承喆)
의 도인이 보인다. 이승철은 전문적으로 신연활본 고소설에 책의
도를 그린 장정가인 듯한데 구체적인 자료는 알 수 없다.(『동아일보』,
1993.12.8 참조)
화성은 소암(蘇巖) 김영보(金泳俌,1900~1962)가 편찬한 『꽃다운 선물』
(삼광서림, 1930)에 삽화 5편도 그렸다. 소암은 한국 최초의 창작 희곡
집으로 알려진 『황야(荒野)에서』(1922)를 출판한 이로 장정가(裝幀家)
이기도 하다.

다. 이 중 10편의 삽화는 이도영의 도인圖
印이 보이나 맨 처음 삽화는 총천연색으
로 도인은 화성華醒 이승철李承喆이다. 이
승철은 누향戾香 작 『대비극신소설 이별
의 루』(세창서관, 1952)에도 그림을 그렸
으나 자세한 연보는 알 수 없다. 또한 도
인은 없지만 『황장군전』(세창서관, 1952)
같은 경우는 말을 탄 황장군을 그렸는데
만화 기법으로 상당히 세련된 그림이다.

이외에 이당以堂 김은호金殷鎬 같은 화가
는 1912년 인쇄소 문아당과 영풍서관에
서 일한 경험이 있는 것으로 미루어 당대
의 화가들과 관계를 추론해 볼 수 있다.
이러한 화가들은 주로 1910년대에 활동
하였다. 이는 신연활자본책의도에 찍힌
벽솔碧率, 학전學田, 운령雲嶺, 원옥爰玉 등의
낙관들이 대부분 1910년대 신연활자본
에서만 발견되었다. 안타깝게도 이들에
대한 구체적 정보는 없다.

(2) 무명 작가군

신연활자본고소설책의도를 그린 이들은 대부분 무명화가들이나 신진
화가였을 것으로 추정된다. 그렇다고 무조건 화공의 실력이 떨어진다고
볼 수는 없다. 회동서관에서 간행한 〈손오공〉 같은 책의도는 그 수준이 대
단히 높다.

3) 판매

1910년에서 20년, 서울 경성의 거리는 모던보이와 모던 걸들의 세상이었다. 그런데도 수은등 아래에서 이 책이 잘 팔렸다. 지금으로 보면 조잡하기 짝이 없지만 당시는 그렇지 않았다. 1980년대, 컬러 TV 시대를 겪어 본 사람들은 안다. 참으로 신기한 경험이란 것을, 일상의 컬러가 몇 가지 밖에 안 되지만 컬러화되었을 때의 그 경이로움 말이다.

바로 그 신기한 경험을 만든 매체가 바로 신연활자본고소설책의도의 오방색이다. 이 오방색 컬러는 새로운 시기에 알맞은 욕망의 원색이었다. 이 오방색과 조곤조곤 이야기를 나누면 당대 왜 독자들이 신연활자본고소설을 읽었는지 알 수 있다.

(1) 오방색, 그 화려한 유혹

나는 색을 좋아하는 정도로 덕을 좋아하는 이를 만나지 못했다
吾未見好德如好色者也.

『논어』「자한」편에 나오는 구절이다. 유교의 요체인 덕을 색에 비견하고 있다. 욕망에 있어 색色의 강렬함을 지적하는 공자의 말이다. 여기서 색은 여인이기도 하지만 색깔로 본들 문제되지 않으니 바로 신연활본고소설책의도 오방색이다. 신연활자본고소설책의도의 설채법設彩法이 청록, 빨강, 검정, 하양, 노랑 등 오색이라는 점은 판매에 지대한 영향을 주었다. 그 중, 빨강, 노랑, 파랑 삼원색 계열을 주로 사용하였는데 표지로서 따뜻하고 화려함을 극대화하기 위해서다. 이를 다색인쇄多色印刷라 하는데

많은 부분에서 고소설도와 일치한다. "고소설도는 보통 오방색五方色 중, 중앙에 해당하는 적황색이나 담황색 바탕에 인물의 저고리는 녹색과 파랑, 치마는 빨강과 파랑, 남색이 많으며 사물 또한 녹색, 파랑, 빨강 따위이다. 오방색은 우주와 자연, 그리고 사람이 하나 되어 살고자 했던 우리 민족의 세계관이기도 하다."[10]

이렇듯 오방색이 어우러진 신연활자본고소설책의도가 바로 대중의 구매욕을 자극한 것임은 김기진도 진작 토로하였다. 고소설로 보면 그동안 청각이나 시각 위주의 독서방법에서 일종의 회화적 시각문화로 전환임을 알 수 있게 하는 자료이다.

그들이 이 위 冊책을 사가는 心理심리는 (一) 울긋붉긋한 그림 그린 表紙표지에 好奇心호기심과 購買欲구매욕의 刺戟자극을 밧고 (二)호롱불 미테서 목침을 베고 들어 누어서 보기에도 눈이 아프지 않흘 만큼 큰 活字활자로 印刷인쇄된 싸닭으로 好感호감을 갓고 (三) 定價정가가 싸서 그들의 經濟力경제력으로도 능히 一일, 二卷이권쯤은 一時일시에 사 볼 수 있다는 것이 購買欲구매욕을 刺戟자극함으로 드듸어 사가는 것이요 사 가지고 가서는 (四)문장이 쉬웁고 高聲大讀고성대독하기에 適當적당함으로－소위 그들의 韻致운치가 잇는 글이 그들을 魅惑매혹하는 싸닭으로 愛讀애독하고 (五)所謂소위 才子佳人재자가인의 薄命哀話박명애화가 그들의 눈물을 자아내고 富貴功名부귀공명의 成功談성공담이 그들로 하여금 慘憺참담한 그들의 現實談현실담으로부터 그들을 羽化登仙우화등선하게

10 졸고, 「고소설도 목록화와 문화접변 연구」, 『고전문학과 교육』 26, 한국고전문학교육학회, 2013, 29~30쪽.
이러한 색채감은 우리 민족이 내재한 공통특질인 흥과 멋의 색채인식이다. 공통특질이란 일반적인 정신능력이나 군거성 등을 말한다. 공통특질이 사람들에게 보편성을 갖는 이유는 거의 유사한 유전적인 잠재력을 갖고 있으며 유사한 사회문화의 압력 속에서 생활하기 때문이다. 융(C.G Jung)은 예술창조의 뿌리를 집단 무의식에 두고 있다. 그는 예술이란 개인이 창조한 것이지만 개인의 영역을 넘는 근원적이고 보편적인 것이 깃들어 있다고 보았다. 예를 들어 고구려 고분벽화의 색채 역시 갈색조를 바탕으로 흑색, 황색, 자색, 청색, 녹색 등을 써 화려하고 매우 인상적이다.

(위에서 언급한 우리 색채감에 보이는 '흥'을 흥미롭게 풀어 낸 견해가 있어 소개한다. 지상현은 그의 『한중일의 미의식』(아트북스, 2015)에서 우리 미술을 흥, 신바람, 열정, 해학을 동적인 조증(躁症)으로, 이와 상대적인 적조, 검박, 순응, 천연, 절제를 정적인 울증(鬱症)으로 파악하였다. 그림에 나타난 한국인의 마음을 이론화한 의미 있는 견해로 저자도 이에 공감한다.)

하고 好色男女호색남녀를 中心중심으로 한 淫談悖說음담패설이 그들에게 性的성적 快感쾌감을 喚起환기케하야 책을 버릴래야 버리지 못하게 함으로 그들을 혼자서만 이 冊책을 보지 않코 이웃 四寸사촌까지 請청하야다가 듣게 하면서 굽이굽이 썩거가며 高聲大讀고성대독하는 것이다.[11]

김기진은 고소설이 독서 대중을 사로잡게 만든 첫 이유를 '울긋불긋한 그림'이란 '신연활자본고소설책의도'에서 찾고 있다. 그림 자체도 눈길을 끌지만[12] 울긋불긋한 '신연활자본고소설책의도'가 독자에게 건네는 호기심, 구매욕을 정확히 지적하고 있다.[13] 이 말은 책 표지를 한번 본 사람들에게 그림과 색채 잔영이 강하게 남아있다는 의미이다. 이렇게 잠재적 독자로 남아있는 이들이 후일 신연활자본고소설을 구입케 하는 동인이 된다. "색채감은 문화, 지역, 풍속, 개인의 심미적 요소 등에 따라 매우 복잡한 과정을 거쳐 어떤 의미망을 형성"[14]하기 때문이다. 이는 문자의 자장磁場 속에 머물던 고소설의 과감한 외출로 시각문화로 이해할 만한 발언이기도 하다. 글자 인식보다 색 인지과정이 더 직접적이고 강렬하다는 점은 유념해야한다.

이러한 뚜렷한 색의 특징은 전통적인 것으로 무교와 오행사상 등에서 유래하였고 이것이 민중들의 속화와 연결되고 자연스레 고소설의 표지로 이어진 것이다.

특히 복장에 대해서는 유념해 볼 만하다. 당시 다수의 사람들은 흰색 옷을 입었기 때문이다. 당시 지식인들의 견해나 1930년 대 일본의 색복 장려정책도 이와 관련된다.[15]

11 김기진, 「대중소설론」, 『동아일보』, 1929.4.17.

12 비슷한 시기 일본에서 『수호전』 그림을 본 미야자키 이치사다((宮崎市定), 1901~1995)는 이런 기록을 남겼다.

"아버지의 장서 중에는 국민문고가 한 질 갖춰져 있었는데 바로 거기서 나는 다카이 란잔이 번역한 『수호전』 세 권을 발견했다. 별 생각 없이 책을 펼쳐보니 가츠시카 호쿠사이((葛飾北), 1760~1849)가 그린 삽화가 있었다. 호쿠사이가 그린 그림은 일본의 일반적인 무사 그림과 달리 품격이 있었고 뭔가 대단히 재미있어 보였다."

미야자키 이치사다 지음, 차혜원 역, 『중국사의 대가 수호전을 역사로 읽다』, 2006, 19쪽에 보이는 글이다. 미야자키 이치사다는 중국 연구의 대가이다. 그는 중국 연구와 인연을 소년 시절의 『수호전』 그림에서 이렇게 찾았다. 문자보다는 그림이 사람의 시선을 잡아끄는 것을 자연스럽게 설명해주고 있다.

13 신연활자본고소설책의도 모두 울긋불긋하지 않다. 1910년대에 만들어진 책의도는 목판화로 그려낸 흑백이기 때문이다. 따라서 신연활자본고소설 모두를 딱지본으로 정의하고 책표지가 모두 울긋불긋한 오방색으로 여기는 것은 잘못이다.

14 신철하, 「이미지와 욕망」, 한양대학교출판부, 2012, 164쪽.

15 이에 대해서는 와다토모미, 「딱지본 표지에 나타난 인물상과 근대적 인물화의 간격」, 『한국현대문학회 학술발표회자료』, 한국현대문학회, 2008 참조.

저작 겸 발행자 유철진(兪喆鎭), 『현토한문춘향전』, 동창서옥, 1917(신연활자본)

『절대가인』, 대창서원, 1920(신연활자본고소설책의도)

세 고소설 책의가 있다. 김기진의 말처럼 신연활자본 『절대가인』 책의에 시선이 끌릴 수밖에 없다. 간쇼제본(간동학이 필사) 『구운몽』(21.3×31.8cm)은 1915년. 이미 20세기에 들어섰고 활자본 시대가 열렸음에도 여전히 고소설을 필사했음을 알게 해주는 자료이다. 간동학(1899~?)은 경기도 화성군 장안면 사곡3리 홍천동에 거주했다.

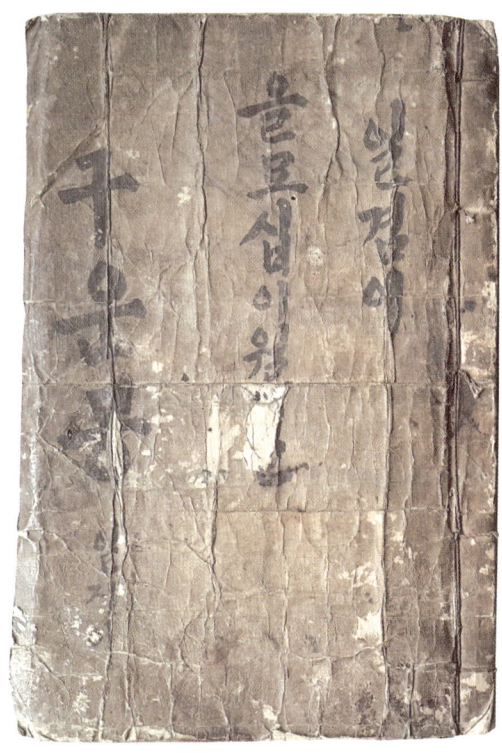

간쇼제본 『구운몽』, 1915(필사본)

그런데도 옷차림을 원색적으로 화려하게 한 것은 한글보다는 한자를 쓴 것과 같이 소설에 대한 가치 상승을 꾀한 데서 비롯된 것으로 읽어야 한다. 또한 고소설 속에서도 복장에 대해 구체적으로 묘사한 작품은 없지만 아예 〈동선화〉(박문서관, 1915)처럼 당시 복장으로 한 경우도 보인다. 〈오성과 한음〉(세창서관, 1952)도 현대식 두발을 하였는데 이는 고소설 속 인물의 복장을 현대화하여 소설의 사실감을 증대시키고 이를 판매로 이어지게 하려는 의도로 보아야 한다.

『**동선화**』 박문서관, 1915
남자 셋은 서문생과 그의 친구인 정만부와 최염이고 비파를 든 여자는 동선이다.
세 남자 모두 당대의 옷차림을 하고 있다. 그들은 구두를 신고 두루마기를 입었으며 신식 모자를 썼으며, 좌측에서 두 번째 사람은 카이제르 수염까지 길렀다.

그렇기에 신연활자본고소설책의도는 그림이 전달해주는 메시지 이외에 다양한 메타언어Metalanguage를 읽어야 한다.[16] 즉 인쇄물, 소설, 그림, 색, 구도…… 등 다양한 도상기호圖上記號가 내재해 있다는 의미이다.

"책을 팔기위한 연출방식, 대중에게 어필하는 방식, 광고 제작을 향한 열정."[17] 이것은 모든 출판문화가 지향하는 보편적 성격이다. 신연활자본고소설책의도는 이러한 공식을 충분히 따랐다. 그 제작방법, 편집체제, 장정, 화공(고소설도 작가, 만화가) 등에 있어서 전 시대 고소설도와 다른 점을 보이는 이유가 여기에 있다.

16 알버트 메러비안(Albert Meha-rabian)의 연구에 의하면 메시지 전달에서 말 7%, 준언어적 행위 38%, 비언어적 행위 55%라고 하였다. 도상기호로 이루어진 그림도 예외일 수 없다.
17 간키하루오, 문연주 역, 『출판천재 간키 하루오』, 2011, 115쪽.

신연활자본고소설책의도는 출판물의 표지 그림이기에 먼저 화공이 그림을 그리고 이것을 필름으로 떠 여러 번에 걸쳐서 인쇄를 한 것이다. 따라서 책의 체제를 보면 흑백보다는 총천연색,[18] 4호 활자, 한성체, 띄어쓰기,[19] 권점, 한자 병기, 대화체로 되어있다. 책의 정면에서 가장 윗부분에 자리한 것은 제자題字였다. 이 제자는 "화공이나 도안사가 책의도와 함께 그려 넣었다"고 한다.[20] 제자의 운용은 손글씨체, 정자체, 한자와 한글혼용이나 한자 우위이다. 한자 제명이 많은 것에서 한글과 한자에 대한 당대의 의식을 고려하여 소설의 위상을 높이려는 의도이다. 실질적으로 한자가 주고 한글은 토로만 쓰인 한문언토체漢文諺吐體 신연활자본고소설책의는 그림 없이 제목만 써 놓았다. 의도적으로 한자와 그림을 연결시키지 않으려 하였다. 이는 한문을 읽을 줄 아는 독자층이 그림을 싫어한다는 의미이다.

글씨체는 세로, 가로, 대각선, 원으로 꺾어 쓰기 등 다양하였다.[21] 이 제자 인쇄는 납활자였으나 그림은 그대로 고소설도를 유지하였다. 이는 화려한 시각적 효과를 노려 대중 판매를 노리는 상술과도 연관된다. 따라서 내용보다는 표지에 더 비중을 두는 듯한 인상이 짙은 것도 사실이다. 『여중화』(삼문사, 1935)에 보이는 광고문 일부에서 신연활자본고소설책의도를 왜 그려 넣었는지 그 연유를 찾아본다.

조선 고대소설 중에 『춘향전』이라면 누구나 모를 사람이 업다. 이번에 본사에서는 만흔 비용을 희생하면서 내용을 일신 식힌 일대 작품이다. 페지페지마다 너흔 그림은 참

18 『구운몽』(박문서관, 1918), 『현수문전』(태화서림, 1918), 『홍길동전』(덕흥서림, 1915), 『옥루몽』(신명서림, 1925(1917초판)), 『옥루몽』(향민사, 1967) 등은 모두 흑백이다. 1910년대 흑백으로 된 신연활자본고소설의도는 대부분 그림의 수준이 높다.

19 『불로초』(박문서관, 1920, 초판 1916), 『장화홍련전』(덕흥서림, 1930, 초판 1921) 같은 경우는 띄어쓰기가 되었으나 『숙영낭자전』(1920, 초판 1917), 『옥루몽』(1925, 초판 1917), 『월봉산기』(세창서관, 1961) 같은 경우는 붙여쓰기로 되어있다.

20 이 말은 현재 파주 활판공장에서 근무하는 김평진 님께(68세) 들었다. 김평진 님은 10세부터 현재까지 활판공장의 문선공으로 일하는 분이다.

21 대중의 이해를 위한 삽화, 도해(圖解)로 신문이나 잡지, 광고의 문장이나 내용을 보충·강조하기 위한 그림의 일종인 일러스트레이션(illustration)으로도 이해할 수 있다.

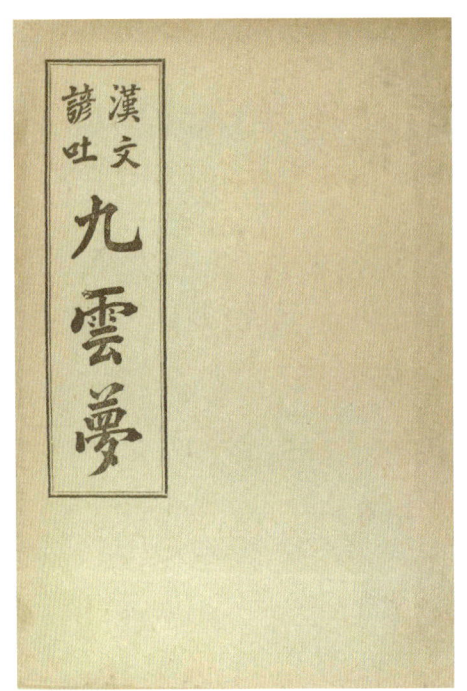
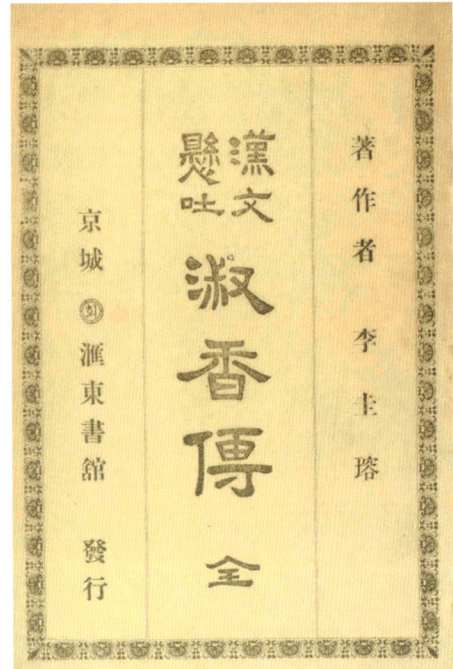

왼쪽
『한문언토 구운몽』, 유일서관, 1916

오른쪽
『한문현토 숙향전』, 회동서관, 1927

으로 본 소설의 특색이다. 전무후무한 일대 걸작품! 삽화만
보드래도 누구든지 생각지 못할 일대 소설! (떠어쓰기는 인
용자)[22]

책의도가 없는 경우 대다수 책은 '저
자와 제목, 출판사를 주로 삼단으로
세로 혹은 가로로 배치하였다. 이러한
문자 위주 책의는 디자인을 살리기
위해 외곽에 괘선을 둘렀다. 『한문현
토 숙향전』같은 외각 괘선이나 『한문
현토 구운몽』처럼 제목에 괘선을 치
는 것은 당시 문자 위주 책의에서 흔
히 볼 수 있다.

이 글은 최소한 두 가지를 알려준다. 하나는 특색 있게
그림을 넣은 것이고 하나는 많은 비용을 들였다는 말이다.
고소설에 대한 환전가치를 인정하였다는 추론을 가능케
하는 광고문이다. 이는 결과적으로 고소설의 대중화에 획
기적인 기여를 하였으니 김기진과 박종화의 글은 이에 대
한 단서를 제공한다.

재래의 소위 이야기冊책이라는 『玉樓夢옥루몽』, 『九雲夢구운

22 『만고열녀 여중화』, 삼문사,
1935, 뒤표지.

夢』, 『春香傳춘향전』, 『趙雄傳조웅전』, 『劉忠烈傳유충렬전』, 『沈淸傳심청전』 가튼 것은 年年연년히 數萬卷式수만권식 出刊출간되고 이것들 外외에도 『秋月色추월색』이니 『江上淚강상루』니 『再逢春재봉춘』이니 하는 二十錢이십전 三十錢삼십전 하는 小說冊소설책이 十餘版십여판씩 重版중판을 거듭하야 오되 이것들은 모다 通俗小說통속소설의 圈外권외에도 참석하지 못하여 왓다. 이것들 욹읏붉읏한 表紙표지에 四號活字사호활자를 바다 가지고 문학의 권외에 멀리 쫓기어 온 것이 사실이다. 그러나 新聞紙신문지에서 길러낸 문예의 사도들의 통속소설보다도 이것들 이야기冊책이 훨씬 더 놀라울 만큼 比較비교할 수도 업게 大衆대중 속으로 傳播전파되어 잇는 것도 또한 事實사실이다.[23]

나는 한문 공부를 하다가 피로하면 책사로 나갔다. 『구운몽』, 『옥루몽』, 『사씨남정기』, 『춘향전』, 『숙영낭자전』 등 겨우 책셋집을 통하여 어렵게 갈겨 쓴 세책만을 혹간 보다가 오색이 화려한 울긋불긋 호화로운 표지에 기름내가 산뜻한 새로운 장정의 고대소설이 쏟아져 나오니 아니 읽을래야 안 읽을 수가 없었다.[24]

김기진의 "소설책이 십여 판씩 중판을 거듭"이라는 말에서 당대 신연활자본고소설의 대중성을, 그리고 "욹읏붉읏한 표지"에서 딱지본의 위력을 한눈에 읽을 수 있다. 박종화의 말은 세책, 즉 방각본의 한계성과 신연활자본고소설의 차이를 극명하게 보여준다. 극명한 차이는 바로 "색이 화려한 울긋불긋 호화로운 표지에 기름내가 산뜻한 새

23 김기진, 「대중소설론」, 『동아일보』, 1929.4.14
24 윤병로, 『박종화의 삶과 문학』, 서울신문사, 1992, 175쪽.

로운 장정"에 있었다. 이는 독서자가 책을 선택하는 데 중
대한 영향을 미쳤음을 분명하게 보이는 발언이다. 즉 '색이
화려한 울긋불긋 호화로운 표지'나 '기름내가 산뜻한 새로
운 장정'은 당대 현대적 감각을 지닌 책이라는 기호학적 의
미[25]로까지 환치된다.

하지만 전대의 고소설도에서는 이러한 점을 찾을 수 없
다. 다만 고소설도는 독서 대중(전기수에게 들었다는 의미에서
는 청중)들에게 널리 알려진 소설 속 내용을 그린 병풍 따위
여러 유형으로 생활화되었다는 의미일 뿐이다. 전대의 필
사본이나 방각본 고소설이 독자의 선택에 의해 만들어졌
다면, 신연활자본고소설책의도는 책을 파는 이가 독서자
를 겨냥하여 계획한 것이기 때문에 이러한 차이를 만든 것
이다.

4) 화법

신연활자본고소설책의도는 당시로서는 초현실적인 장
면이었다. 그렇게 만든 요소로서는 오방색의 총천연색 그
림이라는 것도 밝혔다. 독자는 글을 몰라도 신연활자본고
소설책의도만 보고도 구매할 수 있었다.

하지만 신연활자본고소설책의도를 그린 화공으로서는
입장이 다르다. 화공으로서는 신연활자본고소설의 내용을
알아야 그림을 그리기 때문이다. 그림은 사물을 그리는 것
이지만, 고소설도는 고소설의 스토리 중 한 장면을 그리는

25 장 보드리야르(Jean Baudrillard)
는 "실재가 이미지와 기호의 안개 속
으로 사라진다"고 했다. 그의 견해를
빌리자면 당대 신연활자본고소설을
팔고 산다는 의미는 단순히 고소설책
(실재)을 산 것이 아니라, 눈이 화려
한 현대적인 물건(이미지와 기호)을
구입하였다는 의미이다. 즉 신연활
자본고소설은 그 표지와 장정으로 인
하여 하나의 기호학적 가치로 이해된
가성비 뛰어난 신문물이었다.

것이기 때문이다. 그것도 책의 장정인 표지이기에 상업적 디자인이다. 당연히 독자의 눈길을 잡아당겨야 한다. 단순히 고소설의 내용을 그려 그림의 장식적 기능을 중시하는 고소설도와는 완연다르다.

여기서 독자이자 구매자를 고려할 수밖에 없는 신연활자본고소설책의도는 그림의 정보적 기능을 중시하는 그림체로 변모하였다. 물론 출판물이라는 특성도 고려해야 한다. 이 과정에서 안타까운 점도 발생하였다. 세상사 모두 그렇듯이 일장일단이 신연활자본고소설에도 있다는 의미이다. 신연활자본고소설책의도가 인쇄문화에 힘입어 동력화, 표준화, 고속화된 출판물이기 때문에 아쉽게도 전대 고소설도에 보였던 흥과 멋은 여기서 사라졌기 때문이다.

이는 대량 인쇄로 인하여 다양성이 없어지고 획일화되었다는 단적인 증거이다. 여기에 서구의 미술 기법을 접한 화가들에 의해 전통적인 회화 방법도 사라지며, 역 원근법, 도안화, 근대적 풍물 등이 새로 등장했다.

그러면서도 신연활자본고소설책의도 모두를 이렇게 그림의 상업화라고 단정하기에는 많은 문제점이 있다. 우선 그것은 문학적으로 고소설이라는 문자언어를 그림으로 바꾼 것이요, 회화사로 조선시대와 현대를 잇는 교량적 역할을 하는 그림이라는 점 때문이다. 또 독서인으로서는 책을 구입하기 전에 독화讀畵부터 해야 한다는 선행 선택조건이 있다.

신연활자본고소설책의도는 이러한 점에서 여러 독서상황을 내재한 그림체로 읽힌다. 표지를 그린 화가 역시 이 모든 사항을 한껏 고려하였다. 이야기체를 그림체로 바꾼 경우이기에 화가는 이야기와 그림 모두를 이해할 수밖에 없어서다.

5) 주제

신연활자본고소설책의도 광고를 보면 대부분 재미와 기이, 권선징악, 감계, 효칙 등이다.

권선징악, 교훈이 될 만한 본보기인 감계, 본받아 법으로 삼는 효칙과 같은 교훈적인 주제는 아직 전근대사회로서 합당함직한 주제이다. 물론 고소설의 지배적 주제란 점도 맞다. 하지만 생각해보자. 재미와 교훈 중 어느 것이 더 흥미를 끌까? 교훈은 있지만 재미없는 소설은 많다. 그러나 재미는 있지만 교훈 없는 글은 얼마나 될까? 교훈을 지나치게 강조하면 진부한 잔소리만 된다.

이를 알고나 있었던 듯 신연활자본고소설책의도를 그린 화공은 재미와 흥미를 위주로 그렸다. 다만 주제를 강조하기 위해 책의도에 제목, 한글보다는 한자 등에 세심한 배려를 한 흔적이 보인다.

예를 들어 제목은 반드시 한자만으로 쓰거나 한글을 병기하더라도 한자 아래에 썼다. 사실 이것은 이미 고소설도 병풍에 보이는 형태로 고소설과 그림의 접점이요, 동양화의 화제에 해당된다. 이것은 글과 그림의 상호보완을 통한 새로운 이미지 창출이다. 다만 신연활자본고소설책의도가 전대의 고소설도와 차이점은 제목題目뿐만 아니라 삽어揷語[26]가 들어있다는 점이다. 삽어는 길고 한자로 되어있다. 『유충

왼쪽
〈심청전도 병풍〉전주역사박물관 소장
병풍 상단에 "萬古孝女 沈淸이는 夢中에 水晶宮서 母親 相逢"이라는 삽어가 있다.
누워 있는 심청이가 꿈 꾸는 것을 말풍선으로 그려 넣은 것이 흥미롭고 몽중 세계 용궁의 신비함을 그리려 해서인지 담황색 바탕에 붉은 계열로만 채색하였다.

가운데
『심청전』광동서관 : 박문서관 1920
〈심청전도 병풍〉(전주역사박물관 소장)과 거의 유사함을 알 수 있다. 두 작품의 선후 관계는 알 수 없다.

오른쪽
『금산사몽유록』회동서관, 1915

26 책의도의 제목과 혼동을 줄 수 있기에 '삽입된 말'이란 뜻의 삽어(揷語)라 하였다.

27 말풍선 기법은 꿈을 꾸는 장면에 보인다. 이미 석가모니 생애를 묘사한 팔상도인 도솔래의상(兜率來儀相)에서 마야부인에게 흰 코끼리를 탄 호명보살이 내려오는 꿈을 꾸는 장면이 말풍선 기법으로 처리하였다. 우리나라 통도사 팔상탱 도솔래의상 역시 이 기법이다. 『형상백옥』(신구서림, 1915), 『황월선전』(덕흥서림, 1928)과 신소설 『금수기몽』(신구서림, 1915)도 그렇고 중국에서 1500년대 발간된 『이탁오선생비평서유기』도 이 기법을 사용하였다.

28 이에 관해서는 서유경, 「『몽금도전』으로 본 20세기 초 「심청전」 개작의 양상」(『판소리연구』제32집, 판소리학회, 2011), 139~169쪽 참조

렬전』(덕흥서림, 1913) 같은 경우는 "유충렬劉忠烈이 정문걸鄭文傑을 베이고 명천자明天子를 구救하다"라는 삽어가 있다. 이는 작품의 주제를 책의도에 그대로 노정시키는 수법이다.

삽어가 있는 것으로 특이한 것은 『심청전』(광동서관:박문서관, 1920)이다. 이 신연활자본고소설책의도는 전주박물관에 소장된 〈심청전도 병풍〉과 매우 유사하다. 말풍선이 들어간 것과 심청이 수정궁에서 어머니를 만나는 꿈을 꾸는 장면이 두 작품의 상관성을 말해준다. 말풍선 기법[27]은 『금산사몽유록』(회동서관, 1915)에서도 찾을 수 있는 등 전통적인 기법이다. 후일 고소설이 만화화 되는 변화를 보이는 장면이다.

그런데 심청이 수정궁에서 어머니를 만나는 꿈을 꾸는 장면은 일반 『심청전』에서는 볼 수 없고 『몽금도전』에만 있는 내용이다. 『몽금도전』은 송동본을 저본으로 하여 1916년에 개작한 작품으로 작가가 누구인지는 알 수 없다.[28] 이로 미루어보면 위 〈심청전도 병풍〉은 모두 1916년

이후 작품임을 알 수 있다. 해방 후에 간행된 『심청전』(세창
서관, 1952)은 광동서관 책의도를 모사했다.

　『여중호걸女中豪傑』(세창서관, 1952)은 "元帥衝突都督脫圍
원수충돌도독탈위 天子擇婚舊緣顯露천자택서구연현로", 『여장군전』
은 "忠義女將충의여장, 戰地求郎전지구랑"이란 삽어를 하나로
적어 놓았다.

　한문제목을 그대로 고수한 경우도 있는데 이도영이 책
의도를 그린 『옥중가인』(신구서림, 1914) 같은 경우는 '증상
연예增像演藝 옥중가인獄中佳人(한선문춘향전漢鮮文春香傳)'이라 하
였다.

　이제 주제와 직결되는 사건을 보자. 『유충렬전』(덕흥서림,

왼쪽
『증상연예 옥중가인』신구서림, 1914
의 이도영이 그린 삽화
이도영의 그림이기에 고소설도 화법
에 충실하다. 원근법도 소실점도 없으
며 다중병치구도이다.
이러한 다중병치구도가 공간성과 통
시성을 무력화 시키며 장면화하여 독
자들의 흥미를 고취시킨다.

오른쪽
『이화몽』성문사, 1919

『음양옥지환』, 박문서관, 1914

화가는 원근법을 무시하였고 소설의 내용을 부감법으로 그렸다. 그림 내용은 소설에서 가장 중요한 부분이다. 그림 좌측 상단은 화만수의 딸인 수영이 책을 보는 장면이고 우측 하단은 화만수가 국량에게 옥지환을 주는 장면이다. 두 주인공의 결연이 시작되는 장면이다.

29 원근법은 1795년 정조의 화성행차를 그린 『원행을묘정리의궤』에도 보인다. 이 의궤 그림에는 화공의 시점에 따른 원근법에 의해 백성들이 임금의 좌마(坐馬)보다 더 크게 그려져 있다. 원근법이 없다는 점은 또한 이 그림들이 사실적이 아니라 생각 속에서 그려진 그림임을 알 수 있게 한다. 결국 고소설도나 신연활자본 책의도 모두 화공의 구상이 그대로 작품화된 그림이다.

30 이 숫자는 자료목록을 정리하며 바뀔 것이다.

1913), 『음양옥지환』(박문서관, 1914), 『흥부전』(박문서관, 1917), 『심청전』(세창서관, 1952), 『옥단춘전』(대조사, 1959) 같은 사건을 그렸다. 이러한 책의도들은 소설에서 가장 극적인 장면을 주로 위에서 아래로 내려다보는 부감법俯瞰法으로 그렸다. 원근법을 무시한 경우가 대부분인데, 이는 원근법에 대한 이해가 부족하기보다는 소설에서 중요한 의미를 그려내려 한 데서 원인을 찾아야 한다.[29] 대개 애정소설은 결연과정이나 중요 사건을, 군담소설은 가장 치열했던 전쟁 장면을 그렸다.

6) 구성

고소설은 대부분 주인공의 일대기를 다룬 '-전傳' 형식이다. 그렇다면 신연활자본고소설책의도는 플롯의 어느 부분을 가장 많이 그려 넣었을까? 발단 결말까지 5단 구성으로 하여 찾아보면 책의도:총 310 중, 발단:29, 전개:47, 위기:24, 절정:34, 결말:28, 알 수 없음:129, 관계 없음:13[30]으로 정리되었다. 이른바 소설에서 드라마틱한 극적인 장면은 위기~절정부분이라고 한다 하여도 20% 밖에는 되지 않는다. 오히려 알 수 없거나 아예 관계없는 장면을 그려넣은 것이 많다. 이는 신연활자본고소설책의도를 그린 화공이 소설의 구성보다는 본인이 생각하는 소설의 중심을 그렸음을 알 수 있다.

(1) 복합서사 공간 구성법과
단일 서사를 혼재

신연활자본고소설책의도에 보이는 복합서사 공간 구성법과 단일 서사를 혼재시키는 것도 화공의 인식에서다. 『영조대왕야순기』(대성서림, 1929), 『금방울전』(세창서관, 1952) 같은 경우는 아예 그림을 2단으로 선까지 그어 나누었다.

또한 편집 과정의 문제인지는 알 수 없지만 배경이나 인물이 잘린 경우를 쉽게 찾을 수 있다. 이는 전통적인 속화의 기법을 따른 고소설도에서는 찾아 볼 수 없다. 인물의 경시까지는 나아갈 수 없지만 주인공이 아닌 주변 인물이란 점에서 좀 섭섭한 느낌이 든다.

간혹 원근법이 쓰였다지만 소실점이 정확치 않고 시점 또한 다중시점(다중병치구도)인 경우도 보이는데, 이는 우리에게 내재한 인드라망적 사고[31]와 관련이 있다.

시간이 흐르면서 전대의 표지를 그대로 본뜨거나 심지어는 전혀 다른 표지를 사용한 경우도 보인다. 〈홍길동전〉 같은 경우는 덕흥서림(1915/흑백)과 신구

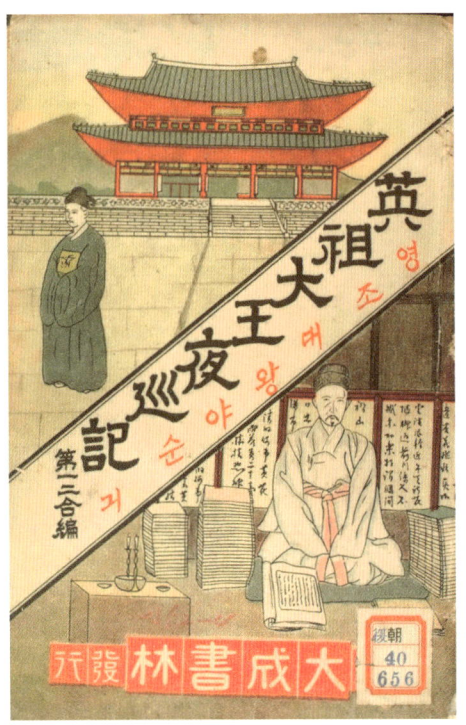

『영조대왕야순기』 대성서림, 1929
상단은 심생원 이야기이고 하단은 홍세영 이야기이다. 모두 영조임금이 밤중에 민정시찰을 나갔다 만난 사람들로 과거에 급제하게 된다. 화공은 아예 우측 상단에서 하단으로 제목을 배치하여 이야기가 각각 따로라는 것을 알려주고 있다.

31 인드라망은 반짝이는 보석이 끝없이 매달려 있는 거대한 그물로 보석들은 끊임없이 서로 빛을 주고받는다. 즉 이편짝은 저편짝의 구슬에 저편짝은 이편짝의 구슬에 비치기에, 이편짝만을 중심으로 보는 원근법적 사고는 우리에게 낯선 화법이 된다.
또 인드라망은 관계 의존적 기질과 관련 있다. 관계 의존적 기질은 '개인이 자신의 생각, 느낌 행동을 다른 사람과 연관하여 얼마나 독립적으로 자각'하느냐이다. 우리 민족은 이 관계 의존적 기질이 매우 강하다. 관계 의존적 기질을 강하게 드러내는 것이 곡선이다. 우리 건축물이나 물건, 그림에서 곡선 형태를 쉽게 찾아보는 것도 이와 연관된다. (이에 대하여 지상현, 『한중일의 미의식』, 아트북스, 2015 참조)

왼쪽
『홍길동전』 덕흥서림, 1915

오른쪽
『홍길동전』 신구서림, 1929

"홍길동이 율도국을 파하고 왕위에 나
가는 광경"이라는 삽어까지 동일하다.
덕흥서림 표지를 신구서림이 유사하
게 본떠 그렸음을 알 수 있다.

서림(1929/컬러) 모두 "홍길동이 율도국을 파하고 왕위에
나가는 광경"이라는 삽어까지 동일하다. 간행연도도 덕흥
서림이 앞서지만 신구서림 표지의 치졸한 수준으로 미루
어 덕흥서림의 표지를 신구서림이 유사하게 본떠 그렸음
을 알 수 있다. 〈장익성전〉 같은 경우 광문서시(1922)의 책
의도를 박문서관(1926)에서 그대로 모방한 것과 동일하다.

(2) 우측에서 좌측으로

지금은 그러한 부모가 없겠지만 어릴 때 왼손으로 밥을
먹으면 어른들은 그냥 두고 보지 않았다. 반드시 숟가락을
오른손으로 쥐게 하였다. 그것이 옳다고 여겼고 왼손잡이

를 마치 장애처럼 여겼다. 신연활자본고소설책의도는 모두 우측에서 좌측으로 구성되어 있다. 그림을 볼 때에도 우측에서 좌측으로 보아야 한다는 말이다. 이는 예부터 내려오던 전통적인 글쓰기 방법이다. 모든 그림 구도는 반드시 오른쪽에서 왼쪽으로 되었다. 앞의 〈홍길동전〉 그림도 동일하다. 물론 세로쓰기도 우측에서 좌측으로 읽는다.

(3) 초점

신연활자본고소설책의도를 그린 화공의 창의성이 제대로 드러난 부분이다. 사건, 시간, 공간, 여러 상징물 배치, 등장인물과 상관없는 남녀노소 등 제삼자 출현도 눈여겨 볼 만하다. 동양화에 전통적으로 보이는 여백의 미는 없다. 또한 책의도에는 분명한 시간이 흐른다는 점이다. 책의도는 그림 자체로서도 존재하지만 소설 속 시간 흐름 속에서도 존재함을 유념해야 한다. 따라서 독자 시선을 따라 그림 각각에 초점을 맞추고 이를 소설 속 이야기기와 연결시킨다면 책의도가 건네는 내용은 더욱 풍부해진 메타포metaphor를 독자에게 건넨다.

7) 형상

형상화는 기존 화법에서 변용이 필요했다. 신문물임을 강조하려면 그대로 그릴 수 없기 때문이었다. 하지만 생활인으로서 공간소 같은 경우는 그대로 그릴 수 밖에 없다. 공간소란 그림의 공간에 배치된 여러 사물이다. 이를 공간에 있는 사물이란 뜻으로 공간소空間素라 부르기로 한다. 가장 대표적인 것이 관습적으로 숨겨진 욕망의 상징이다.

(1) 가려진 욕망들

그림의 공간을 채우는 공간소는 거의 상징을 벗어나지 못하고 있다. 구름이나 달, 나무, 집, 상징적 도상 등, 동물과 식물 같은 자연물은 거의 고소설도와 엇비슷하다. 유기적인 형태의 선으로 이어진 도상이 주는 의미작용, 은유적 연상과 상징적인 문화적 해석이 전대 그림과 유사하다. 바로 신연활자본책의도에 가려진 욕망들이다. 가려진 욕망들은 책의도에 부수적으로 그려진 그림들이기에 간과하기 쉽다.

때론 지나치게 도상에 상징을 넣으려 해서인지 현실과 환상의 경계가 모호한 그림들도 많다. 인물과 봄꽃을 그려 넣은『춘향전』류인 동미서시(1913), 한성서관(1917), 박문서관(1917), 조선서관(1915), 대창서원(1925) 같은 표지가 대표적이다.

상징(이미지)이 지닌 의미는 개별적으로 파악하고 이를 종합하여 총체적인 의미를 찾아야 한다. 〈옥중가인〉(신구서림, 1914)은 인물은 없고 봄의 상징물인 복숭아꽃과 빨강, 파랑 나비만 그렸다. 〈옥중가인〉은 이도영의 작품으로 그가 잘 그리는 나비 그림이다. 〈언문춘향전〉(박문서관, 1917) 같은 경우는 나비와 국화를 그려 넣었고 〈이대봉전〉(영창서관, 1923)은 이름을 따 봉황을 그렸다. 국화의 지조와 나비의 춘심을 통한 사랑 상징이다.

1913년 신문관에서 발행한 육전소설은 동일하게 모란 당초문 문양을 그려 넣었다. 당초문唐草文은 줄기, 덩굴, 잎이 얽히고 설킨 식물문양을 이르는 호칭으로 책의도를 고급화하고 다른 고

왼쪽 위
『**일선문춘향전**』한성서관, 1917
매화를 그려 넣어 춘향의 지조 메타
포를 강조하였다.

오른쪽 위
『**언문춘향전**』박문서관, 1917
국화는 춘향의 지조를, 나비는 이몽룡
을 상징한다.

아래
『**옥중가인**』대창서원, 1925
광한루를 배경으로 나비와 이름 모를
꽃을 그려 넣었다.

왼쪽
육전소설 『**심청전**』 신문관, 1913
육전소설은 모두 동일한 책의도를
사용하였다. 헨리 위즈워스 롱펠로
(Henry Wadsworth Longfellow) 시집과
문양이 정확히 일치한다.

『LONGFELLOW'S POEMS』
1901

오른쪽
『**이대봉전**』 회동서관, 1925
남녀 주인공인 이대봉과 장애봉에서
'봉(鳳)'이란 이름에 맞추어 두 마리
의 봉황을 그렸다.
〈이대봉전〉, 영창서관, 1923과 동일
하다.

32 이은주, 『딱지본 표지화의 이미
지 연구』, 홍익대 석사논문, 2017,
94쪽 참조.

소설 표지와 변별을 기하려는 의도인 듯하다. 서양에서는 당초문을 아르누보^{프랑스어: Art Nouveau} 또는 유겐트슈틸^{독일어:Jugendstil}이라고 하는데 20세기 전후^{1890~1905} 유럽에서 유행하였다. 자연물, 특히 꽃이나 식물덩굴에서 따온 장식적인 곡선을 특징으로 삼고 있다. 당초문을 이용한 작품으로는 『심청전』(신문관, 1913), 『언문춘향전』(박문서관, 1917), 『이순신실기』(박문서관, 1925), 『황장군전』(신구서림, 1924) 등이 있다.[32]

상징물은 점차 인물 중심으로 변하였다. 광문서시에서 간행한 『장익성전』은 전형적인 남성 중심 영웅소설이다. 1920년 간행될 때에는 꽃문양이었으나 2년 뒤엔 장익성의 전투 장면으로 바꾸었다. 출간 연도와 인물 묘사 등으로 미루어 박문서관이 광문서시의 책의도를 모방하였다. 다음에는 구체적으로 인물의 형상을 보자.

왼쪽
『**장익성전**』 광문서시, 1920
장익성과 채운의 인연을 그렸다. 익성이 모란
꽃 아래에서 쉬고 채운의 꿈에 청룡이 모란 아
래에 있는 꿈을 꾼다.

왼쪽 아래
『**장익성전**』 광문서시, 1922
장익성의 전투장면

아래
『**장익성전**』 박문관, 1926
광문서시 모방

(2) 인물의 형상

고소설도에 비하여 신연활자본고소설책의도에서는 작품의 주인공만을 그린 경우가 꽤 많다. 고소설도는 전체적으로 어정쩡하고 투박하며 인물을 우스꽝스럽게 희화하거나 심지어는 괴기스럽게까지 그렸다. 그러나 신연활자본 표지에서는 그림이 치졸할지언정 이러한 인물의 형상을 전연 찾을 수 없다. 이것은 책의도를 그린 화공이 고소설의 내용을 크게 고려하지 않았다는 것을 귀띔 받게 한다. 이야기의 전개보다는 그림 자체에 비중을 더 크게 두고 있다는 의미이다. 주인공을 부각시키려고 원형틀을 사용하기도 하였다. 고소설 책을 사는 독자들 역시 그림을 보고 책을 사는 경우가 더 많다는 의미이다.

(3) 감정의 부재

신연활자본고소설책의도는 고소설도에 비하여 얼굴이 사실적이다. 남자이든 여자이든, 위인이든 평민이든 대체적으로 무표정하다는 특징을 보인다. 이것은 소설을 가깝게 접하면서 소설 속 인물이 더 이상 신비로운 인물이 아니라는 것과 몰개성화를 생각할 수 있다. 더 이상 신비로운 인물이 아니라는 것은 소설을 사실과는 다른 하나의 허구적 이야기로 인식하였다는 의미이다. 우리가 허황한 이야기를 할 때 쓰는 '소설 쓰고 있네'라는 관용어구도 이즈음에 만들어졌을 가능성이 있다.

그렇다면 주변 인물뿐 아니라 주인공조차도 희노애락애오욕 표현을 하지 않는 몰개성화는 또 어떻게 이해해야 하

〈**삼국지연의도**〉조선민화박물관 소장

위로부터 유비, 관우, 장비의 그림이다. 인물들의 눈초리가 위로 치켜 올라가거나 한쪽으로 쏠린 눈동자는 꽤 날카로움을 표현했지만, 가만히 들여다보면 고소설도 특유의 우스꽝스러움을 읽을 수 있다. 인물들의 희화화와 파탈의 멋은 여기서 나온다.

『**황장군전**』 박문서관, 1925

얼굴을 사실적으로 그리려 하였으나 표정이 없다. 꽃문양이나 구름은 고소설도에서 즐겨 사용하는 화법이다.

특히 원형 틀에 황운과 설연을 넣어 주인공을 부각시키고 있다. 이런 원형 틀 사용은 〈이순신실기〉(영창서관, 1922), 〈대담강유실기〉(발행자불명, 1922), 〈김유신실기〉(영화출판사, 1961)에 보인다. 주로 '-실기'나 '-전'처럼 한 사람의 주인공을 강조하려는 의도이다.

나? 혹 당대가 전근대의 접변기로 뚜렷한 의식이 없다는 점과 일제치하를 연계한다면 이해의 한 단서를 쉽게 찾을 수 있지 않을까 한다.[33] 그림도 점차 소설 속 사건과 동일하게 지나갔다. 이는 현실감을 증대하려는 데서 한 이유를 찾을 수 있다.

(4) 배경

이야기체를 그림체로 바꾸는 데 사용된 세 가지 방법은 이야기의 3요소인 인물, 사건, 배경이다. 그러나 소설 배경을 책의도에 그대로 살려 그린 경우는 없다. 이는 배경을 자세하게 묘사해놓은 고소설이 없어서다. 그래서인지 〈춘향전〉(동미서시, 1913), 〈이순신실기〉(박문서관, 1925), 〈황장군전〉(박문서관, 1925), 〈세종대왕실기〉(세창서관, 1961) 같은 작품은 인물만 그렸다. 이러한 책의도들은 대개 널리 알려진 작품으로 주인공만 그려 놓아도 누구인지를 분명히 알 수 있어서다.

하지만 배경이 없다 하더라도 화공이 임의로 그려 넣은 경우도 있었다. 특히 자연적인 풍경이 많다. 이는 배경을 중시하는 동양화 기법과 연유하지만 단순히 '한국의 미는 자연의 미'라는 관념적인 수사로 설명할 것만 아니다. 화공이 소설성, 즉 이야기라는 점을 부각시키려는 의도가 있기 때문이다. 따라서 다분히 환상성과 몽환성을 보인다. 『황월선전』(덕흥서림, 1917)은 권선징악을 다룬 소설이다. 책의도는 황공이 딸 월선을 얻는 꿈을 그렸다. 꿈이기도 하지만 학이 노닐고 구름과 붉은 나무와 멀리 낮은 산등성이가 자

33 이러한 감정의 부재를 근엄한 유교적 일상성이라고 하기에는 석연치 않다. 식민지 이전에 주로 그려진 고소설에서는 인물의 형상화가 매우 흥미롭게 살아있어서다. 따라서 이것은 일제 치하의 암울함, 혹은 식민지 백성으로서 정신사적인 측면을 살펴볼 일이다.

왼쪽
『**황월선전**』 덕흥서림, 1928

오른쪽
『**도승사명당**』 회동서관, 1928

못 환상적이다. 〈도승사명당〉(회동서관, 1928) 같은 경우는
사명당 뒤의 소나무를 환상적으로 그려놓았다.

(5) 필선

다음으로 살펴볼 형상화는 필선이다. 필선은 고소설도
와 신연활자본고소설책의도에서 뚜렷이 다른 점이다. "대
부분 고소설도의 선은 두툼하고 힘차며 원만하게 화취畵趣
와 화상畵像을 그려냈다. 멋의 한 특징인 흥청거림을 동반
한 휘움한 뒤틀림의 곡선임에 틀림없다. 속화와 공통, 간단
명료한 선 표현이 두드러진다. 가동적인 정지태, 멈추려는

움직임이 연속되는 율동성이 곡선성이다.[34]

그러나 신연활자본고소설책의도에서 이러한 필선은 이도영의 그림이나 〈삼국풍진산양대전〉(대창서원, 1922) 책의도 정도에서나 찾을 수 있다. 근대 문화의 발전은 비규격화, 곡선성, 추상성에서 규격화와 직선성, 사실성으로 나아갔다. 신연활자본고소설책의도 역시 규격화되면서 직선성과 사실성이 그림에 그대로 표현되었기 때문에 고소설도에서 보이는 율동성과 곡선성이 사라지게 된 것이다.

예를 들어 〈삼국지연의도〉(한국한글박물관소장) 같은 경우는 율동성과 곡선성을 볼 수 있으나 신연활자본고소설책의도에서는 그러한 모습을 찾을 수 없다.[35]

34 졸고, 「고소설도 목록화와 문화접변 연구」, 『고전문학과 교육』 26, 한국고전문학교육학회, 2013, 217~218쪽.

35 당연히 앞에서 언급한 것처럼 인물 표정도 개성도 없다. 이는 그림 형태를 잡아주는 선(骨)이 없는(沒) 몰골법으로 그렸기 때문이 아닌가 한다. 아마도 신연활자본고소설책의도가 문화자본으로서 생명력을 잃은 데에는 이러한 이유도 한몫 하였을 듯하다.

『**삼국지연의도**』 한국한글박물관소장

조조와 여포의 복양전투 장면이다. 이 전투에서 조조는 여포에게 크게 패한다. 사람보다 작은 산, 희화화한 얼굴이며 칼을 든 모습이 재미있다. 그야말로 속된 그림에 맛을 붙여 흥이 난 화공이 마음에 당겨 재미를 느끼는 이들을 위해 그린 고소설도이다.

『**삼국풍진산양대전**』 대창서원, 1922

신연활자본 고소설책의도 중 비교적 〈삼국지연의도〉에 가장 근접하다. 조자룡이 산양수를 건너 뛰어 마초를 구하러 가는 장면이다.

『**구운몽도**』 가회박물관소장

성진이 팔선녀와 만나는 장면이다. 그야말로 속된 그림에 맛을 붙여 흥이 난 화공이 마음에 당겨 재미를 느끼는 이들을 위해 그린 고소설도로 보는 이에게 무한상상의 세계를 펼쳐준다.

『신옥중가인』 대창서원, 1918.

『여중화』 삼문사, 1935.

춘향과 이몽룡의 모습이다. 인물의 표정이나 개성도 없다. 고
소설도와는 달리 초본(草本)이 없기에 윤곽선도 없다. 색채나
수묵(水墨)을 사용하여 형태를 그리는 몰골법(沒骨法)으로 그린
책의도가 많다.

대부분의 고소설도는 구륵법(鉤勒法)으로 그렸다. 단선으로 그
리는 것을 구(鉤)라 하고, 복선을 사용하는 것을 륵(勒)이라고
하는데 아래에 초본을 깔고 그리거나 틀을 먼저 만들어 그리는
방법이다.

춘향과 이몽룡의 모습이다. 비교적 곡선은 살아있으나 고소설도에
서 보이는 흥취는 전혀 찾아 볼 수 없다. 예술과 경제행위라는 창조
적 상호조응의 신연활자본고소설책의도라 하여도 성장을 멈출 수
밖에 없는 이유이다.

3장
신연활자본고소설책의도에 나타난 욕망 *

01 고소설이란 무엇인가?

사람이 이 세상에서 살다 간 흔적이 무엇일까? 아마 '이야기'가 아닐까. 누구나 크고 작든 이야기를 남긴다. 남긴 이야기는 시간이 흐르며 잊힐 만한 것은 잊히고,' 남을 만한 것'은 남는다. 그리고 남을 만한 것들 중 일부가 '소설'이 된다. 이 '소설'이 바로 당대를 살고 간 이들의 욕망을 가장 잘 담아낸 형식이다.

신연활자본고소설 역시 이와 다르지 않다. 독자제위께서는 우리의 고소설을 어떻게 생각하는가?

* 이 장은 졸고, 『아름다운 우리 고소설』(김영사, 2010)의 '1. 고소설이란 무엇인가?'를 정리하였다.

혹 '옛날의舊'라는 관형사가 붙었다는 이유만으로 멸시하거나 폄하하지는 않는지?

프랑스의 철학자이자 사회학자인 장 보드리야르Jean Baudrillard는 대중과 대중문화, 미디어와 소비사회 이론으로 유명하다. 그는 사물을 물리적 실체로 보지 않고 기호로 파악한다. 그러니 내가 오늘 산 옷은 몸을 싸서 가리거나 보호하기 위한 피륙이 아닌, 이름 없는 중저가 브랜드에 지나지 않는다. 이름 없는 중저가 브랜드, 즉 내가 입은 옷은 그렇게 시장표 기호이기에 당연히 '○○○○○○' 따위의 명품 브랜드(기호)를 착용한 이와는 차이差異, difference가 아닌 차별差別, discrimination을 생산한다.

'차이'는 서로 같지 않고 다르다이고, '차별差別'은 둘 이상의 대상을 각각 등급이나 수준 따위를 두어서 구별한다. 티코와 그랜저를 더 이상 교통가치가 아닌 빈부의 격차로 보는 것처럼, 혹 '이 글을 보는 독자들도 고소설과 현대소설을 차이가 아닌 차별로 보는 것은 아닌지?' 하는 우문을 던지며, '저 시절 사람이 이 세상에서 살다간 흔적인 니약이의 이야기'를 시작해 보겠다.

'고소설古小說, Ancient Korean Novels'의 재래적인 명칭은 소설, 패설, 패관, 고설, 신화, 연의소설, 전기傳奇, 패관소설, 패사, 통속소설, 언패諺稗, 諺課稗說, 諺書古談, 諺課, 또는 이야기(얘기, 니약이, 니야기)책(척)이다. 특히 언패는 언문諺文으로 된 소설이라는 뜻으로서, 국문소설만을 가리키기도 한다. 또 고대소설·고전소설·구소설이라 부르기도 했지만, 현재는 고소설로 정착되었다.

고소설은 학술상의 명칭으로는 '소설'이라고만 하면 된다. 하지만 갑오개혁(1894) 이후의 소설과 구별하기 위해서 주로 '고소설'이라는 용어를 사용하는 것이다. 그렇지만 '개화기 소설'이라 부르는 1904년 『대한일보』에 연재된 「관정제호록灌頂醍醐錄」과 1906년 같은 신문에 게재된 「청루의녀전靑樓義女傳」, 『대한매일신보』에 연재된 「보응報應」 등에서도 고소설의 모습을 찾을 수 있다. 즉 화설·각설 등의 고소설식 어두사와 판소리의 율문체(「관정제호록」), 공간적 배경이 중국이며 빈번한 고소설의 상투어 사용(「청루의녀전」), '-더라'식 어투와 권선징악인 주제(「보응」) 등이 그 구체적인 증거들이다. 여기에 고소설이 실상 20세기 초까지 창작된 것으로 미루어 어느 한 시점을 못 박아 고소설과 현대소설의 기준으로 할 수는 없을 듯하다.

우리의 소설 개념은 한자 문화권인 중국과 유사하다. 그렇기에 우리의 소설을 논함에 중국의 소설비평사를 먼저 참조할 필요가 있다.

현재 중국에서 최초로 '소설'이라는 이름이 보이는 것은 장주莊周, B.C. 약 369~289의 『장자莊子』니 물경勿驚! 2000년도 훨씬 전이다. 『장자』에 보이는 소설이란 말은 임나라 공자公子가 큰 낚시로 커다란 고기를 잡아 어포魚脯를 만들었다는 이야기 다음에 나온다.

이윽고 후세의 작은 재주로 이야기를 말하는 사람들이 서로 놀라워하며 그 이야기를 하였다. 무릇 가는 줄을 맨 낚싯대를 들고, 작은 도랑에 가서 붕어 같은 작은 고기를 기다리는 사람들은 이처럼 큰 고기를 잡기는 어렵다. 이와 마찬가지로 소설을 꾸며서 높은 명예나 칭찬을 구하는 사람은 큰 깨달음과 거리가 멀다. 그러므로 임나라 공자의 이야기를 들어 본 적이 없는 사람은 함께 세상을 경륜하기에는 역시 크게 부족하다己而後世輇才諷說之徒 皆驚而相

告也 夫揭竿累 趨灌瀆 守鯢鮒 其於得大魚難矣 飾小說以干縣令 其於大達亦遠矣 是以未嘗聞任

氏之風俗 其不可與經於世亦遠矣.

여기서 소설이란 '작은 재주를 가진 사람들이 지껄이는 이른바 큰 깨달음과는 거리가 먼 작은 이야기' 정도로 볼 수 있다. 큰 깨달음이란, 『논어論語』의 「자장子張」편에 나오는 소도小道와 상대되는 대도大道이다. 본래 '작은 도리小道'라는 것은 농사꾼이나 무당들의 도리를 말한다. 즉, 군자들이 말하는 '세상을 다스리는 도리 및 자연이나 사회 발전의 법칙으로서 도리와 상대되는 개념' 쯤으로 이해해 봄직하다.

환담桓譚, B.C. 약 23~A.D. 50은 "소설가의 부류는 자잘한 이야깃거리를 모으고, 가까운 곳에서 비유적인 이야기들을 취하여 짧은 책을 지은 것이다若其小說家 合叢殘小語 近取譬論 以作短書"라고 소설을 정의하였다. 유언비어流言蜚語라고나 할까. '자질구레한 이야기' 혹은 '작은 이야기'로 낮추보는 소설 개념이다.

소설의 태생은 이렇듯 영 '잡것 출신'이었다. 하지만 첨언컨대, 여기서 잡것 출신이란 어디까지나 겸사謙辭이다. 소설의 설명이 이렇다 하는 것일 뿐, 오히려 소설은 '소설小說과 대설大說의 회통會通: 언뜻 보기에 서로 어긋나는 뜻이나 주장을 해석하여 조화롭게 함'이라는 점을 잊지 말아야 한다.

이러한 중국 소설의 개념은 우리 고소설과 표리관계이다. 그렇다고 직수입이란 소리는 아니다. 중국소설의 후광을 과도하게 들이댈 필요는 없다. 우리나라에서는 김부식金富軾, 1075~1151의 『삼국사기三國史記』 권26 『고구려본기高句麗本紀』 제10 '보장왕 하寶藏王下'에 처음 보이니 "유공권의 '소설'에 말하기를柳公權小說曰"이 그것이다. 그러나 여기서 유공권柳公權, 778~865은 중국 당나라 유명한 서예가이니 문헌에 소설이라는 용례가 보이는 것으로 만족할 수밖에 없다. 우리나라 사람으로는 고려 공민왕 때 고승高僧 경한景閑, 1299~1375의 법어 편명法語 篇名인 『흥성사입원소설興聖寺入院小說』이란 문헌에서 '소설'이란 용어가 보인다.

흔히들 이규보李奎報, 1168~1241의 『백운소설白雲小說』에서 우리나라 최초로 소설이라는 명칭을 찾는다. 그러나 『백운소설』이 홍만종洪萬宗, 1643~1725의 『시화총림詩話叢林』이란 책에 실려 있는 점에 유의한다면, 최초의 소설이란 명칭은 이규보와 어울릴 수 없다.

이후 '소설'이란 명칭은 조선으로 들어와 『조선왕조실록朝鮮王朝實錄』과 양성지梁誠之, 1414~1482의 글 등에서 보이니, 15세기이다.

『세종실록』27년, 1445년의 기록을 보면, "옛 역사의 기록들을 골고루 모으고 소설의 글들까지 곁들여 뽑아서徧掇舊史之錄 旁探小說之文, ……"라고 되어 있다.

이 글은 정인지 등이 세종에게 올린 글의 일부인데, 여기서 언급한 소설이란 용어가 우리 『조선왕조실록』에 보이는 최초의 것이다.

그런데 여기서 말한 소설이 어떠한 책을 말하는지는 알 수가 없다. 다만 전후사를 통하여 추정하건대 여러 가지 잡다한 사실을 적은 '잡서류雜書類' 정도일 것이다.

비교적 정확한 소설의 개념이 보이는 것은 서거정徐居正, 1420~1488이 1482년 간행한 『태평한화골계전太平閑話滑稽傳』에다 양성지梁誠之, 1414~1482가 쓴 「동국골계전서東國滑稽傳序」에서 찾을 수 있으니, "경전과 사서는 본디 성군과 현명한 재상이 치국평천하

한 도이다. 패관소설의 경우도 또한 유자들이 문장으로 희롱한 것으로서 혹은 이것으로 견문을 넓히기도 하고 혹은 한가로운 시간을 보내기도 하였으니 모두 없앨 수 없는 것들이다. 옛 사서에 『골계전』이 있고 송 태종이 이방에게 명하여 『태평광기』를 지어 올리게 하였던 것도 그러한 뜻이었다. (…중략…) 이제 『골계전』의 문장은 익제의 『역옹패설』과 더불어 우리나라에 만세토록 유전하지 않겠는가"라는 기록이다.

여기서 '소설'이라 함은 『태평광기太平廣記』, 『역옹패설櫟翁稗說』, 그리고 이 글이 실린 『태평한화골계전』을 말한다. 비록 관습적인 용어로 쓴 것이지만, '유자들이 문장을 희롱'하여 지은 것으로 박문博聞을 돕고 혹은 파한破閑의 자료라는 소설의 거죽이 보인다.

우리 소설의 장적을 정리한 이는 18세기 학자인 통원通園 유만주兪晩柱, 1755~1788이다. 통원의 일기인 『흠영欽英』을 보면 그는 중국 문학사에 상당히 해박한 지식을 지녔음을 알 수 있다. 그는 점잔빼는 문집을 만들지 않고 그 속에 자신의 삶과 소설에 관한 비평적 견해를 담았다.

『흠영』이란 일기에는 소설에 대한 인식이 정확히 드러나 있다. 그는 우리 소설의 '출생증명서'를 "패관은 자잘한 이야기를 잡다하게 기록하고 저속한 말을 은밀히 쓴 것이다. 혹 여러 전기傳記 : 내용으로 미루어 傳奇일 듯 가운데에서 신괴하고 황탄한 이상한 일을 취하여 진실을 바탕으로 허구를 꾸미고 많은 곡절을 만들어서 인정물태를 극진하게 표현하였으나 오직 그 마음과 입을 마음대로 놀리어 거리낌이 없다夫稗官者 雜記小說 備錄俚言 或取諸傳記中 神荒不常之事 依眞鑿空 千曲萬折 以極乎人情物態 而惟其心口方行無忌"라고 적바림해 놓았다.

유만주의 소설 개념을 정리하자면, '여러 전기류傳奇類 가운데서 취하여서는 비속한 말로 진실에 바탕 둔 허구를 꾸미되 세상 물정人情物態을 극진하게 표현하면서도 뜻이 거리낌이 없는 이야기'이다.

이 통원의 소설에 대한 견해를 찬찬히 살피면 '전기류' 가운데서 취하였음을 알 수 있다. 전기류의 전기는 고소설사에서 매우 중요한 용어이다. '전기傳奇'는 중국 당나라 중기인 7~9세기에 발생한 소설의 명칭으로 '기이한 이야기奇를 전傳한다'는 뜻이다. 본래 배형裴鉶이 지은 『전기傳奇』라는 이름의 소설집이 있었는데, 이것이 그대로 장르명으로 굳어졌고 우리나라에서도 이 용어를 소설로 이해하였다. 허균許筠, 1569~1618은 『한정록』에서 "전기로는 『수호전』, 『금병매』 등이 전범이다傳奇 則水滸傳 金瓶梅等爲逸範"(허균, 『국역 성소부부고』 4, 민족문화추진회, 1967, 106쪽)라고 하였으며, 홍관식은 「죽계선생향랑전서」에서 시내암施耐庵이 지은 『수호전』을 전기로 지칭하였다.

또 김소행은 '전기'를 '지괴誌怪'와 근사하다고 하였으며, 홍길주는 「의열녀전서」에서 『삼한습유』를 '전기술이지문傳奇述異之文'이라고 하였다. 모두 전기를 소설로 이해하는 견해이다. 또 조수삼趙秀三, 1762~1849도 그의 『추재집』에서 전기는 소설과 통용되는 명칭이라고 하는 것으로 미루어, 소설과 동일한 개념으로 사용되었음을 알 수 있다. 물론 전기소설도 같은 용어이다. 전기소설은 이규경의 『소설변증설』과 1916년 장지연의 「현토천군연의서懸吐天君演義序」에서 찾을 수 있는데 주로 조선 후기에 쓰인 소설을 지칭한다.

다시 본 줄기로 돌아오자.

통원은 소설을 '인생의 서사시敍事詩'정도로 이해했다. 그리고 '진실을 바탕으로 허구를 꾸몄다依眞鑿空'는 것은 당대에도 이미 허구화된 이야기를 소설로 인식했음을 말한다. 물론 이것은 현재까지도 소설의 가장 중요한 속성이다.

그런데 유만주의 이 소설비평에서 예각화할 점은 '곡절을 만들어서 인정물태를 극진하게 표현千曲萬折 以極乎人情物態'했다는 발언이다. 소설이 허구적 창작물虛構的 創作物이라는 기본 인식과 함께 사람이 살아가는 이야기라는 점을 주목해서이다.

이 말은 결코 예사로 넘길 일이 아니다. 이 인정물태란, 소설의 대상이란 측면에서 '일상생활의 묘사'나 '현실반영現實反映의 산물로서 소설'을 짐작케 하는 용어로 소설의 표본실標本室에 안치할 용어이기 때문이다.

슬몃 이야기를 돌려보자.

이렇게 본다면 유만주의 소설의 정의는 서양의 소위 노블novel 이라는 개념과도 부분적으로나마 유사하다. 지나치지만 않는다면 우리의 고소설에 서구 개념의 '소설'이라는 척도尺度를 대는 것은 우리 소설의 세계화라는 점에서 긍정적이다. 그러나 한편으로는 우리 소설 작품의 정당하지 못한 평가를 초래할 수 있음도 간과해서는 안 된다. 서양 소설에 대한 경도傾倒는 '석새짚신에 구슬감기'처럼 격에 어울리지 않는 모양새다. 현재의 소설비평 이론이 서양 이론에 치우친 것이 사실이기에 하는 말이다. 그래 저 서구의 문학평론가이자 사회인류학자인 르네 지라르Rene Girard의 용어를 빌려본다. 그는 소설을 '낭만적 거짓과 소설적 진실'이라 하였다. 유만주의 정의에 다름 아니다.

현재 다소 구미 이론에 경도된 우리 문학 연구의 속성상, 우리의 소설 모두가 당당하게 소설로서의 가치를 인정받기는 어렵다. 추측컨대 서구의 소설 개념이라는 잣대로 우리의 고소설을 재단하는 한 이 문제는 지리하고 비생산적인 동어반복만 계속하게 될 것이다. 생각 좀 해보자.

서구에서조차 소설이라는 것에 대해 부룩스Brooks와 워렌Warren은 그들의 공동저서『소설의 이해』에서 아예 "소설 개념의 정의는 필요 없다. 모든 사람이 소설이란 무엇인가를 느낄 수 있기 때문이다"라고 소설을 정의 내리는 것에 대해 강한 회의를 두거나, 프레드릭 제임슨이『정치의 무의식』에서 말한 "소설은 장르의 끝이다" 등 장르의 애매함을 지적하는 발언에 힘입는다면, 우리 소설의 구도와 시각을 확장하는 것 또한 분명치 않은가? 논란을 거듭하고 있으며, 현재도 다양한 변천을 꾀하고 있는 소설의 개념을, 굳이 우리의 고소설 개념 규정에 끌어올 필요는 없다고 생각한다. 모든 문학은 각 시기마다 각기 다른 패러다임에 의해 수평적 문학 질서가 운용되며, 이러한 것이 상호 친근성과 교섭성 속에서 통시적 질서 체계가 된다. 소설 또한 이러한 문학 세계 질서 속의 한 장르 운동이기에 일반적인 법칙을 전세기에 걸쳐 강요할 수 없다. 바흐찐도 이미 지적한 '주변 장르의 패러디'나 '소설화novelization'라는 것에 잘 나타나 있다. 즉 소설은 갈래적 속성인 '불확정성'과 '미완결성'으로 '초 장르적 특성'일 수밖에는 없다는 점을 인정해야 한다.

따라서 소설이라는 개념을 일차적으로 우리의 문헌에 근거하되, 서양의 소설 또한 간과하지 않는 생산적인 개념을 정립해야 된다. 우리 소설 연구의 기틀을 세운 김태준도 "나는 예전 사람들의 율律하든 소설의 정의로서 예전 소설을 고찰하고 소설이 발달하여 온 행로行路를 분명히 하고자 하였다. 소설이라는 명칭이 시대를 따라 개념槪念에 차差가 있다는 것이다"라고 고민을 토로하였다.

김태준이 누구인가. 우리 고소설 연구의 첫 걸음을 뗀 이 아니던가. 나 또한 선학자의 견해를 단초로 삼아야 한다는 생각이다. 따라서 통원 유만주의 소설 개념을 바탕으로 다음과 같이 소설의 정의를 조심스레 정리한다.

'소설이란 민간에 떠돌고 있는 신이神異한 이야기를 취하여 허구적虛構的 구성으로 인정물태人情物態를 총체적으로 드러낸 서사체敍事體이다'

현실과 가상이란 길항拮抗: 서로 버티어 대항함의 접경지대이며, 소설은 그곳에 있다. 그리고 구체적 작품으로는 『최치원崔致遠』·『조신調信』·『온달溫達』·『백운제후白雲際厚』 등 나말여초의 전기傳奇를 시원으로 하여, 소설화 경향을 보이는 전傳·전기傳奇·한문단편漢文短篇·패설稗說·가전假傳·필사본筆寫本 및 방각본坊刻本 소설, 신연활자본고소설 등과 같은 허구적 서사물을 지칭한다.

02 욕망의 '사회학'

　소설은 욕망의 사회학이고 욕망은 인간을 행동케 하는 동인이다. 이제 고소설 속의 이러한 욕망이 신연활자본고소설책의도에서 어떻게 작동하였는지를 보겠다. 신연활자본고소설책의도는 고소설의 질료質料를 확장시켰다. 고소설의 질료를 확장시켰다는 말은 개개인이 신연활자본고소설을 구입하는 데서 발생하는 경제적인 부가가치만으로 그치지 않는다. 더욱이 경제학 이론을 끌어 올 필요도 없이 개개인의 욕망은 나아가 집단의 이익에 이바지한다. 따라서 신연활자본고소설책의도에는 이러한 욕망들이 가려지고, 드러나고, 감춰지고, 숨겨있다. 이 욕망을 정리하자면 이렇다.

　첫째, 독서와 서적구매라는 상층문화에 대한 욕망이다. 신연활자본고소설은 야시장에서, 시골장터에서, 신분도 노동자까지 저렴한 값으로 구매할 수 있었다. 독서와 서적구매라는 상층문화를 누구나 구매할 수 있는 욕망으로 바꾸어 버렸다.

　둘째, 애국주의적 욕망이다. 알록달록한 표지로 인쇄되어 나온 신연활자본고소설이 봇짐장수들에 의해 전국으로 팔려나가던 1910년~20년대는 일제의 출판법이 강력하게 작용하던 때였다. 『대한매일신보』(1908.12.18)는 옛 서책의 중요성을 언급하며 "서책을 발간하여 널리 펴내는 것이 국민의 제일 큰 공적인 일"이라고까지 하였다. 더욱이 신연활자본고소설은 우리의 이야기를 국문으로 표기한 책이다. 『대한매일신보』(1909.9.30)는 "오늘날 한국에 일본의 세력은 갈수록 더욱 펴지고 한인의 정신은 갈수록

타락하는 중에 더군다나 조석으로 보고 읽는 서책이 모두
일본말뿐이며 일본글뿐이면 일본을 숭배하는 노예의 성질
이 더할까 두려우며"라고 하였다. 우리의 서적이 감소하고
일본 서적이 증가하는 것에 대한 우려이다. 더욱이 유학 다
녀온 최남선 같은 신지식인들도 신연활자본고소설을 간행
하였다. 이런 시기에 간행된 우리 국문, 우리 이야기인 신
연활자본고소설이기에 단순한 상행위로만 읽을 수 없다.[1]

신연활자본신소설은 고소설과 근현대 소설로 가는 과도
기적 소설이다. 1907년 4월 3일 『만세보』의 『혈의루』 광고
에 '신소설'이라는 명칭이 보인다. 말 그대로 신소설은 전
래의 고소설과는 문체나 서두 등에서 다르다. 내용도 고소

설과는 의도적으로 다르게 서술하였다. 이 시절과 가장 근
접해 한국 고소설사의 주춧돌을 놓은 김태준金台俊,1905~1949
은 그의 『조선소설사』에서 이렇게 설명해 놓았다. "설화의
취미를 좀 더 풍부하게 하며 언문일치의 문체로서 어떤 한
개 사건을 취급하여 그 사건의 추이를 따라 순간순간의 행
동과 대화까지 그대로 쓰는 것이었다. 이는 자발적이라기
보다는 구미·일본문예의 모방이었다. 그리하여 고대소설
(구소설)에 대하여 신소설이라고 불렀다."[2] 신연활자본신소
설책의도는 고소설책의도와 그림체도 다르다. 특히 복장
과 얼굴 하며 여러 곳에서 고소설책의도와 다르게 그리려
하였지만 자연적인 배경과 구름, 나무 따위는 전래의 수법
을 그대로 구사하였다. 그러나 이것도 20~30년대 갈수록
점점 옅어지기 시작하였다. 물론 이러한 신소설에서 애국
사상을 찾기는 어렵다.

셋째, 독서라는 책상문화가 삶의 보편적 문화욕망으로
나아갔다. 고소설이 그림이 된 것은 분명, 하나의 문화접변
현상이기 때문이다. 그것은 눈에 보이는 가시적, 즉 책이라
는 물리적 대상으로서 뿐만 아니라 삶의 전반에 걸친 문화
현상에 대한 욕망으로까지 발돋움하였다는 의미이다.

구체적으로 고소설과 그림, 디자인, 시각화에서다. 예를
들자면 〈충무공이순신실기〉처럼 당시 교과서에 실린 그림
과 신연활자본고소설책의도는 상호 모방을 통해 그려졌거
나 영향을 주었다. 물론 이름을 알 수 없는 한 화공에 의해
그려진 것도 있지만 책의도에 당시의 문화에 대한 보편적
욕망의 작용은 예외 없다.

1 김현이라는 요절한 학자가 있다. 그
이가 『분석과 해석』에서 이런 말을 했
다. "이 세계는 과연 살만한 세계인가.
우리는 그런 질문을 던지기 위해 소설
을 읽는다."신연활자본책의도 광고문
안에는 '충효'와 '권선징악'따위가 흔
히 보인다. 『옥련몽』(태학서관, 1917,
128쪽)은 고소설을 이에 성경현전(聖
經賢傳)에 비하고 있다.

"그 필묵을 빌려 착한 자는 찬양하여
사람에게 권하고 악한 자는 배척하여
후생을 경계함은 패란소설의 공이 없
다 못한다. 어찌 이를 빙자하여 위로
공경대부와 부인여자 및 짐을 머리에
인 천한 여인까지 권선징악하는 뜻을
모르게 하겠는가. 그런즉, 패란소설
의 공이 또한 성경현전의 아래에 있지
않을까 한다."

광고문안은 고소설을 패란소설이라
자칭하였다. '패란(悖亂)'은 바른 도리
를 어지럽히는 행위이다. 대부분의 고
소설 속에서는 악인이 하는 행위이다.
사실 신연활자본 고소설 주인공들은 모
든 악에 대항하려는 굳건한 자세를 갖
는다. 물론 항상 옳은 길을 걷는 것은
아니지만 하나같이 옳은 길을 가려고
한다. 저자가 의도했든 안 했든 '살만
한 세상'을 지향함은 분명하다. 이것
이 당대 우리의 사상, 혹은 애국과 연
결된다고 단정하기는 곤란하다. 하지
만 독자들에게 공감을 주었으리라 추
론하기 어렵지 않은 것도 사실이다.

신연활자본신소설에서는 이러한 '충
효'와 '권선징악' 같은 어휘를 찾기 어
렵다.

2 김태준, 『조선소설사』, 학예사,
1939, 245쪽.

이를 당대 문화 전반으로 넓혀보면 문자만이 아닌 언어, 소리, 색채, 표정, 의상, 구도 따위 일체에서 삶의 보편적인 문화욕망을 찾을 수 있다.[3]

넷째, 오방색에 대한 욕망이다. 이미 '판매' 항에서도 밝혔지만 오채색을 썼다는 것은 독자의 색채에 대한 '독자의 욕망'을 한껏 노렸다는 의미이다. 여기서 '독자의 욕망'을 유념해 볼 필요가 있다. '독자'는 '신연활자본고소설책의 도'를 보기 '이전의 독자'와는 달라서이다. '이전의 독자'가 고소설이라는 '이야기책'이나 '이야기'에 관심이 있었다면 '책의 도'를 입힌 신연활자본고소설을 구입하는 이(독자일 수도 있고 단순하게 그림을 보고 구입하는 이일 수도 있다)는 오채색의 서책이란 점에서 구입하려는 욕망을 불러 일으켰다

오른쪽
〈창조귀선한 이순신의 상〉 『초등대동역사』 동문사, 1909
이 그림은 목판화의 도판이다.

오른쪽
『충무공 이순신 실기』 영창서관, 1921
구도와 얼굴 생김으로 미루어 한 화공의 작품이다.

는 사실이다. 오채색이 서책을 구입하려는 욕망을 불러 일
으켰다는 사실은 방점을 두어 개 찍고 살필 일이다. 흑백의
필사본이나 방각본과는 달리 오채색은 신문물로 상층풍속
이기 때문이다. 무명저고리와 먹물치마, 무채색의 옷을 입
는 하층민들에게 오방색은 강한 구매 욕망을 일으키는 작
용을 하였다.

다섯째, 패턴화된 욕망과 상상력이다. 글자, 포인트와 색
상, ……따위 신연활자본고소설책의도는 일률적인 그림이
기 때문에 당시의 그림과 일부분 패턴화된 욕망을 보였다.
하지만 이와는 반대로 신연활자본고소설책의도에는 화공
의 상상력이 욕망화된 책의도도 있다. 고소설은 묘사보다
는 이야기에 치중하기에 책의도를 그리는 화공의 상상력
에 전적으로 기댈 수밖에 없었다. 고소설의 외연이 확장되
었고 이야기의 상상력은 더욱 풍부해졌음을 의미한다.

여섯째는 다음 장에서 구체적으로 살펴볼 욕망의 수사
학이다. 신연활자본고소설책의도의 흥미로운 점은 고소설
의 큰 졸가리를 그린 것도 있지만 상당수 작품은 이야기와
관련 없이 책의도가 그려졌다. 책의도의 기호와 의미 맥락
을 철저히 살펴볼 이유가 여기에 있다. 책의도와 소설단계,
광고·판권장의 문구들이 일치하지 않는 책의도도 상당수
였다.

예를 들어 〈삼생기연〉(대혁서관, 1923) 책의도는 양복을
입은 하이칼라 신사 세 명을 그렸다. 소설의 단계도 알 수
없거니와 광고에 '기이'라고 하였는데 책의도는 전연 기
이하지도 않다. 결국 신연활자본고설책의도는 주제를 해

3 신연활자본고소설책의도는 고소
설도와 마찬가지로 회화이며 기층적
인 삶과 밀접한 문화현상이다. 독일
의 문화철학자인 오스발트 슈펭글러
(Oswald Spengler, 1880~1936)는
『서구의 몰락』에서 문명은 유기체로
발생·성장·노쇠·사멸의 과정을 밟
는다고 주장하였다. 문화는 시대를
살아가는 삶의 동선을 따라가기에 하
나의 살아있는 유기체임에 틀림없다.
인간의 문화는 모방을 통해서 진화하
기 때문에 과거와 현재, 미래가 모두
그 속에 들어있다. 세계적인 생물학
자 리처드 도킨스(Richard Dawkins)
의 '밈(Meme)'이라는 단어는 이에
적절한 대답을 제공한다. 그는 『이기
적인 유전자(The Selfish Gene)』에
서 '밈'이란 낯선 단어를 내놓으며, '유
전적 방법이 아닌, 특히 모방을 통해
서 전해지는 것으로 여겨지는 문화의
요소'를 밈이라 하였다. 즉 문화의 전
달에도 유전자처럼 자기복제기능이
있다고 이 새로운 복제자에게 문화
의 전달 단위 또는 모방 단위라는 개
념을 함축하고 있는 것이 밈이라는 의
미이다. 이 말은 현재의 문화 속에 과
거의 문화 또한 내재해 있다는 말이
기도 하며 모든 문화는 끊임없이 자기
모방을 통해서 진화한다는 꽤 설득력
있는 견해이다. 더 자세한 것은 졸고,
『고소설도 특강』, 새문사, 2014, 7강
참조.

석의 본령으로 삼는 고소설 감상과는 달라야 한다. 고소설 주제와 신연활자본고소설책의도 주제와 일치하지 않는다는 사실은 글 뒤 '[첨부] 신연활자본고소설책의도 목록'을 통해 이미 밝혀졌다. 따라서 "화가들에게 주제란 그림을 그리기 위한 평계"라는 에밀졸라의 말을 충분히 경청할 필요가 있다. 우리가 책의도를 욕망의 수사학으로 보아야 할 이유가 여기 있다.

신연활자본고소설책의도는 단순한 소설의 위탁소로서 그림이 아니다. 책의도를 그린 화공은 제2의 소설 작가이며 비평가였다. 화공은 고소설을 이해하였고 이를 그림으로 그렸다. 더욱이 고소설 원문을 그대로 그린 것이 아니기에 그림에 상상력까지 입혔다. 화공은 본의 아니게 일종의 비평적 기능을 수행한 셈이다. 그림에서 보면 소재의 확장일지 모르나 소설로서 보면 분명 비평적 행위임에 틀림없기 때문이다.

따라서 신연활자본고소설책의도에는 세 개의 의미 층위가 존재한다. 제1차 의미층위 : 소설, 제2차 의미층위 : 그림, 제3차 의미층위 : 이미지의 수사학인 욕망이다. 신연활자본고소설책의도는 고소설 자체의 욕망, 화공의 욕망, 독자의 욕망, 사회적 욕망이 아주 내밀하게 구조화되어 있는 매혹적인 이미지의 집합체이다. 이 욕망의 구조화는 보이는 것도 보이지 않는 것도 있다.

이를 위해 잠시 우리 동양의 전통적인 문에 대한 관념을 짚고 넘어갈 필요가 있다. 우리는 시를 '소리 있는 그림有聲畵'으로, 그림을 '소리 없는 시無聲詩'로 이해하였다. 시詩·서書·화畵를 모두 문文으로 이해하였다. 집현전 박사였던 성간成侃, 1427~1456은 「기강경우寄姜景愚」란 시에서 "시는 소리 있는 그림詩爲有聲畵 그림은 소리 없는 시畵乃無聲詩 예로부터 시와 그림은 일치하거니古來詩畵爲

一致"라고 시와 그림을 정확히 일치시킨다. 이덕무李德懋, 1741~1793도 「종북소선자서鍾北小選自序」에서 "그림을 알지 못하면 글을 알지 못한다不知畵 則不知文矣"라 단정하였다.

페르난도 보테로의 〈바닷가재가 있는 정물〉이란 그림이 있다. 큼지막한 바닷가재와 게가 식욕을 돋우는 그림이다. 하지만 먹음직스럽게 그려진 이 게는 '식욕'이 아닌, '불성실' 혹은 '표리부동'으로 해석해야 한다. 17세기 유럽인들에게 물었다면 틀림없이 "그렇다"이기 때문이다. 17세기 유럽인들은 가재와 게, 특히 게가 옆으로 기어 다니는 데 착안하여 '어디로 흘러갈지 모른다'로 해석했고 이를 다시 '불성실'과 '표리부동'으로 연결지었다.

같은 시기 동양인에게 물으면 엉뚱한 해석이 나온다. '과거급제'이다. 동양에선 게의 딱딱한 등을 '등딱지 갑甲'을 연결시키고, 이를 과거에서 으뜸으로 급제하는 '갑제甲第'로 해석하였다. 동양화에서 갈대나 살구꽃, 쏘가리, 오리, 맨드라미, 닭은 모두 과거급제와 관련된 그림들이다. 이렇듯 동서양의 독화법讀畵法은 다르다.

'관서여상觀書如相'이란 말이 있다. 박태석의 『한당유사』「서」에 보이는 것으로 소설 독자 반응 비평이다. 관상쟁이가 관상을 볼 때, 얼굴의 겉만을 보지 않는다. 관상쟁이는 얼굴을 통해 그 사람의 내면을 읽어 낸다. 소설을 보는 독자도 한가지다. '관서여상'은 이렇듯 글자의 이면에 넣어 둔 작가의 정신을 간취해야 한다는 비평어이다.

『한당유사』「서」 원문을 보자.

> 그러므로 소설을 보는 것은 마치 관상을 보는 것과 같으니, 겉

모습만 볼게 아니라 오로지 정신을 취해야 한다. 그러므로 옛 사람들이 말한 이른바 '정신이라는 것은 이것^{阿睹} 하는 사이에 있다'라 하였는데, 바로 이것이다故觀書如相人 不以皮肉 專取神精 古人所爲 傳神在阿睹間是.

'정신이라는 것은 이것 하는 사이에 있다'라는 말은 진晉 나라 고개지顧愷之와 관련된 『진서晉書』 「문원전文苑傳」에 나온다. '이것阿睹'은 '눈' 혹은 '눈동자'를 가리킨다. 고개지가 인물화를 그려 놓고는 몇 년 동안이나 눈동자에 손을 대지 않았다. 누가 그 이유를 묻자 "그림 속에 혼을 불어넣어 주는 것은 바로 이것 속에 있다傳神寫照 正在阿堵中"라고 한 고사가 있다. 위 글에서 '이것'은 바로 '작가가 소설을 쓴 뜻'이다.

신연활자본고소설책의도는 바로 이러한 '작가가 소설을 쓴 뜻'을 그렸다. 고소설이란 이야기를 책의도로 그렸고 책의도 그림을 읽으면 고소설이 된다. 따라서 책의도는 겹겹의 컨텍스트(context,우리말로 바꾸면 '문맥', '맥락', '연관관계')로 싸여있다. 컨텍스트란, 즉 신연활자본고소설책의도와 연관되는 모든 주변 상황이다. 더 구체적으로 말하면 신연활자본고소설책의도는 작가, 독자, 화공, 출판, 광고, 경영 등의 외적인 욕망과 상징, 은유, 환유, ……들 내적인 이미지가 복잡다단하게 날실과 씨실로 엮인 교직물이란 점이다. 따라서 작가에서 광고, 경영 등을 거쳐 은유, 환유 따위를 두루 연결시켜야 신연활자본고소설책의도를 이해할 수 있다. 편의상 이 '작가, 독자에서 상징, 은유, 환유, ……들'을 독립된 서사변수라 칭하자. 서사변수란, 서사敍事, 즉 이야기에 영향을 주는 변수이다.

곰브리치의 다음 말은 위 문장에 매우 큰 시사점을 준다.

　화가가 의문을 갖고 탐구하는 것은 물리적 세계로서 **자연**이 아
니라 우리들이 반응하는 것으로서 **자연**이다. (…중략…) 그가 문
제 삼는 것은 하나의 심리적 문제이다. 즉 우리가 현실이라고 부
르는 것하고는 그림자 하나조차 일치하지 않는데도 그 속에서 설
득력 있는 이미지를 추출해 내는 문제이다.[4](강조는 인용자)

　위 인용문에서 강조한 자연을 고소설로 바꾸어도 자연스럽게
문맥이 형성된다. 책의도는 선과 색으로 그려진 그림이 아니다.
화공이 책(이야기)의 내용 중에서 그려내고 싶은 것을 '설득력 있
는 이미지'로 바꾸어 놓았다는 점을 유념해야 한다. '화공이(작
가가) 그림을(소설을) 그린(쓴) 뜻'이요, 책의도를 잘 주해註解하는
방법은 여기에서 나온다. 그러기 위해 욕망을 날실로 그린 이미
지를 씨실로 삼아 잘 직조한 신연활자본고소설책의도를 독화讀
畵하려 한다. 이 독화작업을 이 책에서는 '욕망의 지형도'라 부르
겠다.

4 E.H.곰브리치, 차미례 역, 『예술과
환영』, 열화당, 1989, 69쪽.

03   욕망의 지형도

지면 관계로 모든 책의도를 다 다룰 수 없기에 적어도 3판 이상 간행되었거나 3곳 이상의 출판사에서 발간, 또는 10회 이상 간행[5]된 고소설만으로 논의를 줄였음을 밝힌다.

'욕망의 지형도'라 한 것은 인간은 누구나 욕망의 존재이기 때문이다. 우리 삶이 그렇듯 소설의 세계도 욕망으로 이루어졌다. 저자와 독자 사이에 다대한 욕망들이 존재한다. 이를 소설의 단계에 맞추어 보면 발단 : 喜기쁨, 전개 : 愛사랑 · 欲욕심, 위기 : 憂우울 · 懼두려움, 절정 : 哀슬픔 · 憎미움 · 怒성남, 결말 : 希바람 · 樂즐거움으로 나누어 볼 수 있다.

신연활자본고소설책의도에는 이러한 욕망이 은유적으로 담겨있다. 통계상으로 신연활자본고소설책의도는 작품들 간에 정확한 선형관계가 존재하는 완전공선성이지만 혹 독립변수들 간에 상관관계가 높지 않은 다중공선성도 분명 존재할 수 있다. 책의도에 그려진 세계는 완전한 하나의 세계이다. 부귀영화, 불로장생 따위로 1910년대에서 20년대, 당대를 살아가는 사람들의 타자화된 욕망이 담겨있다. 타자화된 욕망이란, 다른 사람의 인격이 나에 의해 내상화되고 사물화되었음을 말한다. 나의 욕망과 대상의 욕망이 일치하는 것이지만, 그것은 자칫 나의 욕망이 아닌 타인의 욕망을 욕망하게 되는 것이기도 하다. 당대, 모든 이들이 부귀영화를 누리고 불로장생한다는 것은 개인으로서는 가질 수 없는 욕망이기 때문이다. 그런데도 끊임없이 욕

5 『춘향전』 97회, 『삼국지연의』와 이본 포함 43회, 『소운전』 36회, 『심청전』과 『강상련』 포함 33회, 『유충렬전』 24회, 『소대성전』과 이본 포함 26회, 『조웅전』 22회, 『초한연의』 22회, 『구운몽』 21회, 『장화홍련전』 20회, 『시시남정기』 20회, 『옥루몽』 19회, 『이대봉전』 19회, 『장풍운전』 17회, 『장백전』 15회, 『채봉감별곡』 15회, 『설인귀전』 이본 포함 14회, 『토끼전』 이본 포함 14회, 『숙영낭자전』 14회, 『두껍전』 13회, 『제마무전』 12회, 『장국진전』 이본 포함 11회, 『김희경전』 11회, 『숙향전』 11회, 『옥단춘전』 11회, 『배비장전』 10회, 『금낭이산』 10회, 『흥부전』 10회 순이다.

망을 좇는 것은 타인의 욕망이 이미 나의 욕망이 되어서이다. 이 난망한 욕망을 깨달을 때 쯤 새로운 욕망을 찾는다. 그것이 바로 현실적인 욕망이요, 개인주의적인 욕망이다.

신연활자본고소설책의도에 자주 보이는 욕망들, 의리, 처세, 부패, 영웅 따위 애국계몽적인 욕망들은 당시로서는 부재하는 욕망들이다. 예를 들어 영웅모델을 좇은 '부재하는 아버지' 같은 경우는 근대기의 민족주의적인 욕망까지 보인다. 하지만 제 아무리 군담소설의 영웅을 민족의 욕망 모델로 내세워도 실현할 수 없는 욕망이다. 낭만주의적인 의리나 처세를 욕망하는 경우도 있으나 역시 동일한 결과이니, 당대로서는 모두 부재하는 욕망이다.

하지만 비록 부재한 욕망이라 하여도 삶을 멈출 수 없기에 사람들은 꿈을 꾼다. 또 사후세계를 두드려보거나 부패척결, 여성 영웅 등도 그려본다.

신연활자본고소설 욕망의 지형도에는 견고한 봉건세력에 대한 투쟁이나 개인주의적 욕망들도 보인다. 상당히 흥미로운 점은 '哀슬픔'이 보이지 않는다는 점이다. 고소설이나 신소설, 현대소설에서 볼 수 있는 비극적인 주제도 비극적인 책의도도 없다. 17세기부터 비극적인 애정전기 소설인『운영전』은 필사본으로도 꽤 널리 읽혔으며 가정 비극을 그린『빈상설鬢上雪』같은 신소설도 있었고 현대소설에서는 카프계열 작가들에게 흔히 찾을 수 있는 주제였다. 그러나 신연활자본고소설과 책의도에는 이런 비극을 찾을 수 없다. 비록 대부분의 작품에서 주인공이 환란과 고통을 겪지마는 반드시 이를 회복한다. 망국적인 비애 속에서도 이를 딛고 일어서려는 의지가 은연중 작동한 것이 아닌가 한다.

이상 논의를 바탕으로 '소설 구성단계와 욕망'을 만들고
'신연활자본고소설책의도'를 정리하여 아래와 같은 '신연
활자본고소설책의도에 나타난 욕망의 지형도[6]'를 얻었다.

소설의 단계와 욕망	신연활자본고소설책의도
발단 : 생리 욕망-喜(기쁨)	위기 : 애정 욕망-愛(사랑) · 欲(욕심)
전개 : 안전 욕망-憂(우울) · 懼(두려움)	절정 : 자기실현 욕망-怒(성남) · 憎(미움)
위기 : 애정 욕망-愛(사랑) · 欲(욕심)	결말 : 자존감 욕망-樂(즐거움) · 希(바람)
절정 : 자기실현 욕망-怒(성남) · 憎(미움)	전개 : 안전 욕망-憂(우울) · 懼(두려움)
결말 : 자존감 욕망-希(바람) · 樂(즐거움)	발단 : 생리 욕망-喜(기쁨)

소설의 단계와 욕망에 따라 신연활자본고소설책의도에
나타난 욕망의 지형도를 살펴보면 '애정 욕망'이 가장 크고
→ 자기실현 욕망 → 자존감 욕망 → 안전 욕망 →생리 욕
망 순이다. 20세기 초 일제하 신연활자본고소설 독서 대중
들은 사랑愛과 욕심欲이란 애정 욕망이 가장 관심거리였고
생리적 욕망인 기쁨喜을 달성키 어렵다고 보았음을 알 수
있다. 어쩌면 현재를 살아가는 우리의 욕망도 이와 다를 바
없다는 생각이다. 4장에서는 이 욕망의 지형도에 맞추어
신연활자본고소설책의도에 나타난 욕망과 상징을 살펴보
겠다.

6 '신연활자본고소설책의도에 나타
난 욕망의 지형도'는 '소설의 5단계'
에 인간의 욕망(Desire:욕구)에 대한
여러 이론 중, '매슬로우(Abraham H.
Maslow)의 욕구 5단계설'을 접목시
켜 얻었다. 매슬로우는 인간의 욕망을
생리(식욕 · 성욕 · 배설 · 수면욕) → 안
전(개체 생존의 안전 보장감) → 애정(사
회 귀속 욕구) → 존경(명예욕 등 타인의
인정을 받으려는 욕구) → 자아실현(최
고의 인간 존재가 되고 싶다는 욕구) 욕
망으로 구분하였다. 인간의 욕망을 하
위 단계 욕망이 충족되면 상위 단계 욕
망을 욕망하는 나선형(螺旋形)으로 보
았다. 이는 발단(이야기의 시작으로 등
장인물들은 기쁨(喜)을 그린다)
→전개(본격적으로 사건이 일어나며 등
장인물들은 우울(憂)과 두려움(懼)에 싸
인다) → 위기(등장인물 간 사랑(愛)과
욕심(欲)으로 갈등이 시작되며 위기
를 맞는다) → 절정(등장인물들 간 성남
(怒)과 미움(憎)이 고조되며 갈등이 심
화된다) → 결말(이야기가 마무리되며
등장인물들은 바람(希)과 즐거움(樂)을
이룬다)이라는 유기적(有機的)인 소설
의 5단계와 논리적 유사성을 보인다.

01   **욕망, 위기 – 애愛**

1) 사랑, 그 영원함 애愛

『춘향전』이 부동의 1위이다. 무려 97회에 걸쳐 간행되었다. 우
리 인간 보편적인 욕망인 사랑을 주제로 하는 소설이다. 신소설
작가 이해조는 『춘향전』을 『옥중화』로 개작했으며 『별춘향전』,
『옥중화』, 『광한루』, 『오작교』, 『옥중가인』 등 제목을 달리한 『춘향전』이본들이 생겨났다.『약산동대』는 그 중,『춘향전』개작 초창기 작품에 속한다.『약산동대』는 충청도 유생 송경필이 영변의 약산동대를 구경 갔다가 기생 빙옥과 연을 맺는다. 이후 줄거리는『춘향전』과 동일하게 관장의 수청을 기생이 거절하고 죽을 고비에 이른 기생을 암행어사가 된 경필이 구해준다.

『춘향전』은 익히 아니 주제가 비슷한『김진옥전』을 보겠다. 이 소설도 6회나 간행된 대중 소설이다.『김진옥전』은 주인공 김진옥이 어려서 부모와 헤어진 후 도사에게 병법을 배우고 나라에 공을 세운 후 천상배필 옥황금과 혼인하고 부모를 찾는 과정을 그린 애정영웅소설이다. 대략의 내용을 추렸지만 제법 길다.

때는 명나라 숭정 연간(1628~1644)이다. 청주에 사는 전임 승상 김시광은 마흔이 넘도록 자식을 얻지 못한다. 그러자 김시광의 처 여부인은 운산 화초암에 가서 7일을 발원한 후 인간 세상에 귀양왔다는 선관선녀를 꿈에 보게 되고 10달이 지나자 아들 진옥을 낳는다.

5살이 된 진옥은 화초암에서 공부를 시작하고 김시광은 황성에 올라가 벼슬살이를 한다. 이때 남선우가 중국을 침범하고 가족을 찾아 귀향하던 시광은 도적에게 잡혀서 무인도에 버려지게 된다.

홀로 지내던 여부인은 피난을 떠나 불이암에서 머리를 깎고 중이 된다. 진옥은 화초암에서 내려와 떠돌던 중 화산도사를 만나 병법과 검술 등을 배운다.

5년이 흘렀다. 진옥은 화산도사의 명으로 과거시험을 치르기 위해 길을 떠난다. 황성으로 향하던 진옥은 길에서 만난 노승 등에게 돈과 옷가지들을 모두 시주하고 그들이 알려준 점쟁이를 찾아간다. 화산도사에게 받은 돈을 복채로 건네주자 점쟁이는 진옥에게 훗날 장군이 되어 백전백승할 것이니 도사의 은혜를 잊지말라 한다. 또 길에서 만났던 사람들이 모두 화산도사의 신령임을 알려주면서 머잖아 부모를 만날 것이니 하남땅 제선군의 잔치나 태산골을 찾아가라 말한다.

한편, 여부인은 제선군의 잔치에 구경을 왔다가 옥동자를 훔친 범인으로 의심을 받아 잡힌다. 여부인이 겨우 몸을 피해 달아나고 진옥도 도적으로 의심을 받지만 애걸하고 풀려나는데 모자는 서로를 알아보지 못한다. 잔치에서 모친을 만나지 못한 진옥은 태산골을 찾아가는데 거기서 만난 노인이 규수와 연분을 맺고 공을 세우면 부모를 만날 것이라고 알려준다.

고향으로 가던 진옥은 꿈에서 보았던 처자를 만나려고 봉황촌을 찾아가 옥 승상 댁에 황금이라는 18세 딸이 있음을 알게 된다. 진옥은 황금이라는 처녀를 만나려고 여복으로 갈아입고 옥 승상 부인을 찾아가 계모의 구박을 받고 집을 나와 걸식하는 처지라고 거짓말한다. 이를 불쌍히 여긴 옥 승상 부인은 딸 황금과 진옥을 함께 지내도록 한다.

진옥은 자신이 남자임을 황금이 눈치 채자 신분을 밝힌다. 황금도 꿈에 진옥을 보았던 터라 그에 대한 믿음의 표시로 서로 옷을 바꾸어 입는다. 그리고 돈 300냥과 함께 비녀를 반으로 잘라 진옥에게 건넨다. 이를 받아든 진옥은 황금에게 7년을 기약하고 옥 승상 댁을 떠나 과거를 치르고 장원급제한다.

황제는 자신의 딸 우양공주를 위해 진옥을 부마로 삼으려 한다. 진옥은 옥 승상의 딸과 정혼했다며 황제의 제안을 거절한다.

황금은 박 승상 아들과 정혼했다는 말을 듣고 모친에게 진옥과 있었던 일을 털어놓지만 옥 승상이 화를 내자 자살을 결심한다. 그 때 황금 앞에 파랑새가 나타나니 편지를 써서 새를 날려 보낸다. 진옥은 파랑새가 가져 온 황금의 편지를 보고 답장을 보낸 후 혼인을 강요하는 황제에게 황금의 편지를 보인다. 하지만 황제는 진옥을 옥에 가둔다.

한편, 조정에서는 병부상서 정동한 등이 진옥의 재주를 시기하여 김시광 김진옥 부자가 죄를 지었다고 모함한다. 그러던 중 황태후의 조언에 따라 황제는 진옥을 풀어주고 진옥과 황금은 마침내 혼인한다.

진옥과 황금 부부가 봉황촌에서 살고 있는데 남선우가 중국을 침범하니 옥 승상 가족은 북경으로 피난을 간다. 조정에는 남선우의 침략을 알리는 지방 태수들의 장계가 잇달아 올라오고 황제는 화산도사가 나타나 진옥을 추천하는 꿈을 꾸고 진옥을 부른다. 병을 앓던 진옥은 꿈에 화산도사가 주는 약을 먹고 완쾌되어 황제를 알현한다.

황제의 명을 받아 상장군 대원수가 되어 출전한 진옥은 적장 동돌꽁을 조심하라는 화산도사를 꿈에 본 후 남선우와 대진하게 된다. 군사를 매복시켜 싸움에서 승리한 진옥은 적군을 추적하여 남해국까지 따라가 동돌꽁을 베니 남선우는 항복한다.

귀환길에 오른 진옥은 화산도사의 지시대로 혼자서 배를 타는데 풍랑을 만나 표류하다가 도착한 섬에서 아버지 김시광을 만난다. 그리고 남해용왕의 초대를 받아 용궁에 가서 동해용왕을 물리치고 여동빈 등 선관들이 모인 잔치에 참여한다. 잔치자리에서 졸던 진옥은 옥낭자를 구하라는 화산도사의 지시를 받고 용궁을

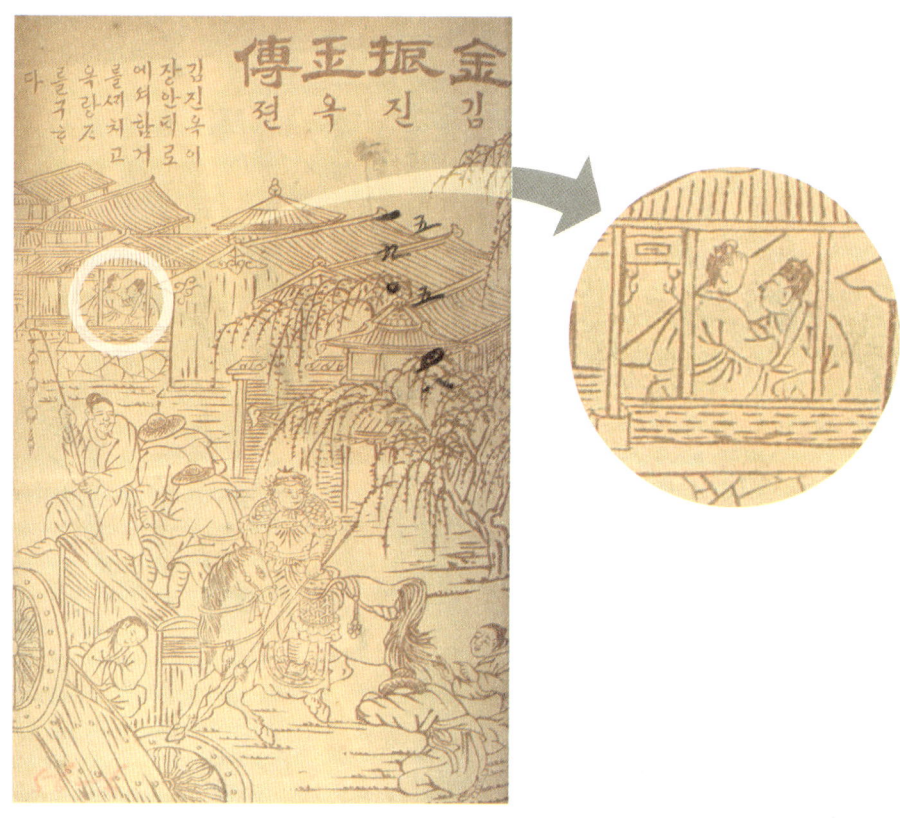

『김진옥전』, 덕흥서림, 1916

"김진옥이 장안 뎌로에서 함거를 씨치고 옥낭ㅈ를 구하다"라는 글귀가 있다.

옥낭자(옥황금)가 장안에서 죽임을 당하려 할 때 김진옥은 550리 밖에 있었다. 김진옥은 이 거리를 달려 옥낭자를 죽이려는 사형장에 도착할 즈음에 강이 나타났다. 길이는 만 리요, 넓이는 삼십 리였으나 배가 없었다. 화산도사가 이를 알고 배를 보내 드디어 장안에 들어섰다. 이하 원문은 아래와 같다.

"멀리 바라보니 장안습노에 무수한 사람이 슘씌엿든 한가운데 군사를 오마대로 느리고 오색기치를 세우고 수레 위에 한 사람을 달았거늘 원수 생각하되 반드시 옥낭자다하고 금편을 들어 말을 치니 말이 비룡이라. 순식간에 득달하거늘 원수 대호왈, '압다. 이놈 무사들아! 그거시 옥 낭자냐. 김 원수 여기 들어간다. 수레를 머물러라.'하는 소리 강산이 무너지는 듯하니 무사며 명사관이 원수의 호통소리에 정신이 어질하여 절영고북채를 귀가 먹먹하여 바라보니 일위 대장이 비룡마를 채질하여 나는 듯이 일진을 헤치고 달려들어 수레를 박차 깨치고 낭자를 안고 울거늘……" (덕흥서림, 1916, 69~70쪽)

그런데 매우 흥미로운 장면이 숨어 있다. 좌측 상단 글귀 아래 방 안에 있는 두 사람이다. 유리가 아닌데도 방안 풍경을 훤히 그렸다. 자세히 보면 웬 사내로 보이는 사람이 관을 쓴 남자의 옷 속에 손을 넣은 듯하다. 그림 솜씨로 보아 결코 낮잡아 볼 수 없는 수준이다. 독자를 배려한 숨은 그림이 아닐까 한다. 이는 이미 있는 서사를 그리는데서 오는 일종의 화공 창작의식이 작동한 것으로 이해된다. 만약 이 그림을 이 소설과 연결시킨다면 분명 이야기의 변수로 작용할 것이다.

얼굴 표정도 매우 재미있다. 수레에 앉은 옥낭자는 배시시 웃는 듯하고 오른쪽 하단의 사람은 눈초리가 내려 앉았다. 그런가하면 말과 김진옥 눈초리는 성난 듯 잔뜩 치올라갔다.

떠나게 되는데 선관들은 그에게 여러 가지 보배를 선물로 건넨다.

한편, 진옥과 결혼하지 못해 앙심을 품고 있던 우양공주는 진옥이 돌아오지 않는 것은 반역했기 때문이라며 남편 전여선, 정동한 등과 작당하여 진옥을 모함한다. 그리고 옥황금을 죽이려고 한다. 이에 조정에서는 진옥을 모함하는 자들과 옹호하는 신하들 사이에 다툼이 벌어지는데 황금과 진옥의 아들 김애운을 죽이려던 황제는 황후의 부탁으로 애운을 강물에 띄워 보낸다. 이를 옥승상의 조카 이통판이 지나다가 발견하고 숨겨둔다.

황제는 정동한 등의 주청으로 황금을 죽이라 명령하지만 때마침 태자가 태어나자 삼칠일을 지내고서 황금을 처형하기로 한다. 그러자 우양공주는 점쟁이에게 물어 진옥이 오시에는 도착할 것임을 알고 강가에 있는 배를 모두 징발한다. 진옥은 황성으로 오던 도중에 부모의 원수를 갚기 위해 글을 배운다는 아이를 만나 글을 가르쳐주다가 그 아이가 곧 자신의 아들 애운임을 알고 함께 길을 떠난다. 70리를 지나 강가에 도착한 진옥은 배가 없어 낙심하게 된다. 그때 마침 화산도사가 배를 보내니 진옥은 그 배를 타고 황성에 도착하여 황금이 갇혀 있던 수레를 부수고 용왕에게 받은 진주를 먹여 그녀를 살려낸다.

이후 진옥은 황제가 불러도 병을 핑계대고 가지 않으면서 황제의 잘못된 처사를 비판하는 상소를 올린다. 이에 황제는 김응철을 풀어주고 김진옥은 대승상 남평후에 임명하고 황금은 정렬부인에 봉한다. 또, 김시광은 초왕에, 진옥은 양산군에 봉하고 간신배들의 처리를 진옥에게 맡긴다. 이에 진옥은 우양공주의 처분을 황금에게 맡긴다. 황금은 우양공주를 훈계하여 잘못을 깨닫도록 만든다.

화산도사의 지시를 받은 여부인과 진옥은 낙양 다리 밑에서 상봉하고, 애운은 장원으로 급제한다. 이후 황제는 물건을 훔친 범인으로 여부인을 의심했던 제선군의 벼슬을 박탈한다. 진옥은 아버지와 함께 유람을 떠나는데 여동빈에게 받은 부채를 이용해 가뭄에 시달리던 마을에 비를 내리게 한다. 이에 옥황상제는 화산도사를 시켜 진옥에게서 부채를 되돌려 받는다.

한편 부마 전여선은 진옥을 해치기로 마음을 먹고 우양공주와 의논하여 태자를 죽이고 황제가 되려고 일을 꾸민다. 이때 어린 태자가 병을 앓게 되자 우양공주는 태자에게 독약을 먹이고, 전여선은 자신을 진옥으로 오인한 부하들의 공격을 받아 죽는다. 진옥은 화산도사에게 받은 회생약을 가지고 태자를 살려내고 천자는 진옥 모함하기를 단념하지 않는 공주를 죽인다.

화산도사가 진옥의 꿈에 나타나 10년 후에 천상으로 올라갈 것이라 말한 후 진옥과 황금 부부의 부모들이 모두 세상을 떠나고 10년 후 부부는 천상으로 올라간다.

이렇듯 『김진옥전』은 김진옥과 옥황금, 그리고 우양공주의 삼각관계가 형성된 소설이다. 책의도에는 상반된 두 장면이 보인다. 박문서관 책의도는 김진옥의 싸움 장면이고 덕흥서림 책의도는 김진옥이 옥황금을 구하는 장면을 그렸다.

70리를 지나 강가에 도착한 진옥은 배가 없어 낙심하게 된다. 그때 마침 화산도사가 배를 보내니 진옥은 그 배를 타고 황성에 도착하여 황금이 갇혀 있던 수레를 부수고 용왕에게 받은 진주를 먹여 그녀를 살려낸다.

우리 애정을 다룬 고소설들은 대개 이렇게 험난한 사랑 길을

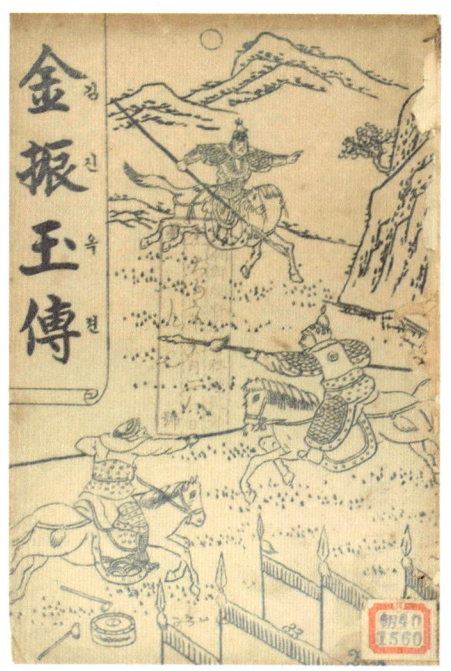

왼쪽

『김진옥전』 박문서관, 1917
『김진옥전』 주제는 애정인데도 화공은 책의도로 전쟁 장
면을 그려 놓았다.

오른쪽

『박문수전』 이문당, 1933
구씨와 천씨가 살아 구천동이라 불리는 마을에서 유일한
성씨인 유씨 집안이 있었다. 천씨가 유씨 집안의 아들에게
죄를 씌우자 박문수가 이를 풀어주는 내용이다.
대표적인 암행어사 소설인데도 어사출두를 그리지 않았다.

아래

『양산백전』 영창서관, 1928
『양산백전』은 중국의 설화를 소재로 한 사랑을 이루기 위
해 죽음도 불사하는 소설이다. 그 애정 밀도와 수준이 꽤
높다. 여주인공인 추양대가 시비와 애련정으로 가는 장면
이다. 하단에 남주인공 양산백이 보이고 배에서 한 소녀가
피리를 불고 있다. 이런 장면은 소설에 보이지 않는다. 책
의도에 삼어로 써 놓은 시는 아래와 같다.

달빛은 물 같고 물은 하늘같은데　　月光如水水如天
기러기 떼 끼룩끼룩 몇 해이던가　　雁陣嘶嘶度幾年
옥낭자와 이별하니 입맛조차 달아나　　別有王娘取退味
배 속에 신선이 옥피리 부는 소리만　　王簫數曲舟中仙

걷는다.『양산백전』이나『박문수전』,『숙영낭자전』,『옥단춘전』, ……들 애정소설은 거의 예외 없다. 흥미로운 점은 이 애정소설들에 암행어사 출두 장면이 자주 등장한다는 점이다.『옥단춘전』(청송당서점, 1916) 책의도는 진희가 옥단춘을 수장하려 하자 이혈룡이 '암행어사 출두!'를 외치는 장면이다. 화공은 고소설을 읽는 카타르시스를 가장 크게 느끼는 절정 부분을 그려내었다. '암행어사 출두!'를 외치는 장면이 나오는 고소설은『옥단춘전』,『춘향전』,『미인도』,『김학공전』등 헤아릴 수 없이 많다. 물론 독자들도 이 부분에서 가장 쾌감을 느낀다. 재미있는 것은 우리가 잘 아는 어사『박문수전』에는 어사출두 장면이 없다.

『채봉감별곡彩鳳感別曲』도 빠질 수 없는 사랑이 주제인 대중소설로 15회나 간행되었다. '송서 〈추풍감별곡〉'은『채봉감별곡』에 나오는 〈추풍감별곡〉을 떼어부른 노래이다. 또 신소설이라 표제를 단『추풍감별곡』도 있다. 그래『채봉감별곡』을『추풍감별곡秋風感別曲』이라고도 한다. 이『채봉감별곡』은 순조~철종 연간의 작품이다. 여주인공이 양가집의 규수이고 일부일처주의의 애정, 여기에 사실적인 묘사로 조선 후기 부패한 관리들의 추악한 이면을 폭로하고 진취적인 한 여성이 부모의 명령을 거역하면서까지 사랑을 성취한다는 내용을 그렸다.『채봉감별곡』은 조선시대 사회상을 섬세하게 따라 잡은 소설로 우리 고소설사에서 드물게 보는 독창적인 작품이다. 내용을 잠시 보면 이렇다.

여주인공 채봉은 평양성 밖 김 진사의 딸로, 봄날 꽃구경을 나섰다가 전 선천부사의 아들 강필성을 만나 서로 호감을 갖게 된다. 필성은 채봉이 수줍어 도망하다가 떨어뜨린 손수건을 주워 연정을 담은 시를 써서 시비 추향에게 전하니 채봉이 화답시를 보낸다. 채봉의 어머니 이부인이 채봉을 질책하자 채봉이 사실을 고한다. 필성이 어머니를 통하여 채봉의 집에 매파를 보내자, 채봉의 아버지 김 진사가 세도가 허 판서의 문객 김양주를 통하여 벼슬할 생각을 한다. 김양주는 김 진사에게 과년한 딸이 있다는 말을 듣고, 딸을 허 판서의 애첩으로 들여보내고 그 대가로 벼슬을 하도록 권한다. 김 진사가 주저하던 끝에 승낙하고 허 판서에게도 약속을 하여둔다. 돌아온 김 진사는 부인에게 딸을 데리고 상경하자고 하니 부인은 대경실색하고, 채봉은 눈물만 흘린다.

부인과 채봉의 반대에도 불구하고 김 진사는 전답과 기타 가산을 정리하여 상경한다. 김 진사 일행은 도중에 화적을 만나는데, 이때 채봉은 부모에게 알리지 않고 평양으로 되돌아온다. 김 진사는 화적에게 재물을 빼앗기고 허 판서에게 사정을 알리니 허 판서는 대노하여 김 진사를 하옥한다. 부인은 할 수 없이 채봉을 찾으러 평양으로 온다. 채봉은 평양에서 시비 추향의 집에 묵고 있었는데, 기생어미가 그녀에게 기생되기를 권하나 거절한다. 채봉의 어머니는 추향의 집에서 딸을 만나 아버지가 하옥되어 있는 사실을 이야기하고 상경하자고 조른다. 채봉은 아버지를 구하기 위하여 기생으로 몸을 팔기로 작정하고 기생어미로부터 돈을 받아 어머니에게 준다. 기명을 송이라고 한 채봉은 강필성에게 화답하여 보낸 한시를 내놓고 그것을 풀이하는 사람에게 몸을 허락하겠다고 하지만 아무도 풀지를 못한다. 필성은 기생 송이가 제

『**채봉감별곡**』 박문서관, 1917
채봉이 나무를 짚고 서있다. 기다리는 것은 강필성이다. 채봉의 뒤에 시비인 추향이 보인다.

『**추풍감별곡**』 경성서적, 1926
채봉이 책을 보는 장면이다. 아마도 저 책은 소설책이 분명하다. 두 작품 모두 달이 떠있다. '송서 〈추풍감별곡〉'은 채봉이 어느 달밝은 밤에 지어 부른 〈추풍감별곡〉이다.
'송서 〈추풍감별곡〉'은 "어제 밤 바람 소래 금성이 완연하다. 고침단금에 상사몽 훝처 쌔여 죽창을 반개하고 맥맥히 안젓스니 만리 장공에 하운이 훗터지고 천년 강살에 찬긔운 새로워라"로 시작하여 "상사에 중한 병을 엇지하면 곳처 낼고 신룡씨 갱생하고 편작이 부생한들 상사에 깁흔 병을 어이하며 곳칠손가"로 끝맺는다. 글자수로는 약 4,000여 자 정도가 되니 꽤 긴 노래이다.

시하였다는 한시를 듣고 하도 신기하여 찾아갔다가 채봉을 만나고, 그 뒤 밤마다 찾아가서 사랑을 속삭인다.

한편, 평양감사 이보국이 송이의 서화가 뛰어나다는 말을 듣고 몸값을 지불하고 데려와 곁에 두고 서신과 문서처리하는 일을 맡긴다. 필성은 채봉을 잃고 상사와 고민으로 지내다가 감영의 이방이 되기를 자원하여 채봉을 만나고

자 한다. 채봉은 별당에 거처하면서 필성을 날마다 그리워
하고 있다가 어느 달 밝은 밤에 〈추풍감별곡〉을 지어서 부
른다. 이 노래를 들은 감사가 채봉을 불러 천한 이방을 사
모한다고 질책한다. 이에 채봉은 현재 이방으로 와 있는 필
성과의 관계를 고백한다. 감사는 두 사람의 사랑을 가상히
여겨 필성을 불러서 상면하게 하고는 두 사람의 인연을 맺
어 준다.

이렇듯 『채봉감별곡』은 '기성세대의 타락'과 '신분을 뛰
어넘는 기생과 지체 높은 부사의 아들 간 사랑'이란 두 개
의 주제가 선명하게 대조된다. 타락한 세상을 구할 것은 낭
만적 사랑이라는 욕구가 이 소설을 만들었고 독서대중은
이를 받아들였다. 사랑이란 우리의 영원한 희망임을 보여
주는 『채봉감별곡』이다. 화공은 이 소설의 책의도에 채봉
만 그려 넣었다. 사랑하는 데 있어서 아무래도 여성이 남성
에 비해 더 애련해 보여서일지도 모른다.

『숙영낭자전』은 14회 간행되었다. 서사민요 중 〈옥단춘
요〉가 전해오는데, 『숙영낭자전』을 모티프로 민요화한 노
래이다. '숙영'을 '옥단춘'으로 바꾸고 『숙영낭자전』의 일
부를 민요화했는데 그 처음과 끝은 이렇다.[1]

　　춘아춘아 옥단춘아 술상이나 차려온나
　　우리도 한잔 먹고 과게를 가건마는
　　과게를 가건마는 너 버리고 내 갈소냐
　　어이갈고 어이갈고 부모명령 할 수 없다

1 김일렬, 『숙영낭자전 연구』, 역락,
1999, 223~239쪽 참조. 이 책에
의하면 최찬식의 신소설 『해안』 역시
『숙영낭자전』 개작이라 한다.

(…중략…)

부모앞에 눈물나니 가야사실 보구파고

가삼속에 잇는말을 어데가여 회포하리

자나깨나 옥단춘아 버들잎에 옥단춘아

너를한번 다시보면 온갖회포 하잤더니

어데가서 다시보리 보고지고 보고지고

또보고 또보고 보고짚다.[2]

  민요화한 부분은 과거 보러 떠난 낭군과 이별, 그리고 시
비의 모함으로 숙영이 죽은 부분을 다루고 있다. 숙영과 같
이 고단한 신세의 어떤 여성이 소설 속의 주인공과 자신을
동일시하여 지은 것이라 추정할 수 있다. 우리의 고소설이
당대의 여성들에게 즐거움뿐만 아니라 애환까지 함께 했
음을 알 수 있게 한다.

  조선 통신사 아메노모리 호슈雨森芳洲,1668~1755, 그는 부
산 왜관에서 한글 공부를 『숙향전』으로 하였으니 연대는
1702년이었다. 『숙향전』이 이미 17세기 말경에 햇빛을 보
았고 18세기 초반에 널리 유행했음은 물론이요, 나아가 조
선의 풍습과 언어를 대표할 수 있는 소설이었음도 짚게 해
준다.

  비교적 이른 기록인 유진한柳振漢,1711~1791의 『만화본춘향
가』에도 "이선요지시숙향李仙瑤池是淑香"이라고 하였다. 이선
李仙은 『숙향전』의 남주인공이요, '요지瑤池'는 중국 곤륜산
에 있다는 못으로 주나라 목왕이 서왕모를 만나 연회를 베
푼 곳으로 유명하다. 그러니까 "이선요지시숙향"은 '이선

2 조동일, 『서사민요연구』 자료편, 계
명대 출판부, 1979.

이 숙향을 만난 곳이 여기로다'라는 뜻이다. 『심청전』에는 "금자
동아 옥자동아, 어허 간간 내 딸이야, 표진강 숙향이가 네가 되어
환생하였느냐?"라는 구절도 보인다.

애정소설로 『숙향전』을 빼놓을 수 없다. 나손본 『악부』에 실린
악부 한 편을 보고 『숙향전』 줄거리로 말머리를 옮겨보자.

> 금화錦花 금화ᄒ되 백화총중百花叢中 네 아니라
> 천태산 할미 말이 전조 작반作畔 금화가름도 갓다
> 아마도 숙향이 환생ᄒ여 금화된가 ᄒ노라.

'금화'는 비단꽃인데 숙향을 이 금화에 비견하고 있다.

이제 『숙향전』의 대강의 내용을 정리해보며 이야기를 풀어나
가 보자.

> 송나라 때 김전이란 인물이 있었다. 그는, 어부들에게 잡혀 죽
> 게 된 거북을 사서 놓아준 적이 있었는데, 어느 날 홍수에 휩쓸려
> 가다가 그 거북의 도움으로 목숨을 구하게 된다.
> 김전과 부인 장씨는 늦도록 자식이 없다가 명산대찰에 기도하
> 고서야 딸 숙향을 얻는다. 숙향이 세 살 때 도적의 난이 일어나서
> 피란을 가게 되었는데, 김전부부는 피란길에 숙향을 잃어버린다.
> 부모를 잃은 숙향은 사슴의 도움으로 장 승상 집에 이르게 된
> 다. 장 승상이 숙향을 신임하여 양녀로 삼고 가사를 다 맡기니 시
> 비 사향이 숙향을 시샘하여 흉계를 꾸민다.
> 숙향은 도둑 누명을 쓰고 쫓겨나 물에 빠져 죽으려 하였는데,
> 용녀가 구출한다. 하루는 숙향이 불에 타서 죽게 되었는데 다시

『**숙향전**』 대창서원, 1920
숙향과 이선이 하늘로 오르는 장면

『**숙영낭자전**』 신구서림, 1915
선군이 죽은 숙영낭자 가슴에서 칼을 빼니 청
조가 "매월일네"하고 날아가는 장면이다. 매
월은 숙영의 시비로 '낭자의 방에 외간남자가
출입한다'고 모함한 악인이다. 숙영 옆에 엎드
린 아이는 아들 동춘이고 머리를 땋은 처녀 아
이는 딸 춘행이다. 마당의 남녀는 선군의 부모
인 듯하다.
책의도 하단에 수탉과 암탉을 그려 놓아 부부
의 화락을 암시하였다.
닭 그림은 우리 속화에 자주 등장한다. 속담도
30개가 넘는다. 그중 '닭 소 보듯, 소 닭 보듯'이
란 속담이 있다. 닭이 소를 보는 것처럼 아무런
관심도 두지 않는 사이일 때 쓴다. 책의도에 나
오는 사물 하나하나는 모두 의미가 있는 공간
소이다. 그림 솜씨가 매우 서툴고 어색하여 비
록 '닭 발 그릇듯'한 책의도라하여 내가 '닭 소
보듯' 시쁘게 여기는데 책의도 또한 나에게 무
슨 의미를 건네겠는가.

화덕진군에 의해 구출된다. 배가 고파 죽게 되었을 때
는 천태산 마고할미가 구출해 주어서 같이 살게 된다.

어느 날 숙향은 자신이 선녀가 되어 천상에서 노는
꿈을 꾸고 그 광경을 수로 놓는다. 할미가 숙향이 수놓
은 것을 저자에 내다 파니 수를 산 장사꾼은 낙양의 이
선이 천하 문장가라는 말을 듣고 찾아가 수에 시를 써
달라고 한다. 이선이 수를 보고 크게 놀라 할미를 찾아
가 천상배필인 숙향과 가연을 맺는다.

이선의 아버지 이상서가 이 사실을 알고, 몹시 화가
나서 낙양원 김전으로 하여금 숙향을 가두게 한다. 김
전은 자기 딸인 줄도 모르고 매를 치게 하나 형리의 팔
이 움직이지 않는다. 다시 여러 가지 방법으로 숙향을

벌하려 하지만 할미가 신이한 술법으로 숙향을 구한다.

숙향을 죽이기로 결정한 날 장씨는 숙향의 꿈을 꾸고는 죄수의 신원을 물어보았는데 자신의 딸과 비슷했다. 김전이 차마 죽이지 못하니 이상서가 김전을 전출시키고 다른 태수를 부임시킨다. 이선의 숙모가 이 사실을 알고 이상서에게 전말을 알린다.

할미가 세상을 떠난 후 숙향은 불량배의 핍박을 겨우 모면하고 자살하려고 하며 크게 통곡한다. 이상서 부부가 그 소리를 듣고 숙향을 데려와 그 비범함을 알아본다. 이선이 장원급제한 후 이선과 숙향 두 사람은 화목하게 지낸다.

이선은 황태후를 위해 봉래산에 선약을 구해 온 이후 초왕이 된다. 이선은 숙향과 여러 부인을 거느리고 부귀를 누리다가 마침내 선계로 돌아간다.

『숙향전』은 이렇듯 영웅의 일생을 통해 특히 여성의 수난과 애정을 드러내고 있다. 내용은 복잡하면서도 여성 영웅이라는 이채로운 성격을 보인다. 여자주인공 숙향이 고귀한 혈통으로 태어나 어려서 고아가 되고 구출자를 만나 양육되었다가 다시 찾아오는 위기를 극복하고 마침내 난수표 같은 인생을 풀어 행복한 삶을 누리게 되는 과정은 여성 영웅소설이 갖는 특징이기도 하다. 그래서인지 이 소설은 특히 여성들에게 매우 많은 인기가 있었다.

오죽하면 '숙향전이 고담古談이라'는 속담까지도 전한다. 이 속담은 소설의 『숙향전』이 옛이야기에 불과하다는 뜻이다. 당시 조선을 살다가는 대부분 여자일생은 고단한 삶의 연속이었다. 평생 고생만 하다가 끝내 좋은 때를 만나지 못하는 경우가 허다

『**옥단춘전**』 청송당서점, 1916
이혈룡이 "암행어사 출두!"를 외치는
장면이다.

하였다. 한데,『숙향전』의 숙향은 해피
앤딩을 보여주기에 이를 비유적으로 끌
어 쓴 말이다. 이 말에서 당시 여인들이
숙향처럼 행복한 삶을 살고 싶은 욕망
과 고단한 현실을 겸하여 볼 수 있다. 물
론 '숙향전이 고담이라'라는 말이 속담으
로 쓰일 정도였으니, 속담을 비유적으로
견주어 쓰는 이나 듣는 이나 『숙향전』의
내용을 잘 알고 있음은 선결조건이었다.

앞에서 잠시 언급한 『옥단춘전』은
1916년부터 1959년까지 무려 12개 출
판사에서 간행되었다. 재미있는 것은
1916년 청송당서점 책의도를 모두 모
사하였다는 점이다.『옥단춘전』은『춘향전』과 내용이 엇비
슷하니 대략 이렇다.

조선 숙종 때 서울에 살던 이혈룡李血龍이 죽마고우인 평
안감사 김진희金眞喜를 찾아가는 데서『옥단춘전』은 시작된
다. 두 사람은 동갑내기이다. 부모들 대대로 의리가 두터웠
고 누구든지 먼저 출세하면 서로 천거하기로 약속했다. 그
러나 김진희는 과거도 못 보고 거지꼴로 찾아간 이혈룡을
구박하고 뱃사람을 시켜 대동강으로 데려가서 죽이라고 했
다. 이때 평양기생 옥단춘이 등장한다. 옥단춘은 혈룡의 사
람됨을 알고 그를 구출하여 인연을 맺는다. 혈룡은 옥단춘
의 권고로 과거에 응시, 장원급제하여 평안도 암행어사가

되지만, 걸인 모습으로 나타난다. 옥단춘은 거지꼴의 혈룡을 따뜻하게 맞이한다. 두 사람은 평안감사가 베푸는 연회에 참석했다가 잡히게 되지만, 혈룡은 정체를 밝히고 김진희를 파직시킨다.

2) 사랑과 전쟁 애愛

(1) 『사씨남정기』

김려金鑢,1766~1821의 『담정총서潭庭叢書』에 실려 있는 「장원경의 아내 심씨를 위해 지은 고시古詩爲張遠卿妻沈氏作」를 보면 백정의 딸인 방주蚌珠:진주가 여덟 살에 이 『사씨남정기』를 낭랑하게 읊은 기록이 보인다. 그만큼 연원이 꽤 오래된 소설로 서포 김만중이 썼다.

사랑과 전쟁! 여성과 남성이 있는 한 영원한 삶의 주제이다. 그것도 처첩 간이면 색깔이 더욱 짙다. 그 중, 대표적 소설은 단연 『사씨남정기』이다. 그렇다면 신연활자본고소설책의도는 어떠한 장면을 그렸을까? 우선 『사씨남정기』의 대략을 살피면 이렇다.

유한림의 청혼을 받아들여 온인한 사성옥이 현숙한 부녀지의 덕으로 가정을 이끌어 가는데, 불행하게도 두 부부 사이에 자식이 없다. 봉건사회에서 부인이 자식을 두지 않으면 언제든지 쫓겨갈 수 있는 상황에서 사씨 부인은 유한림에게 첩 들이기를 청한다. 부인을 너무나 사랑한 유한림은 처음에 반대하나 사씨 부인의 간절한 청에 못 이겨 결국 첩을 들인다. 그 첩이 바로 사악한 교씨이고, 그 교씨는 곧 자식을 낳게 된다. 그런데 사씨에게도 태기가 있어 곧 아들을 낳게 된다.

첩으로서 위기의식을 느낀 교씨는 동청과 결탁하여 자기가 낳은 자식을 죽여가면서 사씨에게 누명을 씌워 사씨를 남쪽으로 내쫓게 된다. 그리고 자신은 유한림의 정실부인이 되고, 이로 인해 유한림의 총애를 받으나 곧 교씨는 동청과 계획을 짜고 유한림을 내쫓으려 한다. 결국 그 계획은 동청의 상소로 실행에 옮겨지고, 이 일로 유한림은 유배의 길을 떠나게 된다. 이 과정에서 사씨 또한 교씨로부터 생명에 위협을 느끼나 하늘의 도움으로 살아난다.

임금의 은혜를 입어 유한림이 유배지에서 풀려나나 후환을 두려워하는 동청과 교씨로부터 또 생명의 위협을 당하게 된다. 하늘의 도움으로 살아난 유한림은 사씨와도 재회하게 된다. 이후 모든 것이 교씨의 음해였음을 뒤늦게 깨달은 유한림이 교씨를 잡아 사형시키고, 동청을 처벌하고 나서 사씨와 결합하고 행복하게 살았다는 내용이다.

악한 동청과 교씨가 축출되고, 선한 사씨가 다시 유한림과 행복하게 산다는 줄거리이다. 독자들이 '권선징악'을 느끼는 것은 당연하지만 더 흥미로운 것은 교씨와 사씨의 대립이다.

영풍서관에서 간행한 『현토사씨남정기』는 그림이 없다. 한자에 토만 우리말로 된 신연활자본고소설은 이렇듯 모두 그림이 없다. 회동서관에서 1923년에 간행한 『현토사씨남정기』나 1923년 동창서옥에서 간행한 『현토한문춘향전』도 동일하다. 이는 한자라는 문자로 대중적인 고소설을 고급화시키려는 의도가 명백하다. 같은 영풍서관에서 1년 뒤에 간행된 『샤시남졍긔』는 그림이 보인다. 그림 내용으로 미루어 소설의 어느 부분인지 알 수 없지만 상당히 잘 그린 그림이다. 이는 독자를 고려한 것으로 책의도 표제 그림이 일반 대중과 밀접함을 알려준다. 최남선이 신문관(1914)에서 발간한 '육전소설'『사씨남정기』는 나름대로 소설의 가치를 올리려 일부러 그림이 아닌 도안을 그려 넣었음은 이미 앞에서 살폈다.

앞 박문서관에서 간행한『사씨남정기』는 유연수가 여승 묘혜의 도움으로 교씨를 만나고 헤어지는 장면인 듯하다. 그렇다면 오랜 고생 끝에 사씨가 남편과 만나는 장면이다. 사씨와 교씨가 투쟁하는 장면이나 교씨가 악독한 짓을 하는 잔혹하면서도 아름다운 사랑을 그려야 하거늘 왜 그러했을까? 사실『사씨남정기』내용을 모르는 독자는 물론이

『**사씨남정기**』 박문서관, 1917
좌측에 있는 인력거꾼을 자세히보면
콧수염을 기르고 벙거지를 쓴모습이
우습다.

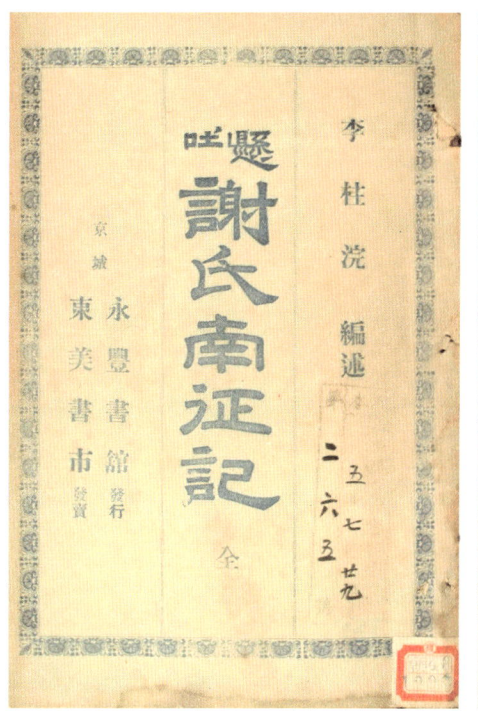

고 내용을 안다 해도 정확이 어느 장면인지를 알 수 없다.

그렇다면 그림만으로 알 수 있는 그 무엇이 있어야만 한다. 우측 하단에 스님 둘이 엎드려 있고 말을 탄 관리인 듯한 사내와 수레를 탄 여인과 세 시녀, 그리고 인력거꾼이 그려져 있다. '내용이 무엇일까?' 하는 의문이 안 들 수 없는 그림이다. 분명한 것은 처첩 간의 갈등을 외면하였다는 뜻이다. 『사씨남정기』 책의도를 그린 이는 책의도로 보아 꽤 수준 높은 화공이다. 분명 자신이 그리는 소설의 내용을 알았으리라 추론할 수 있다. 그런데도 저런 그림을 그린 것으로 보아 화공은 사랑과 전쟁이 아닌 다른 방식의 바라보기를 하였다. 그것은 전쟁 같은 사랑 이후 안온한 삶이 아닐까 한다.

02 욕망, 위기 - 욕欲

1) 출세 강박증 욕欲

과거급제! 전 조선인 중, 일부의 양반이 바라던 넉 자이다. 우리 고소설 중 90% 넘는 작품에서 주인공들은 모두 과거에 급제한다. 이른바 입신출세이다. 중세 사회로부터 지금까지 조금도 변하지 않은 것이 있다면, '출세'라는 버려야 할 흉물스런 두 자가 우리 삶의 황금률이다. 우리는 '어떻게 사느냐?'가 아니라, '무엇이 되느냐?'를 더욱 가치 있는 삶의 척도로 여긴다. '어떻게 사느냐?'는 나만의 문제로 그치지만, '무엇이 되느냐?'는 반드시 남과 치열한 경쟁이 따라 붙는다. 끊임없이 상대방과 비교를 통한 우월로 얻어내야 할 결과이기 때문이다. 우리 민족에게 이 가치관, 즉 '출세 숭배증'은 잘 정착되었고, 지금까지도 대한민국 집집마다 잘난 문패로 붙어 위용을 대내외에 과시한다.

'출세 숭배증'을 통한 심리적 만족을 위해서는 상대방으로부터 우위를 점해야 한다. '입신출세'는 그렇게 우리 욕망의 숙주가 되었다. 이 넉 자의 근원을 찾으면 이렇다. '입신행도 양명어후세 이현부모 효지종야立身行道 揚名於後世 以顯父母 孝之終也' 해석하자면 '과거에 급제하고 후세에 이름을 날려 부모를 드러내는 것이 효도의 끝이다'라는 말이다. 대여섯 먹은 코흘리개 아이들이 배우는 『소학언해』부터 나온다. 조선은 성리학적 질서가 국가의 이념인 나라였다. 구체적인 이념은 삼강오륜이고 그중 가장 으뜸이 효였다. 양반 자제 뿐 아니라 전 조선의 아이들이면 저 말을 외워댔다.

대중과 함께하는 고소설이 저 말을 광고로 내는 것은 당연한 일인지도 모른다.

지금도 사법시험에 합격하면 가문의 영광으로 알고 동네잔치를 벌이고 출신학교에는 프랜카드를 턱하니 걸어놓고 자랑하기 여념이 없다. 조선시대의 과거급제는 현재까지도 이렇게 남아있다. 그렇다면 우리의 고소설에서는 과거급제가 어느 정도를 차지할까? 세 보지는 않았지만 아마도 열 권이면 아홉 권은 과거급제가 보인다. 이를 신연활자본고소설책의도에서 찾아보면 〈장풍운전〉, 〈정을선전〉······ 따위이다.

『장풍운전』은 17회나 간행되었다. 그만큼 널리 알려진 영웅소설이다. 『진담록陳談錄』을 보면 아래와 같은 기록이 보인다. 『진담록』은 1811년에 찬집되었다.

광대들이 놀이를 벌이자 남녀 구경꾼들이 우 몰렸다. 그중 한 사람이 유난히 높은 둔덕 위에 떡하니 앉아, 의관이 호사스럽고 용모도 관옥같이 우수한 품이 만좌중에 돌올해 보였다. 실로 일세의 기남자인가 싶었다. 모두들 흠모하여 우러러보고 감히 옆에 가서 말을 붙여볼 염도 못 가졌다.

그 사람은 모두들 자기를 우러러보는 줄 알고 "에헴!" 큰기침을 한 번 하고는 광대놀음을 가리키면서 말했다.

"옛날에도 이러한 일이 있었으렸다."

만좌가 바야흐로 존경하여 마지않던 차에 이런 말을 듣고 모두 반기어 장차 주옥같은 말씀이 나오려니 기대하며 이구동성으로 말했다.

"그 고사를 들어볼 수 없겠습니까?"

그 사람은 배를 헤치고 부채를 흔들며 말을 시작했다.

"옛적에 장풍운張風雲이⋯⋯"

이야기가 끝나기도 전에 모두들 손을 내저었다.

"잘못 봤구먼, 잘못 봤어."

이렇게 말하며 돌아서는 것이었다.[3]

『장풍운전』에는 부모와 헤어진 장풍운이 광대 패를 따라다녔다는 삽화가 있다. 광대가 이야기하려는 게 아직 『장풍운전』인지 알 수 없다. 그런데 사람들은 '장풍운'이란 이름 석 자만 듣고도 손사래를 치며 돌아섰다. 이미 『장풍운전』을 알고 있다는 말이다. 그만큼 광범위하게 읽혀졌음을 말한다. 『장풍운전』은 전반부와 후반부로 나뉜다.

전반부는 장풍운이 역경과 고통을 이겨내고 이경패와 혼인하고 과거에 급제하는 영웅의 일생 구조, 후반부는 처첩 간의 갈등으로 첫째 부인 이경패와 셋째 부인 유씨의 갈등이다. 하지만 책의도는 모두 장풍운이 전투하는 장면이다.

『정을선전』은 정을선과 유추년의 애정을 그린 고소설이다. 이러한 애정소설은 동서고금을 막론하고 거의 동일한 패턴이다. 사랑하는 남녀 사이에는 반드시 이들의 사랑을

『장풍운전』 박문서관, 1925
장풍운이라 쓴 깃발 아래 말을 탄 장수가 장풍운이다. 그러나 수염 난 상대 장수도 그렇고 목숨을 걸고 싸우는 장수 표정으로 보기 어렵다.
이런 우스꽝스런 표정에서는 오히려 전쟁놀이를 하는 아이들의 모습을 떠올리게 한다.
『장풍운전』에는 특히 관상에 대한 부분이 많다. 풍운이 "천하영준, 귀히 될 상, 중 될 사람, 광대는 안 될 상"이라고 하였다.

3 이우성 · 임형택 역편, 『이조한문단편집』 하, 일조각, 1978, 239~240쪽.

『**장풍운전**』 조선도서, 1923

"풍운의 상을 보니 부귀하고 자식이 많고 이별이 눈매에 있으니 초년 운수는 험하고 말년 운수는 크게 길할 것입니다."(『장풍운전』, 조선도서, 1923, 3쪽, 원문을 인용자가 풀어 썼다)

위 문장은 대사가 장풍운의 상을 보고 하는 말이다. 위 〈장풍운전〉 책의도를 그린 화공은 장풍운의 눈매를 청수미(淸秀眉)로 그린 듯하다. 청수미란, 깨끗하고 맑으며 가지런하고 단정한 눈썹이다. 관상에서 보자면 이러한 눈썹을 가진 사람은 총명하고 일찍이 명성을 얻게 되며 형제간 우애가 깊고 이름을 떨칠 수 있다고 한다. 대사의 초년운수가 험하다는 말과 어긋나지만 전체적으로 볼 때는 부합한다.

『장풍운전』 외에도 관상으로 인물과 앞날을 맞추는 장면이 나오는 소설은 『구운몽』, 『홍계월전』, 『홍길동전』에서도 찾아 볼 수 있다. 고소설에는 이렇게 우리 민족의 문화관습이 배어있다.

시기하는 음해 세력이 끼어들어 갈등을 일으킨다. 『정을선전』에서는 추년의 계모인 노씨와 을선의 풍모를 사랑한 조왕의 딸이 악역을 부여받았다.

노씨는 추년을 부정한 여인으로 몰아 자살케 하지만 을선이 신약으로 살려낸다. 조왕의 딸은 을선의 첫 부인이 되는 것까지는 성공하지만 추년을 시샘하다가 흉계가 드러나 사형에 처해진다.

흥미로운 것은 조왕의 딸 조부인의 흉계로 추년이 사형에 처해지려는 때다. 이때 추년을 구한 것은 을선이 아니었다. 바로 추년의 시비인 금섬과 월매였다. 금섬은 추년을 대신하여 자살하지만 살아남은 월매는 추년의 추천으로 을선의 첩이 된다.

『정을선전』은 이렇게 을선과 추년의 인연을 방해하는 노씨와 조왕의 딸의 계략과 음모를 동선으로 펼쳐지는 소설이다.

그런데 『정을선전』 책의도를 그린 화공은 이러한 내용은 버리고 을선이 과거에 급제하는 장면을 그려 놓았다. 이 소설에서 정을선이 과거에 급제하는 것은 전개부분이다. 소설 전개에서 그저 을선이 뛰어난 능력자임을 보이는 의미 정도에 지나지 않는다. 그런데도 화공이 과거급제 장면을 그려 넣었다는 것은 그만큼의 의미를 부여했기 때문이다.

책의도 중앙 일산을 쓴 을선 뒤로 경복궁이 그려져 있고 북한산도 보인다. 일산을 좌측 뒤로는 해태가 보인다(지금은 광화문 정문 좌측에 있다). 전체적인 구도로 당시 광화문의 모습을 본 화공이 그렸음을 알 수 있다. 경험한 세계에 대한 기록적 재현이다. 독자들 역시 자신이 경험한 모습이기에 구매 충동을 강하게 일으킬 수 있다.

『정을선전』덕흥서림, 1925
우리 신연활자본고소설 중 열에 아홉은 과거급제가 나오는데 실상 책의도에서 이 장면을 찾기는 어렵다. 비교적 광화문 정경을 유사하게 그렸다.

경복궁 광화문 정문
1890년대 구한말 시대의 사진이다. 미국 콜로라도주 소재 콜로라도대학 터트 도서관(Tutt Library)에 소장된 자료로 북한산, 광화문 해태상이 보인다.

2) 최고의 가치인 재주 욕欲

우리 신연활자본고소설 중, 재주를 다룬 고소설들이다. 『강시중전』은 강감찬을 주인공으로 내세운 고소설이다. 원본을 보면 '강감찬의 키는 난쟁이 같고 얼굴은 추하고 비루하여 그 누추한 모양은 일일이 형용하여 말할 수 없다'고 하였다. 책의도는 삿갓을 쓴 이가 호랑이를 물리치는 장면이다. 그런데 책의도가 애매하다. 책에는 강감찬이 35세에 과거에 급제하여 판관이 되어 삼각산에서 사람들을 괴롭히는 늙은 중으로 둔갑한 호랑이를 백두산 서북으로 쫓아

『강시중전』 조선서관, 1913

보낸다. 책의도는 삿갓을 쓴 이가 호랑이들을 쫓아 버리는 장면으로 보인다. 그런데 호랑이가 둔갑한 늙은 중이 무리를 이끌고 사라지는 장면으로 보기에는 무엇인가 어색하다. 화공은 혹 삿갓 쓴 이를 강감찬으로 그려 넣은 게 아닌가 한다. 그렇다면 화공은 『강시중전』을 읽지 않았다는 뜻이다. 더욱이 전형적으로 우리 민화에 보이는 호랑이로 매우 희화적으로 그려져 있다는 점에 유의하면 화공은 민화를 그리는 이였을 듯하다.

『전우치전』 역시 둘째가라면

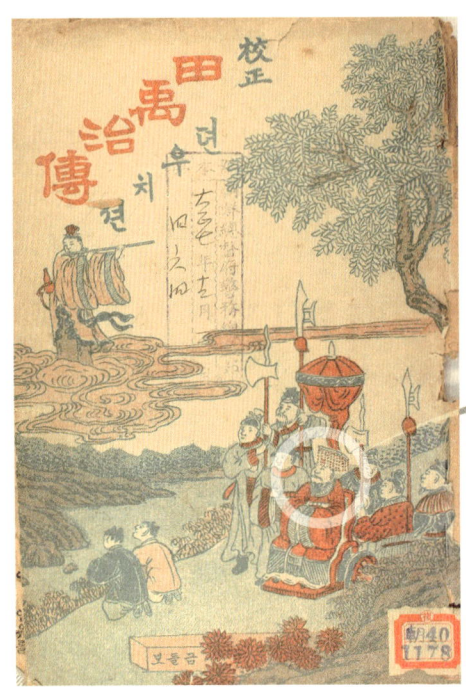

서러워 할 재주를 지닌 전우치 이야기다. 전우치는 담양潭
陽에 실존하였던 인물로 도술을 배워 탐관오리를 괴롭히
고 빈민을 구제하다가 서경덕에게 혼난 후 그의 제자가 되
어 태백산에 들어갔다는 것이 대강의 줄거리이다. 책의도
는 전우치가 천상 선관으로 가장하여 피리를 불고 임금이
황금 들보를 만들어 바치는 장면이다. 왕 얼굴을 보면 멍한
것이 화공의 끼가 잔뜩 드러나 있다.

　최치원의 재주를 써낸『최고운전』도 빼놓을 수 없다.『최
고운전』은 신라 말 정치가이며 학자인 최치원을 소설화한
작품이다. 중국에 신라 사신으로 가게 된 최치원은 큰 모자
를 가지고 갔다. 중국 궁궐에 들어갈 때였다. 치원은 이 모
자를 쓰고 들어가며 닿자 '소국의 문도 닿지 않는데 대국의

왼쪽
『**전우치전**』영창서관, 1918
임금 얼굴은 멍하나 당당히 11줄짜리
면류관(冕旒冠)을 썼다. '면(冕)'은 위
의 널찍한 판이고 '류(旒)'는 앞뒤에
드리워 얼굴을 가리는 구슬 꿴 발이
다. 흔히 중국 천자는 면류가 앞뒤로
각 12개씩 24개이고 우리 임금은 앞
뒤로 각 9개씩 18개인 면류관을 썼다.
이 책의도에서 왕이 쓴 면류관의 면
류는 11개이다. 아마도 화공은『전우
치전』배경이 조선인데도 중국 황제
처럼 12개를 그리려한 듯하다.

오른쪽
『**최고운전**』신영서림, 1927

문이 이렇게 낫냐'며 퉁박을 준다. 급기야는 문을 허물고서야 들어가는 장면이다. 중국에 늘 눌려 지내는 우리 자존심을 챙기려는 재치였다. 화공이 이 점을 포착하여 그려 놓은 책의도다. 당시는 일제치하이다. 이『최고운전』을 사려 든 독자는 이 그림에서 무엇을 보았을까? 조선의 자긍심? 아니면 민족의 비애? 단순한 흥미만은 아니었을 듯하다.

3) 그래도 살 만한 세상 욕欲

영원한 비극은 없다! 적어도 신연활자본고소설책의도에서는 그렇다. 그 어느 작품을 보든 주인공이 비극적으로 끝나는 작품은 없다. 비록 배경이 캄캄한 절벽으로 태어났더라도 말이다. 그렇기에 고소설 속 세상은 살 만한 세상이다.

『금방울전』은 한 노인이 옥황상제의 명으로 꿈에 나타나고, 막씨가 죽은 남편과 관계하여 금방울을 낳는다는 설정부터 흥미롭다. 이 금방울은 여주인공으로 하늘에서 죄를 지어 금방울의 탈을 쓰고 태어난 용녀龍女이다. 남주인공은 동해 용왕의 아들인 장해룡張海龍이다. 흉노의 침략 등 온갖 파란 속에서 금방울은 해룡을 도와 큰 공을 세우고 인간의 액운이 다하여 탈을 벗고 절세미인이 된다. 뒷이야기야 보지 않아도 알 수 있다. 금방울은 해룡

과 혼인을 하고 아들 딸 낳고 부귀공명을 누리다가 하늘로
올라가 신선이 되었다는 내용이다.

『금방울전』은 대중적인 인기도 꽤 높아『능견난사』라는
이본도 있다. '능견난사能見難思'란 '능히 볼 수는 있지만 생
각하기는 어렵다'는 뜻이다. 사실 우리 인생도 능견난사이
다. 보이는 것이 다가 아니기 때문이다. 금방울이라는 괴생
명체가 절세미인으로 변하고 왕의 부인이 되어 부귀와 공
명을 누린다는 설정이, 한치 앞도 모르고 살아가는 많은 사
람들에게 '지금은 이렇지만 앞일은 알 수 없다'는 희망을
준 것이다.

1912년에 간행된 번안소설『만인계』에도 "어느 날 밤에

왼쪽
『**금방울전**』 조선서관, 1916
책의도는 2단으로 구성되었다. 상단
은 장삼의 처 변씨와 변씨의 아들 소
룡이 도둑을 만나 돈과 옷을 뺏기고
나무에 매달린 장면이고 하단은 금방
울이 가져온 족자에 그려진 그림으로
장원 부부가 해룡을 길에 두고 돌아
서는 장면과 장삼이 아이(해룡)를 업
고 마을로 들어가는 장면이다.
그런데 줄거리를 보면 하단이 먼저이
고 상단이 나중이다.

오른쪽
『**능견난사**』 세창서관, 1917
상단은 금방울과 막씨이고 하단은 요
괴가 공주를 잡아가는 장면이다.

4「만인계」,『개화기문학총서 신소설
번안소설』9, 523쪽.

『한후룡전』, 동양대학당, 1930

길동이가 혼자 앉아서 매우 재미있게 배운 『금방
울전』을 보다가 ……"⁴라는 장면이 보인다.

『한후룡전』도 이러한 욕망이 투영된 고소설이
다. 『한후룡전』은 장님인 한후룡이 후일 좌승상
까지 지낸다. 이 소설은 전국에 산재한 '지성至誠
과 감천感天' 설화를 소설화한 작품이다. 지성감
천 설화 대략은 이렇다.

일찍이 부모를 여의고 거지 노릇을 하던 장님
감천이가 앉은뱅이인 지성이를 업고 다니며 걸
인 생활을 한다. 어느 날 둘은 우연히 커다란 금
덩이를 발견하고는 지나가는 도붓장수에게 둘로
나눠 달라고 한다. 하지만 도붓장수 눈에 금덩이는 큰 구
렁이로 보였다. 이번에는 지나가는 포수에게 둘로 나눠 달
라고 한다. 포수는 어안이 벙벙하였다. 그저 평범한 돌멩이
였기 때문이다. 여하튼 포수는 둘로 쪼개 주었고 둘은 나
누어 가졌다. 얼마 후 감천이와 지성이는 절에 가게 되었
다. 스님은 두 금덩이를 부처님께 바치고 100일 기도를 하
라고 하였다. 100일 기도를 마치자 감천이는 눈을 뜨고 지
성이는 허리가 펴져 일어나 걸을 수 있게 되었다. 이러한
설화에는 전형적인 우리 민족의식과 민중의식이 배태되어
있다.

『한후룡전』에서 장님은 한후룡이고 앉은뱅이는 임허영
이다. 이 둘이 고초를 겪다가 부처님 도움으로 눈을 뜨고
허리가 펴진 것은 설화와 유사하다. 그러나 이 둘은 후일
후룡은 대도독이 되고 허영은 부도독이 되어 적장 유필을

잡는 장군이 되었다. 이런저런 우여곡절 끝에 후룡이 좌승상, 허영이 우승상이 되어 부귀영화를 누리는 것으로 끝난다. 『한후룡전』 책의도를 보면 후룡이 대장군기를 들고 백마에 앉아 있는 장면이다. 사실 이 부분은 『한후룡전』 전체 내용에서 중요한 설정이라고 보기는 어렵다. 그렇다면 왜 이런 싸움 장면을 그렸을까? 고소설책의도는 모두 일제치하에서 그려졌다. 책 중심 내용과 관계없이 전투장면이 많은 것으로 미루어 당시 울분에 찬 민족 감정이 이입되었을지도 모른다는 조심스런 견해이다.

4) 반성적 사유, 삶 욕欲

삶의 길은 누구나 녹록치 않다. 동물을 통한 반성적 사유가 필요한 이유이다. 우리 고소설 가운데 동물이 주인공으로 등장하는 작품은 『두껍전』, 『서대주전』, 『장끼전』, 『토끼전』, 『불가살이전』, 『손오공』, 『금송아지전』 등으로 그리 많지 않다. 이 소설들은 우리로 하여금 반성적 사유를 갖게 한다. 이 작품들 중, 『서동지전』(『서대주전』)만 보자. 소설의 대략은 이렇다.

중국 옹주땅 구궁산 토굴 속에 서대주鼠大州라는 짐승이 살고 있었다. 당태종이 금용성을 치려 할 때, 서대주는 종족을 거느리고 금용성 창고의 곡식을 없애 버리는 큰 공을 세운다. 이 일로 서대주는 당태종에게 벼슬을 제수 받고 잔치를 베풀어 서류鼠類들

을 초대한다. 이때 하도산에 다람쥐가 살았다. 이 다람쥐는
성품이 간악하고 가세가 빈한한데도 나태하여 끼니를 잇
기조차 어려웠다. 다람쥐는 서대주가 잔치를 베푼다는 말
을 듣고 찾아간다. 다람쥐는 잔치가 끝난 뒤 서대주에게 자
기의 딱한 사정을 호소하여 날밤과 잣씨앗을 얻어가지고
돌아온다.

다람쥐 부부는 그것으로 봄을 무사히 지냈지만 겨울이
돌아오니 다시 굶주린다. 다람쥐는 다시 서대주에게 가서
구걸한다. 서대주는 종족의 형편을 들어 거절한다. 이에 다
람쥐는 원한을 품는다. 그러지 말라는 아내의 충고도 듣지
않고 다람쥐는 곤륜산의 백호산군白虎山君에게 거짓 소장을

염왕이 보낸 두 사람이 손오공을 잡
으러 오는 장면이다. 기암괴석하며 손
오공의 얼굴과 털, 그리고 염왕이 보
낸 두 사람의 모습이 매우 세밀하다.
괴석은 노경(老境)의 미를 간직한 동
양 전통적인 상징물로 원숙하고 흔들
림 없는 경지를 이른다. 정통 수묵화
에서는 선비 지조와 절개, 청빈과 기
개를 뜻하기도 하였다. 그림 공부에
제1로 치는 것도 이 암석이었다. 우리
가 신연활자본고소설책의도에서 자
주 맞닥뜨리는 암석에는 이러한 전통
적 그림에 대한 의식이 반영되었다.

올린다. 다람쥐 아내는 소송의 불가함을 극력 충고한다. 다람쥐는 통분한 나머지 집을 나가고 만다.

　백호산군은 서대주를 잡아오게 한다. 서대주 이야기를 듣고 다람쥐가 허위로 고발하였음을 알게 된다. 이에 산군은 허위고발한 다람쥐는 정배시키고 서대주는 돌려보내려 한다. 서대주는 다람쥐를 불쌍히 여겨 같이 내보내 줄 것을 간청한다. 산군은 서대주의 인후한 심덕에 감동하여 다람쥐도 풀어준다. 이에 다람쥐는 자기의 배은망덕한 처사를 반성하고 서대주에게 사과한다. 서대주는 다람쥐를 불쌍히 여겨 황금을 주어 돌려보낸다.

『서동지전』은 인간 삶을 그대로 담아냈다. 은혜를 입고도 배은망덕한 다람쥐, 가부장의 권위에 도전하는 다람쥐 아내, 남에게 은혜 베푸는 것이 삶의 철학인 서대주, 현명한 판결을 내리는 백호산군은 우리 사회에 그대로 있는 인간형들이다. 특히 다람쥐 아내의 행동은 남존여비라는 인습이 지배하던 시대이기에 시사하는 바가 크다.

『섬동지전』은 충청도 한산韓山 오룡산에서 노루가 뭇짐승을 불러 모아 잔치를 베푸는 자리에서 토끼가 '윗자리 앉기'를 정하자고 제의한다. 나이를 두고 노루와 여우가 서로 다투니 두꺼비가 나이로써 정하되 듣고 본 것이 많고 적음으로 따지자고 한다. 지금도 '떡국이 농간한다'는 말이 있다. 떡국 먹는 만큼 나이 먹고, 나이 먹는 만큼 세상살이 잘 해낸다는 말이다. 하지만 '나잇값'이라는 말도 있다. 나이에 어울리는 말과 행동을 낮잡아 이르는 말이다. '나이와 비례하는 예의와 지혜를 가져라'는 충고를 담은 책 의도이다. 『서동지전』과는 달리 말재주가 빛난다.

『장끼전』 경성서적, 1926

『불가살이전』은 불가살이가 쇠붙이를 모두 먹어치워 이
성계를 도왔다는 내용이다. 흥미로운 것은 말미에 불가살
이 시신을 발견했는데 그 등에 문자가 쓰여 있고 이를 세종
이 해석하여 한글을 만들었다는 이야기가 있다.

　『장끼전』은 장끼의 탐욕을 통한 반성적 사유이다. '돈이
재갈량이다'처럼 모든 가치를 물질로만 환전하는 우리에
게 진정한 삶이 무엇인지를 묻는 소설이다.

03 욕망, 절정 – 노怒

1) 부재하는 아버지 노怒

신연활자본고소설 태반이 부재하는 아버지를 그리고 있다. 부재하는 아버지는 국가로 보자면 왕이고 가정에서는 가장이다. 국가와 가정이 흔들리는 이유, 가부장제도 사회에서는 아버지일 수밖에 없다.

"전쟁으로 국가가 탄생했고 그 국가가 전쟁을 수행한다"는 말이 있다, 정치학에서 즐겨 쓰는 말이다.[5] 우리 고소설 중에서 전쟁을 다른 내용이 많은 이유는 흔들리는 국가와 무관치 않고 그 국가는 부재하는 아버지와 연결된다. 이 아버지의 부재는 임란이후 우리 고소설사의 큰 흐름이다. 이러한 소설로 43회나 간행된 『삼국지연의』를 가장 먼저 꼽을 수 있다. 『삼국지연의』를 번역하거나 번안한 작품들도 상당수 전해진다. 물론 사대부만이 아니라 부녀자나 민간에서도 폭넓게 읽혔다. 그 방증 자료로는 『관운장실기』, 『장비마초실기대전』, 『조자룡실기 : 산양대전』, 『대담강유실기』, 『화용도실기』, 『적벽대전』, 『삼국대전』, 『화용도실기』, 『몽견제갈량』 따위의 이본 파생에서도 알 수 있다.

또한 시조나 소설, 속담 등에서도 『삼국지연의』는 도처에 등장할 만큼 우리 소설사뿐만 아니라 문학사에서도 그 영향은 크다. 『삼국지연의』가 널리 읽히고 확산된 것은 이 작품이 충효와 의리를 강조하는 조선의 유교적 지배이념

5 존 키건 지음, 정병선 옮김, 『전쟁과 우리가 사는 세상』, 지호, 2004, 76쪽.

과 일치되기 때문이다.

이본들은 대체적으로 촉한 유비를 중심으로 서술하고 있다. 따라서 책의 도도 유비, 관우, 장비, 제갈량, 조자룡이 많이 보인다. 사건으로는 조자룡이 아두를 구하는 장면과 장비가 장판교에서 대갈일성하는 장면, 제갈량이 동남풍 비는 장면 등을 그렸다.

『삼국지』가 우리의 삶에 어느 정도 영향을 끼쳤는지는 속담을 보면 안다. 『삼국지연의』를 읽지 않은 사람조차도 유비, 관우, 장비, 조조, 제갈량, 조자룡은 안다. 물론 진수의 『삼국지』라는 역사서가 널리 퍼져 이렇게 된 것이 아닌, 순전히 나관중羅貫中,1330?~1400의 『삼국지연의』라는 소설에 연유한다. 나관중의 이름은 본本(혹은 관貫)이며 관중은 자이다. '연의'란 역사적인 사실을 부연하였다는 뜻이다. 『삼국지연의』의 인기는 대단하여, 등장하는 인물들은 우리네 속담의 소재로까지 쓰였다. 그런데 가장 인기 있는 인물인 관우는 속담에 아예 보이지 않고, 의외로 험상궂은 장비가 많다. 그런데 장비에 관한 속담은 썩 좋지는 않으니, 그저 덤벙대고 큰소리나 치고 싸움이나 하는 경우에 비유적으로 쓰인다. 진수는 『삼국지』에서 '관우는 호걸로서 자부심이 강했고 장비는 난폭한 것이 흠이었다'고 하였다. 장비는 그래 부하인 범강과 장달에게 잠자다가 목이 잘려 어이없이 죽고 만다. 어쨌든 속담에 많이 등장한다고 좋은 것도 아닌가 보다.

유비부터 차례로 살펴보자.

유비가 한중漢中 믿듯:조금도 의심하지 않고 굳게 믿는다는 말. 유비가 한중(지금의 중국 산시성 서남쪽 한수 상류에 있는 땅 이름) 왕이 되어 자신의 나라를 굳게 믿었다는 데서 나온 말이다.

왼쪽
『**삼국대전**』 영창서관, 1918

가운데
『**무쌍언문삼국지**』 대창서원, 1918

오른쪽
『**산양대전**』 동양서원, 1925

유비냐 울기도 잘한다 : 잘 우는 사람을 이르는 말. 『삼국지』 속에서 유비는 잘 운다.

장비군령張飛軍令이라 : 성미 급한 장비의 군령이라는 뜻으로, 별안간 일을 당함을 이르는 말. 혹은 몹시 급하게 서두르는 일을 이르는 말.

장비 포청에 잡힌 것 같다 : 자기 몸을 자기 마음대로 움직이지 못하게 된 처지를 이르는 말.

장비 호통이라 : 큰 소리로 몹시 야단스럽게 꾸짖음을 이르는 말.

장비가 싸움을 마대 : 자기가 즐기는 것을 남이 권하였을 때 흔쾌히 받아들이며 하는 말.

장비는 만나면 싸움 : 만나기만 하면 시비를 걸고 싸우려고 대드는 사람을 이르는 말. 혹은 취미나 기호가 비슷한 사람끼리는 만나기만 하면 이내 그 일로 함께 어울림을 이르는 말.

장비더러 풀벌레를 그리라 한다:세상에서 큰일을 하는 사람에게 자질구레한 일을 부탁하는 것은 합당하지 아니함을 이르는 말.

장비야 내 배 다칠라:아니꼽게 잘난 체하며 거드름을 피우는 사람을 비꼬아 이르는 말.

장비하고 쌈 안 하면 그만이지:상대편이 아무리 싸움을 잘해도 이쪽에서 상대하지 아니하면 싸움은 일어나지 아니함을 이르는 말.

제갈공명 칠성단에 동남풍 기다리듯:제갈공명이 무엇을 잔뜩 기다리는 모양을 비유적으로 이르는 말. 같은 속담으로 '제갈량이 칠성단에서 동남풍 기다리듯'도 있다.

제갈량이 왔다가 울고 가겠다:지혜와 지략이 매우 뛰어난 사람을 비유적으로 이르는 말.

구두장이 셋이 모이면 제갈량보다 낫다:여러 사람의 지혜가 어떤 뛰어난 한 사람의 지혜보다 나음을 비유적으로 이르는 말.

돈이 제갈량이다:돈만 있으면 못난 사람도 제갈량같이 될 수 있다는 뜻으로, 돈만 있으면 무엇이나 다 할 수 있음을 이르는 말.

조자룡이 헌 창(칼) 쓰듯:돈이나 물건을 헤프게 쓰는 경우를 비유적으로 이르는 말.『삼국지』에 나오는 조자룡이 칼을 잘 쓴다는 데서 비유.

조조는 웃다 망한다:자신만만하며 웃다가 언제 망신을 당할지 모른다는 말.

조조의 살이 조조를 쏜다:지나치게 재주를 피우면 결국 그 재주로 말미암아 자멸함을 비유적으로 이르는 말.

조조와 장비는 만나면 싸움:힘이나 수가 엇비슷한 사람끼리 만나기만 하면 승부를 겨룸을 비유적으로 이르는 말.

항우는 고집으로 망하고 조조는 꾀로 망한다:고집 세우는 사

『삼국대전』 영창서관, 1918 속지에 있는 유비, 관우, 장비, 제갈량.

우측 상단이 유비이다. 후덕한 상으로 유비의 시호인 소열제(昭烈帝)라고 표기하였다. 조조의 아들인 조비는 유비를 '싸움에 있어 임기응변인 진퇴 전략조차 모른다'고 혹평을 하였지만, 정사 『삼국지』에서는 유비를 '홍의관후(弘毅寬厚)하여 사람을 알고 선비를 기다린다'라고 평하였다. 홍의관후는 넓고도 굳세며 너그럽고도 후덕하다는 뜻이다. 때론 후덕함이 지나친 것도 사실이지만 이것이 그의 인간적인 매력으로 작용하였고, 결국 그가 큰 재주 없이 한 왕실을 이룬 것은 바로 이러한 성격 때문이었다.

좌측으로 관운장이다. 대춧빛 붉은 얼굴에 눈초리가 봉황처럼 올라가 있으며 수염을 늘어뜨렸다. 관우의 시호인 관장목(關壯繆)이라 써놓았다. 아름다운 수염과 청룡언월도를 든 의리의 사내로 군사 만 명에 필적하는 용장이다. "부하들에 대하여 유순하게 대했지만 사대부에게는 교만했다"라고 『촉서』 '관우·장비전'에 기록되어 있다.

아래에 장비가 보인다. 장비의 시호인 장환후(張桓侯)이다. 장팔사모를 휘두르는 불같은 성격의 소유자로 역시 관우와 같이 군사 만 명에 필적하는 용장이다. "군자를 경애했으나 소인들은 가볍게 여기지 않았다"라고 『촉서』 '관우·장비전'에 기록되어 있다. 이 평대로 관우의 복수를 위해 출정하는 도중 부하인 범강과 장달에게 암살되었다.

우측 하단이 제갈량으로 제갈무후(諸葛武侯)이다. 제갈량에 대한 속담은 '전무후무 제갈무후'란 말이 있다. 제갈량 앞 뒤로 이만한 사람이 없다는 뜻이다. 백성들에게 두려운 존재이면서도 사랑을 받았던 제갈량, 『촉서』 '제갈량전'에 "다스릴 줄 아는 수재로 관중과 소하에 버금간다"라고 하였다.

람과 꾀부리는 사람을 경계하는 말.

사공명주생중달死孔明走生仲達 : 죽은 제갈공명이 살아 있는 사마중달을 도망치게 한다는 뜻. 뛰어난 인재는 죽어서도 제 몫을 다 한다거나, 제대로 싸워보지도 않고 미리 도망치는 겁쟁이를 지칭할 때 쓰는 말.

범강范彊-장달張達이 같다 : 키가 크고 우락부락하게 생긴 사람을 이르는 말. '범강'과 '장달'은 그들의 대장인 장비를 죽인 사람들이다.

이외에도 속담은 아니지만 사지에서 아두를 구해온 조운에게 유비가 도리어 아두를 땅바닥에 집어던지며, "이 아이 하나 때문에 명장을 잃을 뻔 했구나!"라고 탄식하자 조운이 감복하여 "간과 뇌장을 쏟아내도 주공의 은공을 갚을 수 없겠습니다"라는 간뇌도지肝腦塗地, 제갈량이 적벽전에 앞서 손권을 만나면서 그를 안심시키기 위해 말했다는 "강하게 날아간 화살도 멀리 날아가 끝에 이르러서는 비단결 한 장 뚫지 못한다"는 강노지말强弩之末 따위가 있다. 『삼국지』에서 유래된 고사성어로 속담 못지않게 실생활에 쓰이는 것이 적지 않다. 물론 이것은 나관중이 지은 소설 『삼국지통속연의』만이 아닌, 진수의 『삼국지』에 본래부터 있거나, 또 중국에서 흔히 쓰던 용어도 있다.

다음으로 『유충렬전』 24회, 『소대성전』 23회, 『조웅전』 22회, 『신유복전』 9회를 꼽을 수 있다. 이 소설들은 신연활자본 시대에 들어서도 여전히 대중적인 고소설이었다. 그렇다고 이 소설들이 당대의 욕망을 충족히 담아냈다고는 할 수 없다. 다만 그렇게 해석할 수 있는 여지는 분명 책의도 영향이다. 이전의 고소설에서 신연활자본고소설책의도와 같은 볼거리는 없었기 때문이다.

이러한 소설들로는 『강감찬전』, 『김유신실기』, 『남이장군실기』, 『사명당전』, 『을지문덕전』, 『유충렬전』, 『이순신전』, 『삼국지연의』, 『조웅전』, 『소대성전』, 『신유복전』, 『현수문전』 등이 있다.

이 중 가장 대표적인 작품이 『조웅전』이다. 『조웅전』은 그래 『춘향전』, 『구운몽』을 따돌리고 우리나라 고소설 중 가장 이본이 많다.

1927년에 간행된 이능화의 『조선여속고』, '조선여자교육' 조항에서 '여자독본 언문소설'을 열거하는 데도 이 『조웅전』이 있다. 여성들에게도 이『조웅전』이 꽤 인기 있었음을 알 수 있다.

이능화가 적어 놓은 소설 목록은『심청전』,『숙향전』,『박씨부인전』,『옥루몽』,『구운몽』,『창선감의록』,『사씨남정기』,『홍길동전』,『장화홍련전』,『백학선전』,『적성의전』,『유충렬전』,『제마무전』,『삼국지』,『조웅전』,『소대성전』,『양풍운전』,『흥부전』이고, '무릇 이 책들은 그 내용을 말하건대, 혹은 효열충의와 유관하고, 혹은 가정 및 사회와 유관하고, 혹은 탐관오리들의 악행을 매도하고, 혹은 영웅호걸들의 쾌사를 상찬하기는 하였으나 비열하고 허탄한 유가 많아 문화와 교육에 도움을 주는 바가 적은 것'이라고 소설류를 하찮게 여기고 있다. 이 해가 1927년이니, 소설에 대한 학자들의 인식이 여하함도 우수리로 읽을 수 있다.

『유충렬전』은『조웅전』,『소대성전』과 3대 군담소설이다. 방각본 시기에는『조웅전』과『소대성전』이 더 널리 퍼졌으나 신연활자본으로는『유충렬전』이 24회 간행으로 가장 앞선다.

『유충렬전』의 줄거리부터 보자.

중국 명나라 홍치 연간(1488~1505)에 주부 유심의 아들 충렬은 골격이 준수하고 문장과 병법에 통달하였다. 유충렬의 아버지는 간신 정한담과 최일귀의 모반심을 충간하다가 오히려 유배된다. 정한담 일파는 후환이 두려워 충렬의 집을 불 지르고 모친까지 살해한다. 그 후 충렬은 강 승상에게 구원되어 그의 사위가 되나, 장인 역시 천자에게 충간하다가 유배당한다. 유충렬은 도승 밑에서 수학하면서 후일을 기다린다. 마침내 충렬은 정한담이 호국과 밀통하여 황성을 쳐서 천자를 사로잡고 항복을 받으려 할 때, 반군을 쳐 없애고 나라를 바로잡는다. 대장군이 된 유충렬은

아버지와 장인도 구하고 부귀공명을
길이 누렸다.

이렇듯 『유충렬전』은 주인공과 그
가족의 고행 및 군담軍談을 엮은 영웅
소설의 하나이다.

『유충렬전』은 『주몽신화朱蒙神話』에
서 이미 그 구조가 확립된 영웅의 일생
을 바탕으로 한 전형적인 영웅소설이
다. 당연히 군담이 주가 된다. 책의도는
모두 세 종류로 나누어지는데 컬러인
회동서관 책의도가 대종을 이룬다. 덕
흥서림 책의도만 제외하고 모두 "유충
렬이 정문걸을 베히고 명 천자를 구하
다"는 삽어가 보인다. 정문걸은 정한담
이 천자가 된 뒤에 선봉장 역할을 하는
장수이다. 아래는 유충렬이 정문걸을 베는 장면이다.

『**유충렬전**』 태학서관, 1918
『유충렬전』 책의도 중 유일하게 '유충
렬이 송천즈를 호위환궁ᄒ다'라는 삽
어가 보인다.

충렬이 분을 이기지 못하여 진문(陣門) 밖에 나서면서
벽력같이 소리하여 적장을 불러 왈, "이봐, 역적 정한담아!
남경 동성문 내에 사는 유충렬을 아는다 모르는다. 바삐 나
와 목을 드리라" 하는 소리 양진이 뛰놀며 천지 강산이 진
동하니, 문걸이 크게 놀라 돌아보니 일광투구에 안채 쏘이
고 용인갑은 혼신을 감추고 천사마는 비룡되어 운무에 싸
여, 공중에 소리만 나고 제 눈에는 보이지 아니하니 창검만

높이 들고 주저주저 하던 차에 벽력같은 소리 끝에 장성검
이 번듯하며 정문걸의 머리 공중에 베어 들고 중군으로 달
려든다.

독자들이 이 장면에서 쾌감을 느꼈을 것은 분명하다. 소
설 구성단계로는 절정으로 치닫는 부분이다. 덕흥서림 흑
백 책의도 그림은 다르지만 삽어는 동일하다. 덕흥서림과
회동서관 책의도에 보이는 유충렬의 나이를 짐작해보자.
수염을 보니 40은 되어 보인다. 그러나 이때 충렬의 나이
겨우 15세에 지나지 않는다. 군담소설에서 주인공의 나이
는 대략 20을 넘지 않는데도 수염을 저렇게 그려 넣은 이

유는 간단하다. 윗사람과 아랫사람을 가르는 장유유서長幼有序는 지금도 그렇지만 당시로서는 인생의 전반에 고착화된 고약스런 문화관습이었다. 나이 듦에 대한 원숙함과 연장자에 대한 깍듯한 예우, 이것이 그림으로 표현된 것이다.

그런데 태학서관에서 간행한 흑백 책의도 하나만 삽어가 '유충렬이 송천즈를 호위 환궁ᄒ다'라고 되어있다. 유충렬이 정한담의 무리를 다 처리하고 천자를 옹위하여 황궁으로 돌아오는 장면이다. 소설로는 결에 해당한다. 독자라면 둘 중 어느 책의도에 더 손이 가겠는가?

이제 『조웅전』의 내용을 보자. 배경背景은 역시 중국이다.

중국 송나라 문제文帝 때 공신이자 좌승상인 조정인은 간신인 우승상 이두병의 참소를 입고 음독자살한다. 천자는 조 승상의 죽음을 애석히 여긴 나머지 조 승상의 아들 조웅을 궁중으로 불러들여 태자와 함께 있게 하고, 태자는 조웅을 형제처럼 사랑한다. 이두병은 천자의 사랑을 받고 있는 조웅을 후한이 두려워 죽이려고 한다. 하루는 조웅이 거리에 나가서 이 승상에 대한 욕을 거리에 써 붙이고 돌아오고, 그 날 밤 조웅의 어머니가 이 승상이 조웅을 죽이려고 한다는 꿈을 꾼다. 조웅의 어머니는 아들을 데리고 피신할 수밖에 다른 도리가 없었다.

마침내 조정에서는 문제文帝가 세상을 떠나고 태자가 황제의 자리에 오른다. 하지만 이미 간신 이두병의 세상이었다. 이두병은 어린 황제를 외딴 섬으로 쫓아버리고 스스로 천자라 한다. 지금도 그렇지만 방안풍수로 책만 보고 거창한 논리만 입에 올릴 줄 아는 조정의 벼슬아치들은 복종하지 않는 이가 없었다.

상중하합편 『조웅전』, 덕흥서림, 1915

조웅 모자는 고향을 떠나 정처 없이 방랑하다가, 부친의 초상을 그려 준 월경대사를 만나 산사로 들어가게 된다.

세월은 흘렀다. 조웅은 15세가 되었고 이제 비범한 그의 재주가 비로소 펼쳐진다. 조웅은 어머니와 대사에게 세상에 나갈 결심을 말하고 도승을 찾아간다. 조웅은 길에서 한 노승으로부터 '조웅검'을 얻고, 관산으로 가서 철관도사를 만나 병법과 무술을 공부하게 된다. 용마도 이 시기에 얻는다. 군담소설의 특징은 바로 이곳에 있다. 모든 군담소설의 주인공은 한결같이 '무술'을 배우고 '갑옷과 투구'를 얻고 '말'을 얻는다. 이 세 가지가 갖추어져야만 비로소 세상을 평정할 수 있다.[6]

조웅이 하루는 모친을 만나러 가는 도중 위국공 장 진사의 집에 우연히 들려 장 진사의 딸 장 소저와 남몰래 백년가약을 맺는다. 조웅을 보내고 장 소저는 연모 끝에 병이 들어 죽는다. 조웅은 도사로부터 장 소저가 병으로 죽었다는 말을 듣고, 도사가 주는 선약을 가지고 가서 소저를 소생시킨다. 장 진사는 자기 딸과 혼인을 승낙한다. 조웅은 산사에서 공부를 마치고, 도사의 분부를 받들어 변방의 오랑

[6] 이 세 가지를 신이 준 선물인 '신물〈神物〉'이라고 이해하면 된다. 영국 작가인 C.S.루이스의 판타지 아동문학 『나니아연대기』에서도 피터에게 칼과 방패, 수잔에겐 활, 피리를 맨 꼬마둥이 루시에겐 사람을 살리는 약을 준다. 이렇듯 동서고금의 문학이 다르지 않다. 위기에 처한 자에게는 하늘의 도움이 필요하기 때문이다.

캐들과 역적 이두병을 격멸하고 송나라 황실을 회복하기 위하여 나선다.

이 때, 서번이 위국을 침공하므로, 위국으로 달려가서 위왕을 도와 서번군을 격파하고 항복을 받는다. 조웅은 위왕과 이별하고 태자를 구출하기 위해 남해 절도로 간다. 한편 강호자사가 상처하고 후실을 구하던 중, 장 소저가 지혜롭고 아름답다는 소문을 듣고 매파를 보내어 청혼하다가 거절을 당하자 강제로 취하고자 한다. 장 소저가 이를 피하여 산양사에 있는 강선 암으로 가서 조웅의 모친과 같이 지내고 있는데, 이러한 사실을 안 조웅이 남해로 가던 도중 강호자사를 베고, 강선암으로 가서 모친과 장 소저를 만나보고는 급히 태자를 구하러 떠난다.

태자가 있는 곳에 도달하니 마침 이두병이 자객을 보내어 태자를 죽이려던 차였다. 조웅은 자객을 물리치고 태자를 구출한다.

서번왕이 조웅을 죽일 흉계를 꾸미고 기다리고 있었다. 조웅이 태자를 모시고 오는 것을 보고 죽이려고 하였으나, 실패하고 도리어 조웅에게 곤욕만 당한다. 조웅은 다시 서번왕의 항복을 받고 중국으로 와서 영웅·명장을 규합하여 이두병이 임명한 지방 관리들을 차례차례로 처치하면서 위국으로 들어간다. 조웅은 위왕의 청에 의하여 위왕의 장녀를 태자의 비로 삼고, 차녀는 자신의 부인으로 삼은 뒤 강선암으로 가서 모친과 소저를 찾는다. 그 뒤 위왕과 연합하여 수십 만 대군으로 황성을 쳐서 이두병을 베고, 태자를 천자의 자리에 올린다.

황실이 평화를 되찾고 조웅의 명성은 천하에 떨치게 되고, 조웅은 번국의 제후에 봉해진다.

내용은 이러하고. 『조웅전』은 군담소설이니, 잠시 이 군담소설에 대해 살펴보고 가자.

『**조웅전**』박문서관, 1916

〈조웅전〉은 모두 1915년 덕흥서림 책의도를 모사하였다. 『조웅전』에서 조웅은 자못 잘 훈련된 살인병기였다. 아래 조웅의 무용담을 펼치면 이렇다.

"기폭이 바람에 펄럭일 때마다 서번의 진영에서는 눈이 번쩍번쩍 빛나며 그것을 바라보는 것이더라. 공명심에 불타는 대담무쌍한 장군이 머리를 잃어버리고 몸만이 말에 돌아오자, 이번에는 좌장군 이왕, 천하명장으로 이름 있는 종두철약 등등이 차례로 나와 역시 조웅의 삼척검에 차례로 머리를 제공해주고 들어가니, 한 마디로 말해서 조웅의 신묘한 칼은 무제한의 식욕을 가지고 있더라. 이를 계기로 위국의 군사들이 승전고를 울리며 일제히 돌진해 들어가더라. 조웅의 칼은 벌써 적진의 한 복판에 뚫고 들어가 이른바 동에서 번쩍, 서에서 번쩍하는 식으로 맹렬한 활동을 시작하니, 그가 지나간 뒤에는 시체가 산을 이루고 피가 바다가 되어 흘러내리더라." (김동욱 편, 『영인 고소설판각본전집』 3, 인문과학연구소, 1973)
참 잔인하기 이를 데 없는 싸움 장면이다. 이 모든 것이 임금이 임금답지 못하여 간신이 득세해 일어난 일이다.

군담소설은 임진란 이후 조선 후기사회의 독서 대중 기호에 딱 들어맞는 장르였다. 조선사회에 대한 반감을 품고 있는 서민 대중은 군담소설에 흐르는 호쾌한 액션, 피해자와 가해자의 전복이란 귀결, 철저한 악에 대한 응징을 통한 쾌감을 군담소설이 공급해준다고 믿었다. 다른 면으로 독서대중의 마음속에 내재한 원초적인 폭력성에 원인한 대리적 욕망도 삼투되어 있다. 『조웅전』은 바로 이러한 독서대중을 염두에 둔 작품이기에 기존의 대중지향적인 군담소설의 서사구조를 그대로 따른다.

『조웅전』의 선악 대립도 잠시 짚을 필요가 있다. 군담소설들은 천편일률적으로 뚜렷한 선악의 대립이다. 『조웅전』에서는 조웅과 이두병은 선악의 두 축이다. 악이 강할수록 선 또한 부각된다. 이를테면 '보색구도'와 같다. 보색구도란 주황과 파랑이나 노랑과 보라처럼 두 빛깔을 나란히 놓음으로써 서로의 영향으로 더 뚜렷하게 보이는 현상을 말한다. 보색은 잔상 또한 강렬히 남긴다. 장미꽃이 사람들에게 그토록 사랑을 받고 있는 이유도 여기에 있다. 짙은 빨강인 잎과 초록 잎이 빚어내는 보색이 선명히 각인되어서다. 여기에 보색이 각인시켜 놓은 잔상은 시선을 옮기면 더욱 선명하다.

『조웅전』은 이러한 선악과 '보색구도'를 잘 설정한 군담소설이다. 의도적으로 악의 축을 강렬하게 구축함으로써, 선의 축 또한 그에 비례하여 선명해지도록 구성한 소설법이다. 이는 선악이 빚는 긴장의 역학을 한껏 고려했다는 의미이다.

다만 우리가 군담소설을 볼 때 유념할 것이 있다. 그것은 영웅이 아닌 보통 사람은 아예 작품 속에 보이지 않는다는 점이다. 두 마디도 필요 없이 군사들은 주인공 조웅을 위해 제물로 나서 머리를 제공해주는 하잘 것 없는 존재에 지나지 않는다. 인용문은 서번의 진영을 초토화시키는 조웅의 모습이다. 구활자본 고소설이 더 적나라 하여 그것을 옮겨 놓았다.[7] 그야말로 살육에 굶주린 조웅의 칼이 좌충우돌하는 모습이다. 문제는 처지를 뒤흔드는 저 조웅만이 사람이 아니라는 엄연한 사실이다.

물론 이러한 모습은 다른 군담소설에서도 여지없이 보인다. 영웅의 칼에 스러지는 목숨들은 딱히 죄가 없다. 그저 주인공의 상대편에 몸담은 것에 지나지 않는데, 인명을 저토록 경시할 수 있을까 하는 생각이 든다.

유교적 질서와도 상당히 배치되는 저러한 모습은 작가가 무용의 묘사에 치중하려한 결과로도 읽을 수 있지마는, 독자의 고심 또한 요구되는 부분이다.

'소대성이 모양으로 잠만 자나'라는 속담이 있다. 잠이 많은 사람을 놀림조로 이르는 말이다. '소대성이 이마빡 첬나'나 '소대성이 점지를 했나'도 유사한 속담이다. 『소대성전』에서, 자신을 알아주던 이 승상이 세상을 뜨자, 실의에

7 앞 『조웅전』, 박문서관, 1916 책의 도 설명을 보라. 재주 없고 가진 것 없는 백성이 군사가 되었고 그렇게 소중한 목숨이 가을 낙엽처럼 떨어졌다. 이 군사들의 삶은 그야말로 '지고 다니는 것은 칠성판이요 먹는 것은 사자밥이라'는 우리네 속담 그대로이다. 재주도 명예도 집안도 없이 고된 삶을 살아내는 우리의 삶은 그야말로 어느 때고 '죽음의 위험을 받지 않는 때가 없다'는 저 속담이 어찌 저 시절에만 해당하겠는가. 이 시절이라고 크게 다를 바 없는지도 모르겠다는 생각이 이 글을 쓰며 든다.

잠긴 소대성이 과거 공부도 그만두고 누워서 잠만 자는 대목이 나오는데, 그 장면에서 파생된 속담이라 하겠다.

『소대성전』은 『홍길동전』보다는 뒤에 나왔고, 『조웅전』과 『유충렬전』보다는 먼저 이루어졌다. 대중소설로서 자리매김도 확실하니, 이제 『소대성전』이 지닌 대중소설로서의 특징을 살펴보자.

첫째, 인물이다. 『소대성전』의 소대성, 이 승상의 딸 채봉, 그리고 자기 딸과의 혼인을 극력 반대하는 왕씨 모자는 대중소설로서의 흥미로움을 넉넉히 이끈다. 우선 『소대성전』의 주인공인 소대성이다. 그는 군담 소설의 주인공답게 동해 용왕의 아들이 이 세상에 내려온 비범한 태몽을 꾸고 태어난 비범한 인물임에 틀림없다. 독자들은 소대성의 그 비범성이 발휘되는 줄거리를 따라가기만 하면 되나 그 기대는 여지없이 무너진다.

부모 살아생전의 비범성은 '10세에 풍모가 두목지요, 이백의 문장과 왕휘지의 필법'이라는 막연한 문장이 고작이다. 또 비범성이 보이는 것이라야 부모가 모두 죽자 대성이 집을 팔아 노복들에게 나누어 주고 제가 지닌 은자 50냥도 장사를 못 치르는 한 노인에게 톡톡 털어 준 것 정도에 지나지 않는다. 길을 떠난 뒤에도 소대성은 목동 일이나 한다. 사람을 알아보는 지인지감(知人之鑑)이 있었던 이 승상이 오갈 데 없는 소대성을 데려다가 사위를 삼으려 할 때에도 소대성은 독자들의 기대를 가차 없이 저버린다.

소대성은 오히려 잠이나 잘 뿐이다. 독자들이나, 혹은 전기수에게 『소대성전』을 듣는 청자들이 '사람을 볼 줄 아는 이 승상이 데려갔으니 이제야 소대성이 제 활약을 하겠지' 하는 기대를 다시 한 번 저버린다. 소대성의 활약을 기대하는 독자의 심리를 『소대성전』의 작자는 충분히 이해한 듯하다. 독자들의 증폭된

궁금증에 작가는, 이 승상은 혼인을 못 보고 죽게 하고 소대성은 뜬금없이 게으르고 어리석은 잠꾼으로 만들어 버린다. 작가의 의도는 적중하였다. 이 잠만 자는 소대성을 끌어 만든 속담이 '소대성인가 잠만 자게'나 '소대성이 이마빡 쳤나'다. 속담이 되기 위한 여러 조건들은 따질 것도 없이, 『소대성전』의 이 부분이 얼마나 재미있고 널리 퍼졌는지 넉넉히 짐작할 수 있다.

또 한 인물은 채봉이다. 애정소설이 아닌데도 소대성과 이 승상의 딸 채봉은 소설의 전반부에서 만나 종착에서야 인연을 맺어 준다. 물론 작가는 이야기의 중간에 죽은 이 승상이 소대성에게 찾아와 자기 딸 채봉과 혼인을 상기시키는 장면을 잊지 않는다. 독자들은 두 사람의 인연이 새삼 떠오르고 이 인연을 보기 위해서 줄거리를 끝까지 붙잡지 않을 수 없다. 다음 인물은 채봉의 어미인 왕씨 모자다. 우리나라에 널리 분포한 못난 사위에 대한 '박대 받는 사위 설화'를 끌어와 흥미를 부추기고, 소대성의 방에 자객을 넣는 것이 좀 야단스러워 독자들의 주위를 끌만도 하지만, 작가의 속셈은 딴 데 있다. 그렇게 독자들이 기다리던 소대성의 활약상을 비로소 보여 주는 것이다.

차시, 소대성이 이 승상의 아들인 이생 등을 보내고 '주인이 손을 싫어하니 어찌할거나' 하며 탄식할 때였다. 대성이 쓴 관이 스스로 벗어져 공중에 솟았다가 떨어졌다. 대성이 놀라 잠간 팔괘를 보고는 하늘을 우러렀다. '무슨 재앙을 당하려나.'

촛불을 밝히고 앉아 있으니 삼경이 지나자 음풍이 일어났다. 대성이 즉시 둔갑법을 써 몸을 감추고 동정을 살피니 자객이 음풍으로 변하여 들어왔다. 이윽고 인적이 없으니 나가려 하는 것

『**소대성전**』 박문서관, 1920

『**신유복전**』 회동서관, 1927
신유복이 과거에 급제하여 가족들을
혼내는 장면이다. 화공은 군담소설인
데도 전투장면을 그리지 않았다. 신유
복이 아직 과거에 급제하기 전 자기
에게 모욕을 준 장인과 처형, 동서들
을 혼내는 장면이다. 유복은 후일 경
상감사를 거쳐 병조판서가 된다. 또
대원수가 되어 명나라를 구한다. 신유
복의 고향은 전라도 무주 남면 고비
촌이고 처가는 경상도 상주였다. 책의
도를 그린 화공은 『신유복전』 주제를
'어려운 처지에 있는 사람이라도 함
부로 대하지 말라'로 이해했다.

이 아닌가.

"이놈, 칼을 들고 누구를 해치려고 하느냐!"

조헌이 비로소 소대성인 줄 알고 칼로 찌르니 홀연 대성
이 사라졌다. 조헌이 깜짝 놀라 주저하는데 대성이 불쑥 북
쪽에서 꾸짖는다.

"도적놈이 어찌 나를 당할쏘냐."

조헌이 즉시 몸을 날려 칼을 급히 던졌다. 촛불 아래 일순
섬광이 빛나며 대성이 간 곳이 없었다. 조헌이 급히 나오려
하니 문득 한 소년이 거문고를 무릎에 놓고 줄을 희롱하는
것이 아닌가. 소년은 청아한 노래를 불렀다.

"전국적 시절인가 풍진도 요란하고, 초한적 시절인가 살

기도 등등하다. 홍문연 잔치런가 칼춤은 무삼일고, 패택에 날랜용이 구름을 얻었으니, 초산에 모진범이 바람을 이렀도다. 범증에 빠른옥결 백성이 되었으니, 항쟁에 날랜칼이 쓸곳이 전혀없다. 장량의 퉁소소리 월하에 슬피우니, 장중에 잠든패왕 혼백이 놀라도다. 음릉 좁은길에 월색이 희미하며 오강 너른들에 수운이 적막하다. 역발산 기개세도 강동을 못건너거든, 필부자객이야 역수를 건널쏘냐. 거문고 한곡조에 살벌이 섞였으니 슬프다 마음을 다잡아서는 선도를 닦을세라."(박운보, 『(고대소설)소대성전』, 공진서관, 1917, 21~23쪽 인용 글을 인용자가 윤색함. 이하 인용문은 같은 책).

자객과 격투를 벌이다 거문고를 타며 노래를 부르는 것도 여간 흥미롭지 않지만 싸움은 여기서 끝나지 않는다. 자객 조헌의 다음 행동을 보자.

조헌이 듣기를 다 하고 보니 곧 소대성이었다. 크게 놀라서 '내가 검술을 배워 당할 자가 없었는데 오늘은 공연히 기운만 허비하였으니 보통 놈이 아니구나. 그러나 이번만은 당연히 죽이리라' 하고 다시 칼을 찾으니 칼이 온데간데 없었다. 이상히 여겨 촛불 심지를 돋우고는 두루 살피니 홀연 대성이 제 칼을 들고 나타나 꾸짖는다.

"무지한 도적이 잡술을 가지고 사람을 해치고자 하니 하늘이 어찌 무심하겠느냐. 내가 살생을 하고 싶지 않아 돌아가라 일렀거늘 끝내 깨닫지 못하는구나. 어린 강아지 맹호를 모름이니 나를 원망치 마라."

칼 한 번이면 될 장면을 무려 세 쪽이나 서술한다. 더욱이 거문고 노랫가락에 조헌은 촛불의 심지를 돋우며 다시 대항하려고 칼을 찾는다. 다른 군담에 비하여 친절히 그려진 이유는 위의 인용문이 원문 48쪽 가운데 21~23쪽에 등장하는 데서 찾을 수 있다. 책 반 권에 이르도록 호쾌한 군담을 못 본 독자들에 대한 배려다. 모든 군담 소설이 그렇듯 소대성이 자객과 오랑캐만을 물리치고 비범한 능력을 발휘하였다면 『소대성전』은 그렇고 그런 군담 소설류에 지나지 않았을 것이다.

둘째는 소대성의 외적과 대결 양상이다. 소대성은 탁월한 능력을 지녔음에도 불구하고 몇 번의 고비를 거치고서야 비로소 승리를 거둘 수 있게끔 만들어 놓는다. 예를 들자면 소대성과 호 왕의 대결이 그렇다. 처음에는 소대성이 적군을 통쾌하게 무찔렀으나, 곧 호 왕의 반격이 시작된다. 일진일퇴의 공방이 거듭 펼쳐진다. 소대성이 이겼는가 하면, 또 호 왕의 전략에 소대성이 빠진다. 이러기를 몇 차례 하고 급기야 호 왕의 계략에 빠진 소대성은 '내가 도적을 가볍게 여겨 화를 불렀으니 누구를 한하겠는가' 하며 자결하려고까지 든다. 이어 천자는 피로써 항서를 쓰게 되는 위기에 이른다. 책을 통해 『소대성전』을 보고, 전기수에게 이야기를 듣는 청중으로서는 긴장이 흐르지 않을 수 없다.

셋째, 아주 중요한 대목에서 잠시 이야기를 중단하여 독자의 궁금증을 자극하였다가, 다시 이야기를 계속하여 흥미를 유지하는 방법이다. 예컨대 호 왕의 침입으로 천자가 위기에 빠진 상황에서 이야기를 중단하여 독자의 관심을 고조시켰다가 주인공 소대성을 등장시켜 위기의 천자를 구출하게 한다.

살펴보자. 호 왕은 꾀를 써 소대성을 다른 곳으로 유인하고 그

사이 천자를 친다. 위기에 빠진 천제는 호 왕에게 항복할 수밖에 없는 상황이다. 천자 앞에는 장강이 막고 있는데 추격병은 급박하다. 강을 건널 배도 없다. 몇몇 장수들이 나가 대적했으나 모두 호 왕에게 죽음을 당한다. 이제 천자는 자살할 수밖에 없으나 그 자살도 여의치 못하여 항복하는 글을 써서 바쳐야 할 판이다. 더욱이 곤룡포 자락을 뜯어서 혈서로 항복하는 글을 써야 할 만큼 절망적이고 비통한 순간은 이렇다.

'조종대업이 오늘 나에게서 망할 줄 어찌 알았는가' 하고 칼을 들어 죽으려 하였다. 그러나 호 왕이 벌써 앞에 나타나 천자가 탄 말을 찔러 거꾸러뜨렸다. 호 왕이 창을 들어 천자의 가슴을 겨누며 꾸짖었다.

"목숨을 보전하고 싶으면 항복하는 글을 써서 올려라."

호 왕의 소리가 천지를 진동하였다.

"종이도 붓도 없으니 무엇을 가지고 항복하는 글을 쓴단 말인가?"

호 왕이 크게 꾸짖었다.

"곤룡포 소매를 찢어 손가락을 깨물어서 써라."

이처럼 천자를 철저하게 위기에 빠뜨리고 나서 작자는 이야기의 관심을 갑자기 소대성에게로 돌린다. 곧 결정적 위기를 설정하여 독자들의 관심을 고조시켰다가 그 이야기를 중단하고 그다음 이야기를 하면서 독자의 관심을 유도한다. 천자가 위기에 빠진 것을 안 소대성은 급히 천자에게 돌아온다. 그 대목을 들춰 보자.

원수(소대성) 소리를 질렀다.

"반적 호 왕은 우리 임금님을 해치지 말라. 소대성이 여기 왔노라."

바로 호 왕을 취하니 호 왕이 크게 놀라 말했다.

"내가 이미 네 임금의 항복 문서를 받았거늘 네가 어찌 항거하느냐."

대성이 더욱 분노하여 호 왕을 취하였다.

천자의 목숨이 경각에 다다랐고, 독자들의 눈은 글줄에, 청자들은 눈동자는 전기수의 입에 박혀 있다. 독자와 글줄, 전기수와 청자 간에 일순 긴장과 침묵이 팽팽하다. "반적 호 왕은 우리 임금님을 해치지 말라. 소대성이 여기 왔노라." 벽력같이 내뱉는 전기수의 말에 극적인 위기의 상황은 타개되고 청중은 "그럼 그렇지" 하며 손뼉을 친다. 독자와 청자의 감정은 극도로 긴장되었다가 풀어진다. 비범과 평범을 아우르는 소대성, 적절한 장면 묘사, 긴장을 노린 계획된 구성, 여기에 '대기만성大器晩成'에서 따온 '대성'이란 이름까지 잘 어우러진 『소대성전』이다. 이러하기에 독자나 청중은, 약한 자신들과 영웅임에도 고난을 겪는 소대성을 동일시하였고, 후일 혼인도 하고 출세하는 것에 자신들을 투사함으로써 대리적 욕망을 충족했을 것이다. 저 시절이나 이 시절이나 우리는 종종 도덕과 비도덕 중, 비도덕에 내기를 걸만한 세상이다. 그러하니 이 모든 것이 소설을 읽는 카타르시스와 흥미를 견고히 이끄는 대중 소설적 기법이 아닌가.

특히 직업적으로 소설을 읽어주던 전기수가 청중들 앞에서 『소대성전』을 읽다가 중간에 돈을 받았다는 사실은 『소대성전』

이 전기수의 돈벌이를 위해, 의도적으로 이렇게 작품을 구성하였을 가능성이 높다. 전기수는 독자의 궁금증을 한껏 부풀린 후 긴박감이 고조된 순간에 이야기를 중단하여 돈을 받도록 『소대성전』의 줄거리를 구성함으로써 목적을 달성하였을 것이다.

『소대성전』이 어찌나 인기 있었는지 『용문전龍門傳』이란 작품까지 나타났다. 『용문전』은 경판과 완판의 내용이 상당한 변이를 보이고 있다. 특히 완판본은 소대성의 소개로 시작해서 결말도 그의 죽음으로 끝맺고 있고, 아예 『소대성전』의 말미에 "니 뒤말은 하권 용문전을 사다 보소서"라고 명시해 놓기까지 하였다. 그러나 모든 속편이 그렇듯이 『용문전』은 전편인 『소대성전』의 명성을 넘어서지 못하였다. 『용문전』은 19세기 중반을 전후한 시기에 나왔다. 『낙성비룡』이란 소설 또한 『소대성전』의 아류작이다.

신소설 『고목화』에는 "이것이 돈 같으면 엽전 댓 냥은 되겠으니 진사님을 못 만나면 돈이 어디 있나. 이것으로 노자나 좀 쓰고 또 주머니 허리띠나 사가지고 나머지는 『소대성전』이나 사다가 우리 댁 마님께 드리겠다"[8]라는 문장이 보인다. 권진사의 하인 갑동이 주인을 잃고 길을 가다가 열쇠꾸러미를 주워서 돈인 줄 착각하고 혼자 하는 말이다. 1920년 당시 『소대성전』의 인기를 가늠할 수 있는 자료이다. 그런데 갑동이는 『소대성전』을 사가지고 '우리 댁 마님'에게 드리겠다고 하였다. 여성들도 군담소설을 읽었다는 말이다. 군담소설은 전투하는 장면이 많이 나온다. 전투란 목숨을 내놓고 하는 싸움이다. 더욱이 당시는 칼을 주

8 『고목화』, 박문서관, 1922, 19~20쪽.

된 무기로 하는 백병전이다. 차고 찌르고 선혈이 흐르고 몸
은 베어진다. 그러나 군담을 다룬 신연활자본고소설책의
도 그 어느 그림도 이러한 몸서리쳐지는 현장이 보이지 않
는다. 왜 이러한 그림을 그렸을까? 여성들도 보았기에 군
이 전투장면을 사실적으로 그릴 이유가 없었을 듯하다.

군담소설에서 대중화된 작품으로 또 『초한전』을 찾을
수 있다. 『초한전』은 22회나 간행되었다. 『초한전』은 유방
과 항우의 대결을 그린 소설로 『서한연의』, 『장자방실기』,
『초한연의』, 『항우전』 등 이본이 있다. 하지만 대부분의 책
의도는 영 군담을 그린 것이라 믿기 어려울 정도의 밋밋한
그림일 뿐이다. 이미 전투 이야기는 이야기일 뿐이라는 생
각이 당대 독자들에게는 깊었음을 은밀히 알려준다.

왼쪽
『항우전』 박문서관 1918

오른쪽
『초한전』 영창서관 1925

『항우전』은 『초한전』의 이본이다. 두
작품 모두 항우와 유방의 대결을 그린
책의 도이다. 그러나 모두 전투장면이
라 하기에는 사실감이 떨어진다.

『설인귀전』도 대중소설로서 인기를 끌었다. 『설인귀전』
은 중국 소설로『설인귀정동薛仁貴征東』과『설정산정서薛丁山
征西』가 있다. 우리나라에 들어와서 전자는『백포소장 설인
귀전』으로, 후자는『서정기西征記』,『설정산실기薛丁山實記』,
『번리화정서전樊梨花征西傳』으로 14회에 걸쳐 간행되었다.
『백포소장설인귀전』은 우리 고소설『유충렬전』,『소대성
전』,『장익성전』 등에, 속편인『서정기』,『설정산실기』,『번
리화정서전』 등은 여장군소설에 해당하는『홍계월전』,『정
수정전』,『장국진전』, 그리고『황운전』,『옥루몽』 등에 그
영향력을 미쳤을 정도로 꽤 널리 퍼졌다.

　'설인귀전' 앞에 '백포소장'이란 말은 설인귀가 하얀 옷

을 입어서이다. 이 『설인귀전』이 어느정도 널리 퍼졌는지 알 수 있는 시조 한 수가 있다.

당천자唐天子 북문北門 피란避亂헐 제 위지경덕尉遲敬德아 나 살녀라
압헤는 장강長江이요 싸로느니 요동遼東 개소문蓋蘇文이라
어듸셔 백포白袍 소장小將 설인귀薛仁貴가 날 못 차져.
〈악부(고대본) 52〉

이 시조는 『설인귀전』에서 합(개)소문이 당태종을 죽이려할 때, 흰 도포를 입은 설인귀가 나타나서 구해준 대목을 읊은 시조이다.

2) 혁명을 꿈꾸다 노怒

혁명! 나라가 나라답지 않을 때 혁명을 꿈꾸는 이들이 나타난다. 현 체제의 불합리한 것들로 인하여 성난 마음이다. 이에 해당하는 소설들은 대부분 현실체제에 과감히 도전한다. 그것은 목숨을 건 모험이다.

『홍길동전』은 15회에 걸쳐 간행된 작품으로 이에 매우 적합한 소설이다. 『홍길동전』 책의도는 "홍길동이 율도국을 파하고 왕위에 나가는 광경"이라는 삽어까지 적어 놓았다. 그런데 여러 이본을 보면 그림틀은 하나인데 얼굴과 미세한 부분에서 전부 다르다. 특히 왕의 얼굴은 책의도마다 모두 딴판이다. 이런 경우는 『홍길동전』이 유일하다. 화공이 왕으로서 얼굴을 그려내려 애썼음을 알 수 있다. 주변 신하들의 표정을 일부러 희화화시켜 놓은 것도 흥미롭지만 홍길동의 나이든 얼굴은 더욱 그렇다. 이본에 따라 다르고 나이를 정확히 기입치 않았지만 홍길동이 가출할 때 10여 세였다. 왕으로 오른 시기는 늦어도 20세 안팎이다. 『홍길동전』 책의도는 적어도 40여 세는 넘어 보인다. 앞에서도 어급하였지만 나이 듦과 연륜을 중시하는 유교적 사고가 확연히 보인다.

『장백전』도 15회나 간행된 대중소설이다. 대략 내용을 간추리면 이렇다.

> 능주 땅에 장환이라는 선비가 있었는데 딸 하나와 아들 백이 있었다. 백이 일곱 살 나던 해에 부모가 병들어 죽었고 외롭게 남은 그들 남매는 삼년상을 치렀다. 딸(장 소저)의 나이 열다섯이

『홍길동전』 덕흥서림, 1915

『홍길동전』 덕흥서림, 1916

『홍길동전』 덕흥서림, 1917

『홍길동전』 덕흥서림, 1919

『홍길동전』 덕흥서림, 1921

『홍길동전』 대창서원, 1921

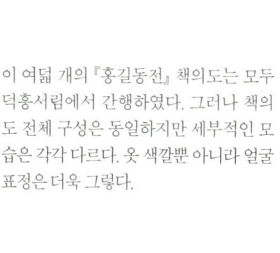
이 여덟 개의 『홍길동전』 책의도는 모두
덕흥서림에서 간행하였다. 그러나 책의
도 전체 구성은 동일하지만 세부적인 모
습은 각각 다르다. 옷 색깔뿐 아니라 얼굴
표정은 더욱 그렇다.

『홍길동전』 세창서림, 1924

『홍길동전』 동양대학당, 1929

왼쪽
『장백전』, 회동서관, 1916

오른쪽
『장백전』, 회동서관, 1916

되었다. 왕(양)평이 한 노파를 매수하여 소저를 겁탈하려고
꾐수를 써 장 소저를 납치하였다.

장 소저는 왕평을 속임수로 따돌리고 호서 땅 이공부인
을 만나 친딸처럼 지내게 되었다.

장백은 누이가 죽으려다가 백발의 도사를 만나 도술을
배우게 되었다.

장백은 열일곱 살이 되었고 대장부로 자랐다. 도사와 이
별하고 길을 떠나 절강 땅에서 중들에게 곤욕을 치르는 양
추밀과 이 승상의 딸을 구해주고 두 여인과 혼인한다. 길을
떠나 낙양동촌을 지나다가 악귀에 걸린 김 소저도 구원해

주고 또 혼인을 한다.

장백은 주원장을 찾아가던 이정을 부하로 삼고 봉황산에서 시절을 한탄하던 백운단, 백운형, 백운현 삼 형제를 알게되어 그들과 의형제를 맺고 군대를 일으킨다.

각설, 천하 대업을 도모하려는 주원장은 장 소저와 혼인을 약속한다. 주원장은 군대를 일으키고 장 소저를 만나 혼례를 이룬다.

이후 주원장과 장백은 여러 차례 일진일퇴의 싸움을 벌이고 끝내 장백이 승리한다. 장백은 택일하여 황제의 위에오르려고 한다. 궁성의 후원에서 한 부인이 목을 매려 하기에 구하고 보니 자기의 누이였다. 장백은 주원장이 매부임을 알고 천명에 따라 주원장에게 황제의 자리를 넘기고 자신은 안남국 왕으로 떠난다.

『장백전』은 이렇게 어려움을 극복하고 나라를 건국하는 대하스토리이다. 『장백전』을 읽은 감동 기록이 있다. 1920년대 문학사에 프롤레타리아작가로 활동을 한 포석抱石 조명희趙明熙,1894~1938라는 소설가다. 이 포석이 열 살 때쯤인 1906년 어느 날 밤에 포석의 어머니가 이 『장백전』을 읽었다 한다. 신연활자본 『장백전』이 나오기 전이니 필사본이었다. 포석은 이 소설을 듣고 있다가 장백이 부모 없이 자라다 하나뿐인 누이와 이별하여 만날 수 없게 됐다는 내용을 듣고는 펑펑 울었다고 한다. 어린 포석의 가슴에 둥지를 튼 이 감동이 후일 포석이 소설가로 나아간 근원이 되지 않았을까 한다.[9]

9 당대를 살았던 문학인들에게 이런 기록은 흔하다. 「메밀꽃 필 무렵」의 작가 이효석의 「나의 수업시대」를 보면 "열 살 남짓해서 신소설 추월색을 읽게 되었으니 이것이 이야기의 멋을 알고 문학이라는 것을 생각하게 된 처음인 듯하다. 추운 시절이면 머리맡에 병풍을 둘러치고 어머니와 나란히 누워 『추월색』을 번갈아 가며 되풀이하여 읽었다. 건넌방 벽장 속에는 『사씨남정기』, 『가인기우』 등속의 가지가지 소설책도 많았건만 그 속에서 왜 하필 『추월색』이 그다지도 마음에 들었는지 모른다. 병풍에는 무슨 화풍인지 석류, 탁목조 등의 풍경 아닌 그림이 폭마다 새로워서 그 신선한 감각이 웬일인지 추월색의 이야기와 어울려서 말할 수 없이 신비로운 낭만적 동경을 가슴속에 심어 주었다"(『동아일보』, 1937.7.25, 7면 참조)고 문학적 감흥을 털어 놓는다. 『추월색』이 비록 신연활자본신소설이지만 신연활자본 소설을 통하여 열 살짜리 이효석이 문학적 소양을 싹틔웠음이 분명한 기록이다. 또한 '석류, 탁목조 등의 풍경 아닌 그림' 운운에서 소설과 그림의 상호 작용을 읽을 수도 있다.

그런데『장백전』책의도는 이와는 전연 다르다. 화공은 장백이 천명을 받아 황제에게 항복을 받는 장면을 그려 놓았다. '초년고생은 양식지고 다니며 한다'라거나 '젊어서 고생은 금 주고도 못 산다', '젊었을 때 고생은 논밭전지를 주고도 못 산다'라는 우리 속담이 있다. 젊어서 고생이 으레 당연시하였다. 또 '고생 끝에 낙이 온다'라는 속담도 있고 '고진감래苦盡甘來'란는 말도 예사로 알던 시절이다. 화공은 장백이 젊어 고생하는 것을 그리기 보다는 대장기를 펄럭이며 황제에게 굴복 받는 장면이 훨씬 이 소설을 잘 표현한다고 여겼던 듯하다.

『홍경래실기』의 주인공 홍경래洪景來, 1771~1812는 실존인물이다. 그가 41세이던 1811년(순조 11) 평안도 일대에서 정권 타도와 지역차별 철폐를 내세우며 난을 일으켰다. 하지만 난은 실패로 돌아갔고 그로부터 100년 뒤 그는 일제치하 대중 속에 스며들어 영웅으로 다시 부활했다.『홍경래실기』라는 소설을 통해서다. 홍경래가 난을 일으킨 이유는 황해도, 평안도, 함경도 사람을 등용하지 않아서였다. 홍경래는 정주성에서 최후를 맞았다. 성안에 남아있던 15세 이상 남자 1910명은 관군의 손에 죽고 여인과 아이들은 노비가 되었다.

『홍경래실기서』(광학서관, 1917)는 "영웅이 시세를 만들 거시니 시세가 영웅을 만들거니 영웅과 시세는 고기와 물저림 서도 떠나지 못할 약속이 있는 것"으로 시작한다. 시세는 홍경래가 난을 일으킨 1811년도 되지만 〈홍경래실기〉를 간행한 일제치하 1917년도 가능하다.『홍경래실기』를 통하여 일제하 영웅을 그려 자기실현을 해보려는 욕망을 담아낸 것으로 볼 수 있다.

『홍경래실기』책의도는 조선장수 차림을 한 화려한 복장이다.

소설 줄거리와 전혀 상관없는 그림이다.

3) 여성, 칼을 들다 노怒

조선시대 소설이다. 그런데 여성들의 고된 시집살이도,
한恨도, 그렇다고 처첩 간 갈등도 전혀 보이지 않는다. 여성
들은 가정을 뛰쳐나와 갑옷을 입고 말을 타고 칼을 치켜들
고 전장에 나섰다.

잠깐 말을 돌려 보자. "소설이란 문제적 주인공을 통하여
타락한 세계에서 타락한 방법으로 진정한 가치를 추구하

는 이야기다." 프랑스의 사회 인류학자인 르네 지라르^{René Girard}

가 『낭만적 거짓과 소설적 진실』에서 한 말이다. '문제적 주인공'

은 소설 속 주인공이요, '타락한 세계'란 소설 속의 배경이요, '타

락한 방법'은 바로 소설이고, '진정한 가치'는 소설 속에서 주인

공이 하는 제반 행동을 말한다. 저 말이 소설을 다 정의할 수는

없지만, 소설의 정의 항에 어느 정도 근접한 것도 사실이라고 많

은 학자들이 생각한다. 우리가 소설을 단지 흥미로만 읽어서는

안 될 이유가 저 말속에 담겨 있다. 문자의 표면이야 낭만적 거짓

으로 치장되어 있으니, 문자의 이면에 있는 소설적 진실을 보아

야 한다. '문자의 이면에 있는 소설적 진실'은 주인공의 행동 저

쪽에 있을 수도 있다.

　여주인공의 행동 저쪽, '여성이 칼을 든 소설적 진실'을 따라가

보자. 여성이 칼을 든 여성영웅소설은 『박씨전』을 모태로 하여

『곽낭자전』, 『김희경전』, 『방한림전』, 『설소저전』, 『여장군전 : 정

수정전』, 『이대봉전』, 『이봉빈전』, 『운향전』, 『위봉월전』, 『여자

충효록』, 『장국진전』, 『정현무전』(『정비전』), 『하진양문록』, 『홍계

월전』, 『황부인전』 등 그 수가 녹록치 않다. 이 소설들은 모두 여

성이 주인공이고 그것도 배경이 전쟁이요, 모두 남자를 거느리

는 장군이다. '왜 여성을 전쟁터로 보냈을까?'라는 의문을 갖게

한다. 그 의문에 답을 찾으려면 남성들이 제 역할을 다하지 못해

서였다.

　『이대봉전』은 19회에 걸쳐 간행되었다. 이대봉의 모친과 장애

황의 모친이 동일한 꿈을 꾸었는데, 봉 鳳은 대봉의 집으로 황凰

의 애황의 집으로 간다. 대봉과 애황의 이름은 이에 연유한다. '1

조웅一趙雄 2대봉二大鳳'이라는 속담이 있었다. 첫째는 『조웅전』이

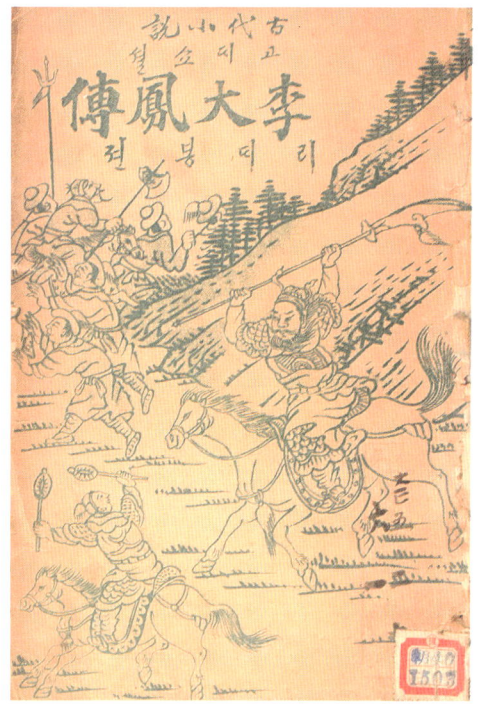

요, 둘째는 『이대봉전』이라는 뜻이다. 조선시대의 대표적
군담소설로 으뜸자리를 차지하던 두 작품은 신연활자본
시대에 들어와서도 『조웅전』이 22회, 『이대봉전』이 19회
나 간행되었으니 그 인기도를 실감할 수 있는 속담이다.

　『이대봉전』 신연활자본 책의도는 두 종류이다. 하나는
영창서관의 봉황 그림 책의도이고 회동서관에서 간행한
흑백으로 된 이대봉 전투장면이다. 하지만 이 작품제목은
『이대봉전』이지만 대봉보다는 여성인 애봉의 역할이 더욱
도드라진다. 애봉은 부모가 죽고 위기에 처하자 남장을 하
고 이름도 희(해)운이라 고친다. 후일 한림학사가 된 애봉

은 흉노족이 침범하자 대원수가 되어 국난을 타개하여 연왕에 봉해지고 초왕이 된 대봉과 만나 혼인한다는 내용이다.

그러나 책의도는 황애봉이 아닌 남편 이대봉의 전투장면으로 세련된 그림이다. 원근법은 아예 무시되었고 병졸들은 자유분방하다. 화공이 머릿속에 그려 낸 전투장면을 그대로 옮겨서이다.

『장국진전』은 여주인공인 이씨부인이 전장에 나가서 도술로 남편을 돕고 싸움을 승리로 이끄는 내용이다. 그렇지만 전장에 남자 복장으로 나가 직접 투쟁한다는 부분은『박씨전』보다도 더 적극적이다. 남 주인공인 장국진은『유충렬전』의 유충렬과 퍽 유사하다.

『장국진전』책의도는 장국진의 부인 이씨부인이 선녀를 불러서 오금도사, 백원도사와 싸우는 장면을 그렸다. 화공은 우측 상단에 장국진의 군영기를 그려 놓았을 뿐, 장국진의 역할은 없다.

오금도사는 물병을 들고 백원도사는 화진을 들고 천지조화를 부리며 백원도사 화진을 한번 흔드니 화기가 떨어지며 불덩이가 되어 이 장군(이씨부인임) 전신에 싸이었거늘 이 장군이 대로하여 선녀를 불러 막으라 하였다. 선녀 명령을 듣고 공중에 올라 물을 뿌리니 폭포수 되어 불기운을 제어하였다. 오금도사가 이 장군이 불 먹음을 보고 대로히여 물병을 기울이니 큰 바다 되어 명진이 물에 뜨게 되었다. 이 장군이 선녀를 불러 '물을 막으라'하니 선녀 말을 듣고 듣고 땅을 기우려 달국으로 보내니 달국 대병이 물에 뜨게 되었다.(『장국진전』(세창서관, 1935, 40~41쪽))

『박씨전』도 여러 차례 간행되었다.『박씨전』은 병자호란이란 시대적인 상황과 직결되는 군담소설이다. 필사본으로 내려올 때부터 여성독자들이 좋아하였다. 여성독자들에게 군담소설이 읽혔다는 것은 여러 면으로 생각할 거리를 준다. 그것은 비록 여성이 집안에만 있을 지라도, 이미 그녀들의 세계는 울타리를 넘었다는 반증이다. 그것은 임란과 병란 등 국가적 위기를 부른 장본인, 권위만 있고 실질은 없는 무능한 남성들에 대한 독서 차원의 도전이었다.

『박씨전』은 병자호란을 배경으로 한다. 학자들은 영조 때쯤인 18세기에 이 소설이 창작되었을 것으로 본다. 그러니까 이 소설의 배경인 병자호란(1636~1637)으로부터 100여년이 지나서 나온 작품이다. 한 세기가 지났지만 『박씨전』의 박씨와 여성영웅을 주인공으로 하는 소설이 지어져야할 상황이었음을 미루어 짐작할 수 있다.

『박씨전』은 이렇듯 병자호란을 배경으로 하였기에 실재 인물과 가공인물을 뒤섞어 놓았다. 박씨의 남편인 이시백, 임경업, 적장인 용골대龍骨大는 실존 인물이고 박씨, 용홀(울)대龍忽大와 이시백을 죽이려 보낸 기홍대는 가공인물이다.

『박씨전』은 이시백의 부인으로 박씨라는 가공의 부인을 주인공으로 설정해 오랑캐를 물리친다는 내용이다. 특히 박씨라는 여성영웅의 등장은 당시의 남성사회가 제 구실을 하지 못하고 있음을 단적으로 보여준다고 하겠다. 이것은 이시백이라는 총명한 이도 눈치를 사 먹고 다니는지 박씨의 재주를 알아보지 못하고 단순히 인물이 못났다하여 배척하는 것에서도 어림할 수 있다.

박씨는 천하의 박색이었으나 영웅적 기상과 뛰어난 재주로 오랑캐왕과 용골대와 호골대를 농락하고 민족적 자긍심을 고취한 애국적인 여주인공으로 설정되어있다. 물론 이 소설이 군담소설 성격을 띠는 한 임진, 정유, 병자호란을 거치면서 무너질 대로 무너진 민족적 자긍심을 고취하려는 의도로 지어졌음은 물론이다.

두 책의도를 보면 소설의 내용과 좀 다르다. 한성서관 간행 책의도는 선학을 타고 금강산에서 돌아오는 박씨와 이시백이 부친과 이야기하는 장면이고 조선도서 책의도는 박씨부인이 장군 복장으로 말을 탄 모습과 아이들을 가르치는 장면이다.

이를 감안한다면 박씨와 이시백의 혼인 문제보다 병자호란에 쳐들어 온 용골대를 혼내주는 우측이 더 소설 내용과 맞아 떨어진다. 하지만 『조선도서』 책의도 상단에 있는 박씨가 아이를 훈육하는 그림은 아무리 보아도 소설 내용과 어긋장이고 하단 칼을 든 박씨와 대조적이다. 물론 소설 내용 어디에도 이렇게 자식을 교육하는 장면은 보이지 않는다. 아마도 하단의 칼을 든 박씨를 그린 화공이 영 불편한 마음을 참지 못하여 상단에 자애로운 어머니로서 박씨를 그려놓은 듯싶다. 당시 독자들이 두 책의도를 보고 어느 것을 들었는지는 정확히 알 수 없다. 그러나 뒤에 조선도서(1920), 세창서관(1961), 향민사(1978)에서 간행된 책의도 모두 한성서관 것에 색깔만 입혔다. 제 아무리 박씨라도 여성의 손에 칼을 들게 하는 것이 영 마뜩치 않은 듯했나보다.

『홍계월전』은 책의도 모두 홍계월이 장수복장을 하고 성 밖으로 나가는 장면을 그렸다. 책의도에는 모두 칼을 든 홍계월이 보인다. 고소설에서 칼은 남성만의 전유물이요, 전쟁의 상징이요, 국난을 극복하는 도구였다. 그런데 여성이 칼을 들었다. 여성의 존재 이유가 방안에만 있지 않음을 보여준다. 더 이상 여성은 가정의 보살피거나, 처첩간의 갈등을 일으키거나, 아이를 생산하

왼쪽
『박씨전』 한성서관, 1915

오른쪽
『박씨부인전』 조선도서, 1923

1636년 청나라 2대 황제 태종 홍타이지가 쳐들어 왔다. 병자호란이다. 당시 조선시대는 선비의 사회였다. 그들은 분명 남성이었고 여성 위에 군림하였다. 그들은 지배층이었지만 무능했고 연약했다. 근육질의 남성문화는 찾아볼 수 없었다. 그들 손에는 일상과 먼 문자만 생산하는 벼루와 먹, 그리고 붓밖에 없었다. 홍타이지는 대신과 왕자를 볼모로 보내지 않으면 진격한다며 이런 글을 보냈다.

너희 나라가 산성을 많이 쌓았으나 내 당당히 큰길을 따라가리니 산성에서 나를 막을쏘냐. 너희 나라가 강화도를 믿는 모양이나 내가 조선 팔도를 짓밟을 때에 조그만 섬에서 임금 노릇을 하고 싶으냐. 너희 나라의 의논을 짐작하건대 모두 선비이니 가히 붓을 쌓아서 나를 막을쏘냐.(작자미상, 김광순 역,『산성일기』, 서해문집, 34~35쪽)

독서 차원일망정 여성이 전장에 나설 수밖에 없는 이유다.

여 가계를 잇게 하는 피동적인 모습이 아니다. 물론 고소설이 있었기에 신연활자본고소설도 출간된 것이지만 책의도는 모양이 좀 다르다. 직접 여장군이 말을 타고 갑옷을 입고 칼을 휘두르는 그림을 그려야 했기에 말이다.

『홍계월전』은 당대 여성독자들에게 통쾌함을 주는 여성 우위 소설이다. 작품 속에서 계월은 장원을 하고 남편 보국은 부장원을 하여 계월은 대원수가 되고 남편 보국은 중군장으로 계월의 아래 장수가 된다. 남편 보국은 무술이나 인품으로나 계월의 상대가 되지 못한다. 계월은 남편의 남존여비 사상을 뿌리 뽑으려 욕보이고 애첩인 영춘도 죄를 물어 목을 베어버린다. 아래는 홍계월이 남편 보국을 조롱하는 부분이다.

적장 구덕지 대노하여 장검을 높이 들고 말을 몰아 크게

고함하며 달려올 때였다. 난데없이 적병이 또 사방으로 달
려들었다. 보국이 황겁하여 대적하고자 하였으나 경각에
적장이 함성을 지르고 보국을 천여 겹이나 에워쌌다. 형세
가 이렇게 위급하니 보국이 하늘을 우러러 탄식하였다.

이 때 원수 장대에서 북을 치다가 보국의 위급함을 보고
급히 말을 몰았다. 장검을 높이 들고 좌충우돌하며 적진을
헤치고 구덕지 머리를 베어 들고 보국을 구하여 몸을 날려
적진을 충돌하였다. 동에 번 듯 서쪽 장수를 베고 남으로 가
는 듯 북쪽 장수를 베고 좌충우돌하여 적장 오십여 명을 한
칼로 소멸하였다.

본진으로 돌아오니 보국이 원수 보기를 부끄러워하니 원

왼쪽
『홍계월전』 신구서림, 1920

오른쪽
『홍계월전』 대산서림, 1926

홍계월의 눈초리가 매섭다. 머리에
는 세 개의 꽃송이를 꽂았고 노랑색
과 붉은 색 갑주를 입고 백마를 타고
삼척 장검을 비껴들었다. 계월을 태운
말은 백총마로 눈동자는 살아있고 갈
기와 꼬리는 바람결을 탄다. 군사들은
붉고 푸른 군복을 입었다. 좌측 군사
세 명은 독일병정 같은 차림인데 약
속이나 하였듯이 하나같이 팔자수염
을 양 볼에 붙였다. 이때 홍계월이 거
느린 군사는 장수 1000여 명과 군사
는 80만 명이었다.
『홍계월전』 책의도에서는 당당한 여성
영웅의 모습이 그려져있다.

수가 보국을 꾸짖었다.

'저러하고 평일에 남자라 칭하고 나를 업신여기더니, 이래도 그
리할까.'

하며 무수히 조롱하더라.[10]

우리는 지금도 유일하게 여성가족부가 있는 나라다. 많
이 없어졌다지만 아직도 여권신장이니 남녀평등이니 성범
죄 피해 사실을 밝히는 미투 운동Me Too movement이니 하는
용어가 각종 미디어에 오르내린다. 학계에서도 여성중심
이니, 페미니즘이니 하는 용어들이 현재진행형이다.

이것이 2017년 대한민국의 현실이다. 그런데 『홍계월
전』은 이미 일백 년 전 이 땅의 독서계를 주름잡았던 신연
활자본고소설이다.

『김희경전』은 11회 간행되었다. 『김희경전』은 남주인공
김희경과 여주인공 장설빙을 축으로 하여 설빙의 영웅적
행위를 기술하는 여성영웅소설이다. 여성을 남성보다 우
위에 놓음으로써 당시로서는 전복된 가치관이었다. 하지
만 이 소설이 대중을 독서계를 넘나들었다는 것에 유념할
필요가 있다. 『김희경전』 이본 중, 『여중호걸』도 있어서다.
『여중호걸』은 아예 장빙설을 제목으로 내걸었기 때문이다.

---

10 『홍계월전』, 대산서림, 1926,
36쪽.

왼쪽
『김희경전』 광문서시, 1917

오른쪽
『여중호걸』 광문서, 1917

같은 출판사에서 간행간 같은 내용인
데 제목과 책의도도 다르다.

아래
『황장군전』 신구서림, 1924
일명 『황운전(黃雲傳)』이라고도 한다.
영웅소설로 남녀 주인공 황운(黃雲)과
설소저(薛小姐)가 무술로 어전에서 시
합하여 설소저가 이겨 대원수가 되고
황원이 부원수가 된다. 여성 우위 소
설로 박진감 넘치는 전쟁이 주된 내
용이다.

04 욕망, 절정 – 증(贈)

1) 죄와 벌 증(贈)

죄를 지었으면 벌을 받는 게 당연하다. 하지만 세상을 살다 보면 안다. 이치는 반드시 '권선징악'이니 '인과응보'지만, 이 성어가 맞아떨어지는 경우는 '가뭄에 콩이 나거나' 하면 모르겠다. 그래 감나무 밑에 누워서 홍시 떨어지기를 기다리느니 차라리 이러한 소설을 썼는지도 모른다. 사실 고소설은 '억눌려 온 자들의 존재증명'이기에 앞문장이 적절히 맞는 듯도 싶다. 그래서인지 우리 고소설에는 이런 주제의 작품이 많다.

이를 두고 현대 독자들은 우리 고소설만의 특성이요, 후진성으로 이해하는데 사실은 그렇지 않다. 세계적인 대문호의 작품치고, 그 어느 소설 주제가 권선징악이 아닌 것이 있나? 영국이 인도와도 바꾸지 않겠다고 한 윌리엄 셰익스피어, 독일의 까뮈, 러시아의 톨스토이는 물론이요, 하드보일드한 냉혹하고 비정한 문체를 즐겨 쓴 어니스트 헤밍웨이도, 심지어는 『해리포터』조차 모든 작품의 내면에는 권선징악이 흐르고 있다. 우리의 삶도 이 권선징악을 지향한다. 권선징악이 아니기에 사는 것이 힘들지, 권선징악이라면 삶이 뭐 어렵겠는가. 그렇다면 이 세계 소설의 보편적 주제인 권선징악이야말로 우리의 영원한 로망이요, 바람이다. 그러니 고소설의 '권선징악'만이 고색이 창연한 구성이라고 따지고 들 일이 아니다.

이러한 고소설의 으뜸은 『장화홍련전』이다. 『장화홍련전』은 20회나 간행되었다. 『장화홍련전』은 누구나 잘 아는 계모 이야기이다. 자식에서 보면 '계모'이고 아내 쪽에서 보면 '첩'이다.

이를 학계에서는 '계모형 가정소설'이라고 하지만 우리 사회에서 '첩', 혹은 '계모'라는 이름은 사회학적 표지로서 '악'의 은유이다.

임·병양란을 거치면서, 17세기 조선은 극심한 당쟁과 함께 장기집권층인 벌열이 성립되고 오늘날까지 시퍼런 장도를 휘두르는 성씨로 묶인 종족조직과 직계중심의 종손사상이 형성되었다. 종손사상은 혈연주의, 직계주의, 장자우선주의로 족보를 간행하는 한편 문중을 중심으로 조직화되었다. 이것은 임·병양란을 거치면서 국가조직은 흔들리고 가정 또한 그만큼 일그러졌다는 반증이기도 하다. 중세의 질서에 철저히 종속된 가정 복원을 전면에 내세운 것이 바로 우리 가정소설들이다. 이 가정소설은 군담소설 이후에 출현하였고, 특히 계모형 고소설들은 바로 이러한 가정을 그렸다. 국가니, 충이니 하는 거대 이념이 가정이라는 작은 곳으로 눈을 돌렸다. 일그러진 가정의 복원이야말로 최고의 삶의 잣대로 인식하였기 때문이다.

일그러진 가정의 복원을 다룬 일군의 소설이 바로 계모형 고소설이다. 우리의 계모형 고소설들은 대개 '일그러진 가정의 제 모습 찾기'에 주제를 두고 있다. 우리나라를 배경으로 한 대표적 계모형 소설인 『장화홍련전薔花紅蓮傳』, 『콩쥐팥쥐전』, 『김인향전金仁香傳』, 『황월선전』, 『김취경전金就景傳』 등이 그러하며 중국을 배경으로 한 것도 여러 편이다.

계모형 고소설을 읽는 데는 독자의 안목이 꽤 필요하다.

지금도 그렇지만 사람이 세상을 살아간다는 것은 참 외로운 일이다. 더욱이 중세의 여인으로, 여기에 계모라는 관형어를 숙명처럼 붙이고 살아가야만 할 '특별한 그녀들'에겐 더욱 그러하였다. 이 '특별한 그녀들'이 나오는 계모형 고소설에는 이야기 표면보다 더욱 심각한 문제가 내재해 있다. 그것은 조선인의 사회문화관계에서부터 이야기를 풀어가야 한다.

조선은 일부다처제가 허용되고 '관계'를 중시하는 사회였다. 여기서의 '관계'란 너와 나, 나와 너의 서로 주고받는 관계가 아니다. 조선의 관계는 '나'를 중심으로 한 관계이며, 이것은 절대적으로 변하지 않는다. 물론 '나'는 집안의 '적자', 즉 본처 소생이어야만 한다.

'계모'는 본처 소생이 보았을 때의 용어이다. 본처 소생에게 '계모'는 어머니의 자리를 아버지에게서 빼앗아간 부정적인 용어일 뿐이다. '계모'라는 태생부터가 저토록 어둠이다. 계모에 대한 조선인들의 심사는 모질었고 계모는 한을 품었다. 한국정신문화연구원에서 발행한 『한국구비문학대계』 8-3에 수록된 〈계모심술노래〉를 들어보자.

하서럽땅 하선부야
더시럽땅 장개와서
우리문전 대문전에
석류나무 안섰디요
만구름 썩은물에
비오비상 술을해서

은잔이라 받거들랑

은젯가치 손에들고

외우한분 젓어보고

오리한분 젓어보소

아니젓고 잡우시면

만경창파 떠나리다

대청 끝에 저큰아가

그노래가 듣기좋소

다시한분 더부리소

열에두폭 처알

행리하던 저선부야

은잔이라 받거들랑

은젯가치 손에들고

외우한분 젓어보고

오리한분 젓어보소

아니젓고 잡우시면

만경창파 떠나리다

정지에라 장모님아

이술한잔 같이먹고

동행을 해가 가자.

이 노래는 계모의 딸이 기둥을 안고 돌면서 부르는 노래이다. 내용은 계모가 전처 사위를 볼 때 샘이 나 초례청에서 예를 올리는 사위에게 독을 탄 술잔을 건네주어 해코지하려는 것이다. 한편 노래를 듣고 사정을 알게 된 사위는 모르는 척하며 '정지에 장

『콩쥐팥쥐전』 태화서관, 1928
책의도는 콩쥐와 팥쥐인 듯한 두 처
자가 정자에 앉아있는 평화로운 장면
이다. 그러나 『콩쥐팥쥐전』에는 악인
인 팥쥐와 첩이자 콩쥐의 어미에 대
한 징계는 참혹하다. 팥쥐는 사형당한
뒤, 원님의 명에 따라 송장으로 젓갈
로 담가진다. 그리고 이 젓갈을 그 어
미에게 보낸다. 팥쥐 어미는 처음엔
선물인 줄 알았다가 사실을 알고는
기절하여 지옥에 떨어진다. 모녀에게
가해진 형벌이 참으로 잔인하다.

모님아, 이 술 같이 묵고 동행을 해
가 가자'라고 한다. 계모가 나를 죽
이려 하나 '난 그렇게는 못하겠으니
함께 죽자'는 뜻이다.

계모의 잔인함을 노골적으로 드
러낸 노래로 볼 수 있다. 계모에 대
한 이러한 시각은 이미 뚜렷한 '사회
병리학적Social pathological 현상'이었
다. 물론 '계모'에 대한 저주의 시선
은 조선 517년으로도 모자라 정도
의 차이만 있지 현재까지 연면히 이
어진다. 집안의 실권자로 군림하는
TV 연속극이 그렇지 않은가. 오늘
도 거실 한복판에 자리잡은 가정의
절대군주 TV 연속극에서는 이 방송 저 방송 할 것 없이 처
절한 처첩 간의 서바이벌게임이 벌어지고 있다. 시청률 확
보에 이바지하는 공이 적지 않아서다. 그러니 이 문제를 처
첩 간의 갈등이나 선악의 대립 정도로 개인 차원에 머물러
서는 안 된다.

차설, 계모가 이렇듯 '사회병리학적 현상'이라면, 그 '사
회병리학적 현상'을 일으키는 원인인 '병인etiology'은 무엇
일까? 독자들께서도 나름 집히는 게 있겠지만, 현재에도
그대로 남아 있는 조선인 특유의 편집증적 강박관념인 '유
교적 출세지상주의'라는 풍토병風土病과 묘한 연결고리를
형성한다.

그 연결고리를 풀어보자.

이것은 첩들의 '전실 소생 죽이기'에서 문제를 풀 수 있다. 『사씨남정기』에서도 교씨는 그 어린 인아를 죽이려 하고, 『홍길동전』의 초란이란 계모도 어김없이 홍길동을 죽이려 자객을 보낸다. 그렇다면 왜 첩들은 끊임없이 전실 소생을 죽이려고 할까? 그 속에 내재한 그녀들의 속내는 무엇이며, 문자 이면에 그 이유가 어떻게 굴절되어 숨어있을까?

소설의 행간을 살펴보면 의외로 간단하다. '계모'는 태생이 얄망궂고 밉살맞게 생긴 게 아닌데도 삶을 누릴 수 없는 지표指標로서의 존재였다. 유교적 사회는 계모의 진실성을 강탈했고, 사람들은 '계모'라는 폭력적 표지만으로 그녀를 보았다. 계모의 진실은 낯설어지고, 그 자리에는 사회학적 표지로서의 '계모'만 남았다. 이렇게 '계모'의 사회학적 표지는 '주홍 글씨'라는 굴레를 씌우는 비극적 메타포가 되었다.

계모라는 사회학적 표지는 여기서 그치는 것이 아니다. 계모에 대한 사회의 맹목적인 증오는 관성의 법칙인 양, 그들의 자식에게까지 이어진다. '계모'의 등장에 따른 '전실 소생'과 '첩의 자식' 또한, '전실 소생'과 '첩의 자식'이라는 '명칭부여효과'를 그대로 경험하고야 만다. '계모와 계모의 자식들은 사람답게 살 수 없다'는 정언명령이다. 정언명령이란, 모든 행위자가 무조건 절대적으로 지켜야 하는 도덕률이다. 반드시 지킬 수밖에 없는.

계모들 또한 이를 잘 알고 있었으니, 저 여인들에게 세상은 '희망이 난망'이었다. 중세시대, 계모는 그렇게 신분적으로도 인간적으로도 상층부로 자신을 올리려는 욕망을 거세당하였고, 자식 또한 자신의 동어반복이다. 계모가 된 순간부터 당사자들로서는 이미 '계모'라는 굴레를 벗어날 수 없다는 것을 안다. 온전한 인간으로서 존재가 결여된 계모는 자신의 욕망을 거세당한 것에 대해 공격성을 보이고, 이것이 바로 계모의 '전실 소생 죽이기'이다. 심리학에서는 이를 자기 방어기제self defense mechanism라고 한다. '자기 방어기제'란 불안한 자아가 불안에 대응··대처하기 위해 동원하는 심리적 책략으로 강한 자보다 약한 자에게 나타나는 것이 특성이다.

저 시절은, 성실하고 노력하는 자가 늘 득세하는 사회가 아닌 신분으로 미래가 정해진 세상이었다. 자식을 염려하는 부모로서 적자 소생과 제 자식을 비교할 수밖에는 없고, 그러하니 계모로서 자연 '전실 소생 죽이기'라는 무리수를 둔 것이다. 계모라는 이름으로 사는 그녀들은, 그녀와 그녀의 소생에 관한한 잡종열세에 의한 생물학적 예증을 단단히 믿는 조선인의 틈새를 비집기 위해, 아니 살아내기 위해서, 전실 소생 축출이라는 자위적인 행동을 취할 수밖에 없었다.

『장화홍련전』은 이러한 계모 이야기 전형이다. 『장화홍련전』은 효종 때 평안북도 철산鐵山부사인 전동홀全東屹,1610~1685이 실제 처리한 사건을 소재로 한 소설이다. 대략의 내용을 보자면 이렇다.

철산 땅에 사는 좌수 배무룡은 늘그막에 장화와 홍련을 두게 되나 부인 장씨가 세상을 떠나 후취로 허씨를 맞아들인다. 허씨는 용모도 흉악하지만 마음씨마저 간악하여 두 딸을 학대한다. 이러한 계모의 구박과 간악한 꾀를 견디다 못해 장화는 연못에 빠져 죽고, 홍련 역시 죽은 언니를 그리다 같은 연못에서 죽는다. 이후 억울하게 죽은 두 자매의 영혼은 원한을 풀고자 새로 부임한 부사를 찾아가나 부임하는 부사마다 겁에 질려 죽고 만다.

그러던 중 담이 큰 정동우鄭東祐(『전동흘전』의 주인공인 전동흘이라고도 한다)가 자원하여 철산부사로 부임한다. 그는 이들 망령들의 이야기를 자세히 듣고 계모를 처형한 뒤, 연못에서 두 자매의 시체를 건져내어 무덤을 만들어 준다. 그 뒤, 배좌수는 다시 장가들어 두 딸의 현신인 쌍둥녀를 낳는다. 이들은 자라서 평양의 거부 이연호의 쌍둥이 아들인 윤필·윤석과 혼인하여 행복하게 살게 되었다는 내용이다.

『장화홍련전』 결말은 계모 허씨와 아들 장쇠가 각각 능지처참형과 교살을 당한다. 능지처참은 대역죄나 패륜을 저지른 죄인 등에게 가해진 극형으로 언덕을 천천히 오르내리듯 고통을 최대한으로 느끼면서 죽어가도록 하는 잔혹한 사형이다. 대개 팔다리와 어깨, 가슴 등을 잘라내고 마지막에 심장을 찌르고 목을 베어 죽였다. 또는 많은 사람이 모인 가운데 죄인을 기둥에 묶어 놓고 포를 뜨듯 살점을 베어내되, 한꺼번에 많이 베어내서 출혈 과다로 죽지 않도록 조금씩 베어 참을 수 없는 고통 속에서 죽음에 이르도록 하는 형벌이다. 교살은 목을 졸라 죽이는 형벌이다. 계모와 그 아들의 비극적인 죽음이 이 소설의 결말이다.

영창서관 책의도를 그린 화공은 허씨가 쥐를 들고 배좌수에게 장화를 모함하는 장면을 그렸다. 한성서관 책의도를 그린 화공은 장화가 죽으려 못에 뛰어들고 호랑이가 장쇠에게 달려드는 장면을 그렸다. 대부분의 책의도는 한성서관을 그대로 따랐다. 그러나 소설에는 이러한 장면이 없다. 모든 것이 화공의 상상이다. 『장화홍련전』(한성서관, 1918, 15쪽) 부분 전문을 인용해 본다.

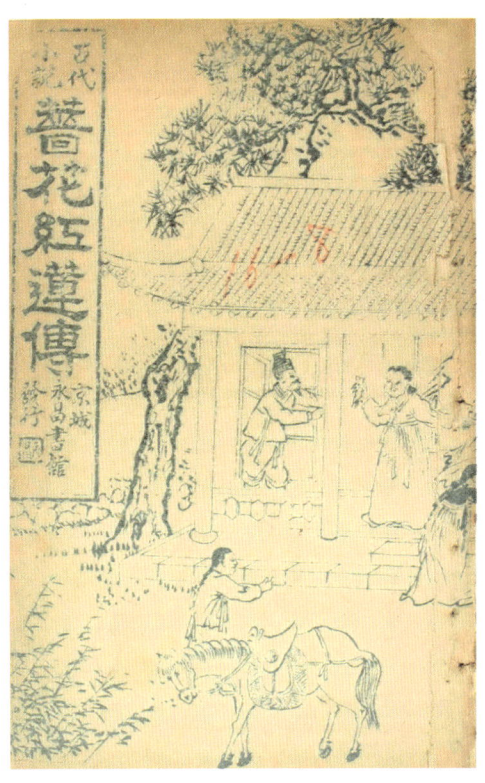

장화가 물에 빠지니 홀연 물결이 일어나 하늘에 닿으며 찬바람이 음음하였다. 난데없는 큰 범이 달려들며 공중에서 소리쳤다. "네 어미 무도불측하여 애매한 자식을 모해하여 이렇게 참혹히 죽이니 어찌 하늘이 무심히 두리오. 너부터 죽여 없이할 것이지만 아주 죽여 모르는 것보다 병신을 만들어 평생을 고통스럽게 하는 것이 나으리니 너는 견뎌보아라" 하더니 그 호랑이 달려들며 장쇠의 두 귀와 한 편 팔과 한 편 다리를 베어 먹고 간 데 없는지라(원문을 인용자가 풀어썼다).

소설에서는 장화의 죽음, 그리고 호랑이가 장쇠에게 달려들어 두 귀와 한 팔, 한쪽 다리를 베어 먹고는 사라졌다. 화공은 장화의 죽음과 장쇠의 악함을 극단적으로 배치해 놓았다. 그림은 비사실적이지만 『장화홍련전』 책의도를 보는 사람은 이 이야기가 널리 퍼졌기에 어느 장면인지를 알고 있다. 그러나 그림은 매우 동화적이다. 시간이 한밤중인데도 산, 구름, 나무, 연꽃 등과 날아가는 새가 사뭇 환상적인 낮 풍경이다.

연꽃은 장화가 후일 다시 태어남을 암시하는 상징물이다. 가만히 보면 장쇠 앞에 꽃도 보인다. 나지막한 나무에 발그스름한 꽃이 흡사 앵두꽃 같다. '처갓집 세배는 앵두꽃 꺾어가지고 간다'는 속담이 있다. 처갓집 세배는 한 겨울이 아닌 봄철에 가도 괜찮다는 의미이니 사랑으로 사위를 감싼다는 의미이다. 앵두꽃은 이렇듯 사랑을 말한다. 또 꽃이 떨어지면 열매를 맺는 법이다. 결실을 맺는다는 의미이니 이 또한 장화의 죽음이 분명 좋은 결실을 맺는다는 상징이다.

굳이 옳고 그름, 시시비비를 가리지 않으려는, 혹은 두루뭉술한 우리네 심성을 대변하는 책의도가 아닌가 하지만 그 속에는 우리 민족의 근원적 슬픔이 내재해 있다. 최두석 시인의 『장화홍련』이라는 시도 장화와 홍련의 고통, 장쇠의 폭력을 그리고 있다. 아래는 시 전문이다.

눈동자 속에 가득한 꽃
그 중 장화홍련을 읽는다

부러진 가로수 가지에서 안개가 피어나고 무진의 거리를 장화가 걷는다. 몇 군데 가게를 들러 미래의 아기옷을 사들고 문을 여는 순간 비칠 쓰러졌다. 홍련은 마구 뛰었다. 어느 낯선 민가의 문을 밀치고 들어섰다. 기다리던 장쇠는 이미 칼을 거두었다. 안개가 덮어 왔다. 자욱히 숨막히게 그녀의 치마가 바람에 날려다녔다.

교회의 쓰레기 처리장에서는
장미가, 연못에서는
연꽃이 썩는다
내 눈동자도 썩어들어간다.

'쓰레기 처리장에 장미(장화)가 연못에는 연꽃(홍련)이 썩는다'는 시인의 말에서 비극성을 느낀다. 이 책의도는 이러한 비극성을 보여주고 있다. 흥미로운 점은 대부분의 책의도가 한성서관과 같다는 점이다. 영창서관 책의도는 허씨가 쥐로 장화에게 죄를 뒤집어씌우는 장면이지만 한성서관 책의도는 범이 나타나 장쇠를 혼내는 장면이다. 글을 읽는 쾌감도 바로 여기에 있다.

『황월선전』이나 『콩쥐팥쥐전』도 이 『장화홍련전』과 유사한 소설이다. 책의도에 콩쥐와 팥쥐가 앉아 있고 연못에는 연꽃이 흐드러지게 피어있다. 연꽃은 재생을 상징하는 꽃이다.

그리고 누각 옆에 괴석과 구름, 물, 나무 등 장수와 관련되는 상징물이 보인다. 화공은 소설 내용보다는 자신이 그리고 싶은 장화, 홍련을 그려놓았다.

『김학공전』은 이본으로 『신계후전』도 있다. 죄 있는 자에게 반드시 벌이 있기를 바라는 욕망을 그려낸 소설이다.

'유전무죄'니 '무전유죄', 듣지 말아야 할 이야기지만 지금도

곧잘 듣는 낯익은 넉 자다. 죄와 벌조차
도 금전에 의해 좌우되니 꽤 어지러운
세상이다.

　1922년 간행된 신연활자본고소설
『제마무전』을 보자.『제마무전』은『몽
결초한송』,『도마무전』,『마무전』 등의
이본이 있으나 내용은 동일하다.『제마
무전』은 100여 년 전, 저 시절 이야기
가 이 시절 이야기임을 알게 해준다.

　주인공 제마무를 소개하자면, 문필은
천하에 제일이고 성격은 남에게 굽히
지 않는 의로운 선비이다. 하지만 집안
은 그 선대로부터 맑은 덕이 있으나 벼
슬도 없고 가난하여 생계도 잇기 어려
웠다. 이 제마무가 과거시험을 보았다.

과거 답안지는 물을 것도 없이 글자마다 주옥이요, 구구이
절창이었다. 제마무는 답안지를 내고 합격자 방 붙기를 고
대했다. 그 다음날 드디어 방이 붙었다. 이어지는『제마무
전』내용은 이렇다.

　　과거 합격자로 방목에 걸린 자는 다 세력이 있는 자의 자
　식이 아니면 재물 많고 무식한 자들이라. 마무가 낙방거사
　가 되어 길게 탄식하며 생각하니 분하기도 한량없고 허황
　하기도 끝이 없었다. 사람이 하늘이 주신 성품과 마음을 가
　지고 생겨나기는 일반이거늘 어떤 자는 부귀영화 극진하고

『신계후전』, 신구서림, 1926
신계후가 권 찰방 집에 가서 암행어
사를 외치는 장면이다.
『신계후전』은 정종 때 한성 북촌에 사
는 신업의 아들 계후가 주인공이다.
계후는 아버지가 죽자 흠탈이란 노비
에게 모든 재산을 빼앗기고 권찰방을
만나 그의 집에서 머물다 사위가 된
다. 그러나 첫날밤에 계모인 장모가
자객을 보내 죽이려는 기미를 알고
달아난다.
후일 계후는 지허옥의 도움을 받아
과거를 보고 장원급제하여 한림학사
를 제수 받고 암행어사가 되어 권 찰
방의 집에 가서 암행어사 출두를 외
친다. 물론 이후 흠탈도 치죄한다.
사실 이러한 권선징악은 모든 고소설
뿐만이 아니라 전세계 모든 소설의
특징이기도 하다.

『제마무전』, 조선도서, 1922

어떤 사람은 빈한하고 곤궁하다. 어떤 사람은 심사가 불량
하여 남의 권리 빼앗고 어떤 사람의 마음은 어질어서 제가
가진 권리를 보전치 못하여 어질고 악한 길에 분별이 없어
졌는가(원문을 인용자가 풀어썼다).[11]

11 『교정제마무전』, 조선도서주식회
사, 1922, 4~5쪽.

이쯤이면 오늘날의 금수저니 은수저니 하더니, 이도 모

자라 동수저와 흙수저까지 운운하는 이야기와 다를 바 없다. 그래 태평촌에 살며 태평한 세상을 보고 싶은 제마무는 하느님 뵙기를 축원하고 기어이 하늘나라로 가 염왕과 시비를 따진다는 내용이다.

이렇게 세상 불평등을 따지는 소설은 꽤 많다. 분쟁을 관부에 호소하여 그 판결을 구하는 송사訟事와 같다하여 '송사소설'이라고도 한다. 『황새결송』, 『서대주전』, 『서동지전』, 『와사옥안』, 『서옥기』, 『까치전』, 『녹처사연회』, 『정수경전』, 『장화홍련전』, 『김인향전』, 『김씨남정기』, 『다모전』, 『신계후전』, 『양반전』, 『왕경룡전』, 『이운선전』, 『은애전』, 『유연전』, 『박효랑전』, 『홍열부전』, 『정효자전』, 『김순부전』, 『진대방전』, 『옥낭자전』, 『박문수전』, 『삼사횡입황천기』 등이 모두 그러한 소설이다. 또 꿈에 염라국을 찾아간 경우는 김시습의 『남염부주지』도 있으나 불평등한 세상에 대한 시비를 낱낱이 파고드는 작품은 『몽결초한송』(『제마무전』)이 단연 으뜸이다.

이제 신연활자본고소설 『몽결초한송』 책의도를 보자. 『몽결초한송』은 『제마무전』의 이본인데 책의도가 더 실감나게 그려져 있다. 『몽결초한송』 책의도는 제마무가 염라대왕전에 올라가 염왕과 시비를 따지는 장면으로 소설의 발단 단계상 전개쯤에 해당된다.

『몽결초한송』 책의도를 그린 화공은 죽은 후의 명부冥府를 상상하여 그렸다. 『몽결초한송』 책의도 하단부에 염라부閻羅府라 적힌 문이 있다. 문 앞에 있는 사람들은 모두 죽은 자들로 염라국에 온 듯하다. 두 명의 괴수가 지키는 문을 통해 들어가면 십대왕전十大王殿이란 간판이 걸려있다. 십대왕전은 도교에서 염라대왕 등

10왕을 모신 전각인데 보통 시왕전十王殿이라 부른다. 불교에서는 지장전, 명부전이 이에 해당한다.

책의도를 보면 가운데 죽은 자의 명부를 펼쳐놓은 염왕 둘레로 9명의 왕이 서 있고 염왕 앞에 있는 이가 제마무다. 제마무의 등에는 팔괘와 태극 문양이 그려져 있다. 팔괘는 자연계 구성의 기본이 되는 하늘·땅·못·불·지진·바람·물·산 등을 상징한다. 태극 문양의 원은 만물의 근원이고 원 안의 모양은 음양 양의를 나타내는 것으로 꽤 오래 전부터 사용하였다.[12] 태극은 이태극二太極 문양이다. 이태극은 양의와 음의가 원상 속에서 서로 의지하며 맞물려 돌아가는 형태이다. 음과 양이 개별성과 의존성을 동시에 지니면서 상호 융합하고 있음을 나타낸다. 또 붉은색은 양과 하늘을, 푸른색이 음과 땅을 의미한다.

이태극에서 나아간 것이 삼태극이다. 삼태극은 이태극에서 의미하는 하늘과 땅에 사람을 추가하여 표현한 문양이다. 한국의 삼재사장과 연관지었다고 하며 하늘의 도를 이루는 것은 음과 양이고 땅의 도를 이루는 것은 유柔와 강剛이다. 여기에 사람의 도를 세우는 것은 인仁과 의義임을 세개의 의儀로 드러내었다. 삼태극은 빨강, 노랑, 파랑색으로 삼재가 각기 개별성을 지니고 있으나 서로 의존하고 융합하는 성질을 지니고 있음을 상징한다. 우리 민족의 홍익인간 사상과도 연결 짓는다.

흥미로운 것은 염라국 병사들이 모두 소뿔 달린 괴수들이다. 『몽결초한송』 어디에도 이러한 괴수는 보이지 않는다. 혹 이 괴수가 이익의 『성호사설』 제5권 만물문萬物門에

12 최근에 전라남도 나주 복암리 유적에서 발견된 백제시대의 목간 속 태극 문양은 7세기 초반인 618년경(무왕 시기)의 유적으로 밝혀짐에 따라 이보다 더 전에도 태극 문양이 사용되었을 가능성을 보여준다.

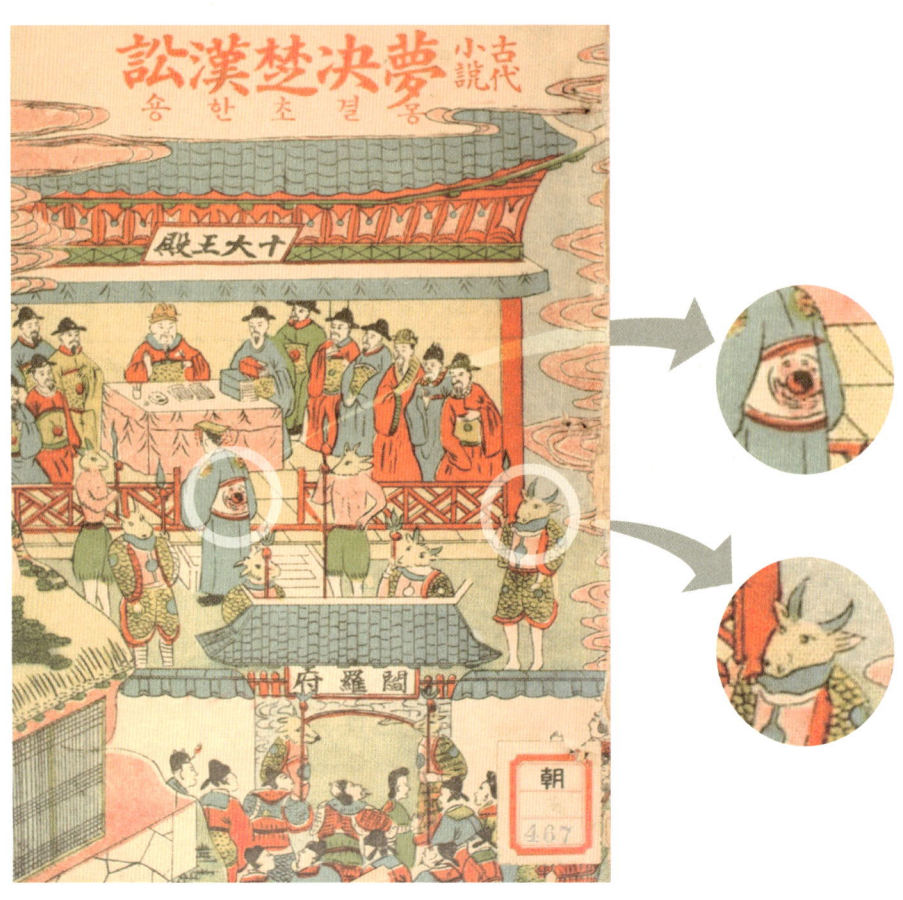

『몽결초한송』 책의도 조선도서, 1925

원문에 염라국 풍경은 '대왕전 앞에 무수한 선관이 나열'하였다는 정도이다. 화공의 상상에 의해 그려진 책의도이다.
『제마무전』이나 『몽결초한송』 책의도 모두 근엄한 얼굴 표정이다.

보이는 '독룡毒龍'이 아닌가 한다. 『성호사설』에 따르면 독룡은 속칭 강철強鐵이라고 부르는데 생김새가 소와 흡사하다. 강철은 바람과 비를 잘 몰고 다니기에 온갖 곡식에 해를 입혀 속담에도 '강철이 지나가는 곳에는 가을철이 봄처럼 된다'고 하였다. 가을철이 봄처럼 된다는 의미는 가을이 되어도 거두어들일 곡식이 없다는 뜻이다. 그런데 불가佛家에서는 이강철(독룡)을 욕심에 비유한다. 제마무가 인간의 제반 악행의 근원을 '욕심'이라 지적한 것과 연결시킬 수 있다. 그렇다면 저 괴수들은 욕심을 과하게 부린 것에 대한 상징이다.

도교이든 불교이든, 10왕의 직업은 인간세상에서 지은 죄를 따지는 일이다. 『몽결초한송』이 만들어진 정확연대는 알 수 없으나 지금까지 찾아낸 문헌만 국문필사본이 13, 국문경판본이 8, 국문안성본이 1, 국문활자본이 22, 한문필사본이 2권이나 되는 것으로 미루어 고소설사에서 적잖은 독자를 확보한 작품이다. 그 연원은 19세기까지 넘나든다.

잠시 제마무가 옥황상제에게 따지는 글을 보자.

> 지금 인민이 도탄에 빠져 살 바를 알지 못할 뿐 아니라 어진 자는 세상에 용납지 못하고 악한 자는 오래 살고 (…중략…) 이는 옥황상제와 신하들이 잘 살피지 못함이라. (…중략…) 잘못한 자는 처벌하시고 잘한 자는 포상하고 장려하여 이 하계 불쌍한 백성의 일을 잘 살펴서 길흉화복을 재주대로 제수하고 어진 자는 복을 주고 게으르고 악한 자는 곤궁하게 점지하시기를 바라나이다.[13]

제마무는 이 글을 산에 올라가 읽고는 곧 옥황상제의 부름을 받는다. 제마무는 인간 세상이 이렇게 마귀세상이 된 것은 바로 '욕심' 때문이라 한다. 해결책으로는 착한 자와 악한 자를 바꾸어 세상에 내보내 서로 갚음이 있게 하면 악한 자들이 두려워하여 인간세상이 바로 잡힐 거라고 한다. 염왕은 10왕이 태만하여 인간세상을 마귀세상으로 만들었

13 『교정제마무젼』, 조선도서주식회사, 1922, 6~7쪽.

다며 제마무를 도총대왕으로 삼아 이를 바로잡으라는 명쾌한 처결을 내린다.

작가는 현실에선 어려운 일이라 여겼는지 소설의 끝을 제마무의 꿈으로 처리해 놓았다. 하지만 소설의 의미는 끝부분 작자의 말에 명백히 보인다.

착한 자 복을 주고 악한 자 화를 주어 이 세상일을 뒤집는 것은 하늘님의 근본 뜻이라. 어찌 변통이 있으리오. 그런고로 이 글이 비록 허무하고 허황한 듯하나, 그 선악보응하는 이치로 보면 분명히 그렇게 될 줄로 생각한다. 이 글을 보는 첨군자僉君子(여러 점잖은 분들)들은 경계하여 거울로 삼으실진저.

『몽결초한송』을 지은이도 이 세상이 유토피아가 될 수 없다는 것을 안다. 그렇기에 하늘님을 끌어들여 운명론으로 슬그머니 해결을 미룬듯하다. 하지만 선악보응으로 보면 '착한 자 복을 주고 악한 자 화를 주는 게' 정당한 이치이다. 물론 '복福'이란 말이 '뜻하지 않게 얻는 좋은 일'이란 아리송한 의미도 있지만, 선한 자 복 받고 불량한 자 '화禍'를 당함은 인지상정이다. 그래 지은이도 "분명히 그렇게 될 줄로 생각한다"라고 다짐장을 저며 넣고 나머지 몫은 이 글을 읽는 첨군자에게 맡겼다.

앞에서도 말하였지만 저 세상이나 이 세상이나 다를 게 없다. 이로 미루어 보면 올 세상도 크게 달라지지는 않을 듯하다. 어떻게 살아야 하는지는 첨군자들의 몫이다.

2) 충忠과 의義 증憎

충과 의를 기반으로 한 고소설들이다. 『사육신전』은 사육신死六臣이 단종의 복위를 꾀하다가 발각되어 세조에게 죽임을 당한 성삼문, 하위지, 유응부, 박팽년, 이개, 유성원 여섯 명의 신하를 이르는 말이다. 사육신 시신은 성삼문 사위인 박임경이 수습하여 한강변 노량진에 매장하였다. 그러나 책의도는 봄나물을 캐러 나온 모녀 그림이다. '육신지묘'라고 쓴 묘비만 없으면 영락없이 '봄나물 캐는 모녀'가 주제가 된다.

『생육신전』 책의도는 사당만 그려놓았다. 생육신生六臣은 세조가 단종의 왕위를 빼앗자 벼슬을 버리고 절개를 지킨 , 김시습, 원호, 이맹전, 조려, 성담수, 남효온 여섯 명의 신하를 말한다. 세조가 단종을 죽이고 왕위를 찬탈하자 이 사건을 불의의 행위로 단정짓고, 충신불사이군忠信不事二君의 원칙에 따라 벼슬을 단념하고 문밖출입을 금하거나 방랑으로 일생을 보냈다. 생육신을 그린 책의도임을 알 수 있게 하는 단서는 사당 현판이다. '서산서원西山書院'이란 현판이 달린 것으로 보아 경남 함안군 군북면 원북리에 있는 서원으로 생육신을 모시고 있다. 화공들은 사육신과 생육신을 잘 알고 있는데 그림에서는 충절을 읽을 수 없다. 그렇다면 왜 이렇게 그려 놓은 것일까? 단서는 1935년에 있는 듯싶다. 일제치하의 한복판이기 때문이다.

『신숙주부인전』은 집현전 학사들과 함께 죽을 줄 알았던 신숙주가 살아 돌아오자 부인 윤씨가 목매는 장면이다. 윤씨는 남편이 충신은 두 임금을 섬기지 않는다는 '충신불사이군'를 따라 세종에게 죽임을 당하리라 생각했다. 하지만 남편이 살아 돌아오

자 얼굴에 침을 뱉고 자살을 하였다는 내용이다. 그러나 신
숙주부인 윤씨의 일은 사실이 아니다. 신숙주의 행태를 미
워하는 누군가가 지어낸 것이다. 이긍익의 『연려실기술燃藜室
記述』을 보면 윤씨는 사육신 사건이 일어났을 때 이미 사망
하였기 때문이다.

05 욕망, 결말 – 락樂

1) 비환이합悲歡離合 락樂

『소운전』과 『금낭이산』은 모두 슬픔과 기쁨과 이별과 만
남이란 비환이합을 구성으로 한 고소설이다. 『소운전蘇雲
傳』은 『소학사전蘇學士傳』이라고도 한다.

『월봉산기月峰山記』,『월봉기月峰記』,『봉황금鳳凰琴』,『강릉추월』,
『옥소전』도 같은 계열로 이러한 애절한 삶의 이야기를 다루었
다. 그 중,『소운전』만 무려 36회에 걸쳐 간행되었다.『소운전』
은 일찍이 꽤 널리 알려진 작품이다. 대마도 역관 소전기오랑小
田幾五郞,1754~1831의『상서기문象胥記聞』'조선소설'에 보인다.『상서
기문』에 수록된 소설은『장풍운전』,『구운몽』,『최현전崔賢傳』,『장
박전張朴傳:『張伯傳』일듯』,『임장군충렬전』,『소대성전』,『소운전』,『최
충전』,『사씨전泗氏傳』(『謝氏南征記』일 듯),『숙향전』,『삼국지』등이다.
역관 소전기오랑의 기록은 정조 18년(1794)이다.
『소운전』의 줄거리를 따라 잡으면 이렇다.

소운은 과거에 급제한 뒤 남쪽 변방고을인 남계현 현령직을 제
수받았다. 임지로 가는 도중 서룡이라는 도적의 배에 속아 탔다
가 황천탄에서 서룡이 소운을 강에 던져지고 부인은 납치해간다.
소운은 후주 땅 도곤에게 구출되었다. 다리에 병을 얻어 도곤의
집에서 학동을 가르치며 세월을 보낸다. 한편, 부인 정씨는 서룡의
아우 서봉의 도움으로 탈출하여 월봉산에 있는 절에 의탁한다.
이 때 부인은 만삭이었는데 절에서 옥동자를 낳는다. 여승의
말에 따라 나삼에 아이의 생년일시를 적고 지환과 함께 길에 버
린다. 때마침 부인을 찾던 서룡이 아이를 데려다가 서계조라 하
고 자기 아들로 삼는다. 계조가 자라 18세가 되었다. 과거를 보려
고 황성으로 오다가 탁주 구계촌 소지현의 집에 머물게 된다. 장
씨 노파로부터 극진한 대우를 받고 아들을 찾아달라는 청탁을 받
는다.
계조는 과거에 급제하여 순무어사가 되었다. 자신의 출생에 비

왼쪽
『**소운전**』 조선도서, 1922
서룡이 배를 약탈하고 소운을 물에
빠뜨리는 장면. 원 안에 있는 그림은
서룡이 계도를 안고 있는 장면

오른쪽
『**월봉산기**』 신구서림, 1918
물에 빠진 정소저를 거북이가 구해주
는 장면

밀이 있음을 알고 조덕삼을 문초하여 자기가 서룡의 친아들
이 아님을 확인한다. 또한 도어사 앞으로 제출한 어머니 정
씨의 원정서를 보게 되고 나삼과 단금을 증거로 소운의 아
들임을 알게 된다.

계조는 주점에서 소운을 만나 이야기 끝에 아버지임을
확인한다. 월봉산 산사에 은거한 어머니 정씨를 찾아낸다.
또 서룡 일당을 잡아 부모의 원수를 갚고 귀환하여 할머니
장씨와 만난다.

계조는 과거급제 직후 왕 상서의 딸과 정혼하였는데 다
시 공주와 혼사가 이루어져서 한 번에 두 부인과 성례한다.
또한, 어사로 순행할 때 물에 빠진 정 소저를 구출해주었는

데, 후일 정 소저가 구혼함으로써 셋째 부인으로 맞이한다. 정 소저는 뒤에 계조의 위급한 병에 다리의 살을 베어 치료하는 절행을 행한다.

『금낭이산』은 중국 명나라를 배경으로 한 소설이다. 10회에 걸쳐 간행될 정도로 당시 인기 있었다. 승상 양자기의 아들 양세충楊世忠과 양 승상의 보살핌으로 자란 고아 증운효曾雲孝, 화익삼花益三이 성장하며 서로 돕고 위기에서 구해 주어 화목하게 살아간다는 내용이다. 보은을 주제로 하는 고소설로 『보은록』, 『명사십리』도 같은 소설이다.

'적선지가필유여경積善之家必有餘慶'라는 말을 지금도 자주 쓴다. '선한 일을 많이 한 집안에는 반드시 남는 경사가 있다'라는 말이다. 『주역』「문언전文言傳」에 보이는 이 말을 모르는 조선인은 없다. 우리나라 속담에도 '남향집에 살려면 3대가 적선하여야 한다'라는 말도 있다. 그만큼 거의 모든 우리 고소설에서 다루었다.

책의도는 화익삼이 증소저를 구해주는 장면으로 서두 부분을 옮기면 이렇다.

늦은 봄 녹음은 너른 들에 가득하고 저녁연기는 시내 버들에 잠겨 있어 지는 해는 양자강 언덕에 비치는데 소복을 한 처녀가 콸콸 흐르는 물을 향하여 몸을 뛰어 빠지려 하고 늙은 할미는 붙들고 말리며 통곡하는 소리는 처량하여 사람의 창자를 끊는 듯한 데 언덕 위에 한 사람은 말을 강변 녹초장에 매고 묵묵히 앉아있는 광경이 놀랍고 기이하다.

산모퉁이 소년명사 한 사람이 걸음을
바삐 걸어오더니 그 사람에게 묻는다.

소복한 처녀는 정(증) 소저이고 늙은
할미는 유모이다. 말을 매어 놓고 앉아
있는 사람은 장시걸이고 소년 명사는
화익삼이다. 화익삼이 양세충의 부탁으
로 돈을 받아오다가 만난 장면이다. 장
시걸이 죽은 정 소저의 아버지에게 돈
을 꾸어주었다. 이를 정 소저 아버지가
갚지 못하고 죽으니까 장시걸은 대신
정 소저에게 시집을 오라 했고. 정 소
저는 차라리 죽는 게 낫다 하고 유모는
말리는 장면이다. 화익삼은 받아 오던
돈을 장시걸에게 주고 후일 이 정 소저의 남편이 화익삼
을 도와준다.

『금낭이산 일명보심록』 광익서관,
1924

　문제는 이 소설에서 주인공이 양세충이라는 점이다. 하
지만 화공이 정작 그려 놓은 것은 화익삼이 정 소저를 구
해주는 장면이다. 후일 화익삼이 위기에 처한 것은 양세충
의 아들을 살리기 위한 것이었지만 화공이 여기까지 생각
한 것 같지는 않다. 여인이 물에 빠져 죽으려는 것은 『심청
전』,『숙향전』,『사씨남정기』 등 고소설에서도 자주 사용하
는 기법이다.

2) 부귀영화 락樂

'이십 전 자식이요, 삼십 전 재물이요, 사십 전 공명이라' 저 시절 유행했단 말이다. 물론 육십인 회갑 잔치를 성대하게 할 때이니 지금은 이십은 삼십으로, 육십은 칠십쯤으로 옮겨야 할지도 모르겠다. 그러나 자식, 재물, 공명은 지금도 누구나 원하는 바다. 따지고 보면 모든 고소설의 마지막 장면은 이 모든 것을 이룬다. 이 세 가지를 이루는 바탕이 바로 가정이다.

욕망의 시대라 하여도 지킬 게 있다. 바로 가정이다. 가정은 소설을 떠나서도 우리 삶의 근간이다. '수신제가치국평천하'의 시작도 그렇듯이 가정은 우리 고소설 주제의 핵심 키워드다. 그중 대표적인 작품이 『곽분양전』과 『열국지도』이다.

『곽분양전』의 주인공은 곽자의郭子儀, 697~781이다. 안녹산의 난을 평정하고 그 공으로 분양왕汾陽王에 봉해져 곽분양이라 하였다. 그런데 '곽자의전'이라 하지 않고 '곽분양전'이라 제목을 붙였다. 왜 그러할까? 소설의 내용을 보며 이유를 찾아보자.

곽자의는 어려서 도적에게 부친을 잃는다. 더하여 어머니마저 죽고 동생도 잃어버리는 난감한 처지에 빠진다. 하지만 이후 갖은 고생과 역경을 헤쳐 안녹산의 난을 평정하고 분양 땅의 왕에 봉해진다는 내용이다.

따라서 이 소설은 곽자의의 고생담이 전체의 9할을 차지한다. 당연히 『곽분양전』 책의도를 그린다면 곽자의가 고

『곽분양실기』 회동서관, 1925

우측이 곽분양이고 좌측이 곽분양의 아내이다. 뒤에 바다 위로 뜨는 해가 보이니 이는 왕을 상징하고 해를 가리는 일산을 쓰고 있다. 두 부부 뒤로 자손들이 여럿 보여 번성했음을 보여준다.

중간 아래 두 아이가 심부름한다는 위미로 '슈(령)'이라 쓴 깃발을 들고 있다. 헌수를 하는 사람에 춤을 추는 무희, 구경하는 사람들로 빈 공간이 없다. 화공이 부유한 모습을 그리려 애쓴 흔적이 역력하다.

전체적으로 옷차림이나 모자 따위가 우리 모습이 아닌 중국의 옷차림을 따랐다.

『연의 각』 신구서림, 1922

이해조가 고소설 『흥부전』을 신소설로 개작한 〈연의 각〉이다. 이해조는 『흥부전』의 주제를 물질과 연결시켰고 화공도 제목을 충실히 따라 흥부가 제비 다리를 치료해주는 장면을 그렸다. 그런데 『연의 각』에는 이런 부분이 없다. 구렁이가 제비 집을 습격하여 제비 여섯 마리 중 한 마리만 살아남았다. 살아남은 제비 새끼가 대밭 틈에 발이 빠지자, 다리를 고쳐 주는 장면은 『흥부전』에 나온다.

물론 흥부 아내가 회초리로 구렁이를 쫓으려거나 아이가 제비를 줍는 것, 제비의 숫자, 더욱이 제비가 구렁이를 쫓으려 쪼는 장면과 사군자 식물에 속하는 대나무와 국화 등은 모두 화공 마음대로 그린 것이다.

생하는 내용이나 하다못해 안록산의 난을 평정하며 고군분
투하는 장면을 그려야 하나 그렇지 않다. 대부분의 고소설
도 〈곽분양전도〉나 『곽분양전』의 책의도는 만년에 곽자의
의 행복한 집안만 그리고 있다.

우리 속담에 '고생 끝에 낙이 온다(있다)', '젊어 고생은 사

서도 한다'와 같은 말은 여기서 잘 새겨 보아야 한다. 어려운 일이나 고된 일을 겪은 뒤에는 반드시 즐겁고 좋은 일이 생긴다는 고생 끝에 낙이라는 의미도 되지만 나이가 든 말년을 중시함을 알 수 있다. 제 아무리 초년과 중년에 좋은 운수라도 말년만 못함을 일러준다. 이는 노인공경 의식과 함께 우리네의 전형적인 욕망이다. '무자식 상팔자'라는 말한 요임금이 영 겸연쩍어 낯을 붉힐 만하다.

국어사전에는 '곽분양-팔자郭汾陽八字'라는 속담도 버젓이 올라 있다. 뜻은 '모든 부귀와 공명을 한몸에 지니는 좋은 팔자를 이르는 말'이라고 풀이해 놓았다. 여기서 '부귀富貴'의 '부富'라는 말에 유념해 볼 필요가 있다. 오늘날 부와는 완연 달라서다. 오늘날 부는 금전만을 말하지만 저 당시에는 자손이 많아야만 부라 할 수 있다. 『곽분양전』 그림은 그래, 자손들이 많다.

온양민속 박물관의 〈곽분양전도〉는 그 폭과 넓이가 무려 127×359.4cm에 이르는 대형 고소설도이다. 조선 후기에는 궁중 연희에도 〈곽분양전도〉 병풍을 쳤다 하는 기록도 보인다.[14]

14 졸고, 『그림과 소설이 만났을 때』, 새문사, 2014, 113~118쪽 참조.

06 욕망, 결말 – 희希

1) 영원한 삶 희希

자연친화 사상이라. 고소설에서 뜬금없는 소리라고 할
지도 모른다. 물론 소설의 3요소는 시간, 사건, 배경이다.
여기서 배경은 사건이 일어나는 배경을 말한다.

그러나 우리 고소설에서 배경은 단순히 배경이 아니다.
이는 자연친화 사상도 인위적인 물심일여도 아니다. 그것
은 영원히 살고 싶은 욕망, 불로장생이다.

우리 고소설책의도는 주체로서 인간과 대상으로서 자연
을 둘로 가르지 않는다. 항상 모든 책의도는 자연과 인간이
자연스럽게 그려져 있다. 우리에게 익숙한 십장생은 이러
한 이유로 그려 넣었다. 그중 대표적인 것을 찾으면『금강취
유』책의도이다.

주인공인 덕현이 장암사라는 절에서 공부하는데 신선이
나타나 피리를 부는 장면이다. 우선 내용부터 보자.

공자(덕현)가 가을 팔월을 당하여 달빛이 구슬 같아서
흥을 이기지 못하였다. 책을 덮고 일어나 뜰 가를 배회하는
데 멀리서 옥피리 소리가 들렸다. 마음이 처량하여 혼잣말
을 하였다.

15 『금강취유』, 동미서시, 1915,
2~3쪽.

『금강취유』 책의도 동미서시, 1922

　　"반드시 신선이 내려와 사람의 귀를 놀래게 하는 거지. 만일 신선이 아니면 깊은 밤 산중에 어찌 이런 사람이 있겠어."

　　그리고는 층암절벽을 향하여 칡넝쿨을 휘어잡고 옥피리 소리 나는 곳을 찾아갔다. 높은 바위 위에 한 노인이 단정히 앉아 옥피리를 불고 있었다. 덕현이 나아가 자세히 보았다. 노인은 학처럼 하얀 머리카락에 풍채가 비범하여 인간 세상에 보통사람과는 달랐다. 좌우에 푸른 옷을 입은 동자들이 모시고 서 있었다[15] (원문을 인용자가 풀어썼다).

주인공 덕현이 신선을 만나는 장면이다. 팔월 달빛이 구슬 같다고 비유하고 있다. 달빛을 구슬에 비유한다. 이렇게 자연을 자연에 비유하는 경우뿐 아니다. 사람을 자연물에 비유하거나 아예 자연을 인격화한 경우도 흔히 보인다. 예를 들자면 '눈썹이 초승달 같다'거나 이몽룡이 남원을 떠나며 "놀고 자던 부용당아 너 부디 잘있거라" 운운이 그러한 예이다.

그런데 책의도는 이에서 한 발짝 더 나아가 아예 배경을 십장생으로 하였다. 십장생은 소나무, 산, 물, 돌, 해, 구름, 학, 불로초, 거북, 사슴 열 가지를 말한다. 자 이제 공간소를 하나씩 찾아보자.

덕현이 앉아 있는 절 우측에는 소나무가 보인다. 소나무 가지 위로 산, 물, 돌, 붉은 해가 보인다. 금강취유金剛聚遊라는 제목 아래 피리 부는 신선은 구름을 타고 그 아래 학이 두 마리 보인다. 십장생 중, 7가지를 그려 넣었음을 알 수 있다. '상수上壽는 백세요, 중수中壽는 팔십이요, 하수下壽는 육십이라.' 신연활자본고소설이 독서계를 휘젓던 저 시절 속담이다. 하기야 지금도 '백세인생'이란 트로트가 히트를 치는 세상이다. 남녀노소 없이 이 노래를 부르는 것으로 미루어 장수에 대한 욕심은 그제나 이제나 별 차이 없다.

흥미로운 점은 작품과 『금강취유』 책의도가 일치하지 않는다는 점이다. 책에 없는 상징물을 그려 넣은 것뿐 아니라 고소설 속 인물마저도 바꾸어 버렸다. 분명 소설에서 피리 부는 신선은 머리가 학처럼 센 노인이나 책의도는 앳된 젊은이다. 책의도가 세련된 그림임으로 미루어 화공은 이 글의 내용을 대충 알고 그렸거나 아니면 앞부분만 대충 읽었음을 추론케 한다. 화공이 글을 읽고도 노인을 젊은이로 그렸다는 것은 납득하기 어렵고 전체적인 그림 장면은 책과 들어맞기 때문이다.

불로장생에 『토끼전』이 빠질 수 없어 간략히 언급한다. 『토끼전』의 이본 중 아예 『불로초』(박문서관, 1916)도 있으나 실제로 불로초는 보이지 않는다. 불로장생을 꿈꾼 진시황, 그는 동남동녀 삼천 명을 파견하여 불로초를 구하려 하였으나 실패하였다. 그래서인지 『토끼전』 책의도는 대부분 거북이가 토끼를 태워 용궁으로 가는 것에 그치고 있다.

『불로초』 책의도를 그린 화공 역시 이를 알았던 듯하다. 라캉은 '무의식은 언어처럼 구조화되어 있다'고 하였다. 화공은 소설의 내용과 상관없이 관용적 상징인 십장생 중,

해, 구름, 물, 돌과 부귀영화를 뜻하는 해당화란 공간소를 그려 넣었다. 책의도 도처에서 해당화 옆에 선비를 상징하는 난(이름 모를 풀?)을 쳐 놓은 것도 화공이 무의식적으로 그렸다고 볼 수 있다. 토끼가 해당화(모란, 혹은 작약)을 가지고 희롱하는 것으로 미루어 화공은 불로초로 삼은 듯하다.

2) 정치인 상 희^希

이들 작품은 모두 나라를 다스리는 인물들을 주인공으로 내세운 고소설들이다. 『강태공전』의 주인공 강태공은 은나라 사람이다. 별호를 태공이라 하는 강상이란 자인데 곤륜산에서 40년간 도를 닦고 내려와 점을 봐 주면서 위수가에서 낚시질만 하다가 80세에 문왕을 만나 등용된 정치가이다. 수명은 160수를 누렸다 한다. 모두가 다 아는 이 강태공 이야기가 『강태공전』이다.

『소진장의전』은 사마천의 『사기열전史記列傳』에 나오는 『소진열전』과 『장의열전』을 모태로 하여 소설화한 작품이다. 소진과 장의 두 사람 모두 귀곡자의 제자이다. 후일 낙양 사람 소진은 6국을 종으로 묶는 합종책을 펴지만 자신의 실덕失德으로 인해 암살된다. 위나라 사람 장의는 소진과는 다르게 횡으로 연합하는 연횡책을 쓰고 지략으로 위기를 모면하고 병들어 죽는다. 이로 미루어 소진보다 장의 쪽에 더 무게를 둔 작품이다.

정치인이 나왔기에 몇 자 첨언한다. 19세기 실학자 겸 농부인 이익李瀷, 1681~1763이란 분의 책 중 『곽우록藿憂錄』이 있다. '콩 곽藿'은 백성이요, '근심 우憂'는 걱정이니 책 제목은 '백성의 걱정'이라는 뜻이다. '곽식자'는 콩을 먹고사는 백성으로 '육식자'인 고기 반찬을 먹고사는 관리에 빗댄 말이다.

이 말은 조조祖朝라는 백성이 진 헌공晉獻公에게 글을 올려 나라 다스리는 계책을 듣기를 요청하자, 헌공이 "고기 먹는 자가 이미 다 염려하고 있는데, 콩 먹는 자가 정사에 참견할 게 뭐 있느냐肉食者謀之 藿食者何有"라 했다는 데서 온 말이다. 그렇다면 끝은 어떻게 되었을까? 진 헌공은 조조를 스승으로 삼는다.

이익은 이 책에서 "육식자肉食者(고기를 먹는 관리)가 묘당廟堂(의정부로 지금은 정부)에서 하루아침이라도 계획을 잘못하면 곽식자藿食者(콩을 먹는 백성)의 간肝과 뇌수腦髓가 들판에 흩어지는 일이 어찌 없겠습니까?"라 하였다. '관리가 잘못하면 간과 뇌수가 들판에 흩어져 죽는 것은 백성'이라며 그

러니 '목숨이 달린 일에 어떻게 간여하지 않을 수 있겠는가?'라
고 묻는다. 이익은 백성들의 간과 뇌수가 들판에 흩어져 죽는다
는 '간뇌도지肝腦塗地'라는 말을 끌어왔다. 정치를 잘못하는 데서
오는 백성의 참혹한 죽음을 형상화한 말이다.

　나 자신이 곽식자인 백성이다. 국가의 문제를 논할 자격이 없지
만, 육식자인 정치인들이 나라 정책 잘못하면 간뇌도지하기에 문
득 생각나 첨언하였다.

07 욕망, 전개 - 우憂

1) 효孝와 보은報恩 우憂

　『심청전』은 판소리계 소설로 이해조가 『강상련』이라는 신소
설로 개작하기도 하였다. 『심청전』과 『강상련』을 합하면 33회나
간행되었다. 『심청전』은 거타지, 인신공희, 맹인 득안 등의 전래
한 설화를 창극화한 판소리를 다시 소설화한 것으로 이해할 수
있다. 이러한 설화를 소설화한 작품은 민중에 의해 첨삭되기에
이를 '적층문학積層文學'이라 부른다.

　『심청전』은 희곡적으로 결구되어 전반부와 후반부로 나뉜다.
전반부는 심청이 공양미 삼백 석에 팔려 인당수의 제수祭需가 될
때까지이며, 후반은 환생하여 왕비가 되어 아버지를 만나고 아
버지가 다시 눈을 떠서 행복하게 살 때까지이다. 이는 불교의 인

과응보 사상에다 유교의 효, 도교의 신선 사상이 담겨 있다고 할 수 있다.

이를 이해조가 『강상련』이라는 신소설로 개작하기도 하였는데, 이 이에 대해서 몇 마디 첨부해야겠다. 이해조李海朝, 1869~1927는 20세기 초엽 신교육과 개화사상을 고취하면서 당시 사회 부조리를 작품에 반영하였던 신소설 작가이다. 그는 『자유종』에서 "『춘향전』은 음탕 교과서, 『심청전』은 처량 교과서요, 홍길동전은 허황 교과서"라고 폄하하였다. 그리고 『춘향전』을 『옥중화』로, 『심청전』을 『강상련』으로, 개작하였다. 이 신소설 『심청전』은 광동서국에서 4판까지 신구서림에서는 11판까지 찍어냈으니, 그 인기를 어림짐작할 수 있다.

그러나 이해조가 개작하였다는 '강물 위의 연꽃' 『강상련江上蓮』은 충남 서산 출생으로 개화기 가야금 병창 명인 심정순沈正淳,1873~1937의 구술을 그대로 받아 적어 놓은 것이다. 심정순 창본 『심청가』와 이해조의 『신소설』에서 다른 점은 이해조가 허두 부분만 소설문체로 개작한 것에 지나지 않는다.

이것을 보면, 이해조가 『심청전』을 처량 교과서라 폄하할 것까지는 없는 일 아닌가 하는 생각이다. 그가 '신소설'로 쓴 것이 실은 고소설 『심청전』과 이웃한 판소리 〈심청가〉를 받아 쓴 것에 지나지 않기에 말이다.

따지고 보자면 모든 세상사가 다 이렇다. 하늘 아래 새로운 것은 없는 법, 옛것을 배워 이를 새롭게 만들어 나가는 것이 세상의 정연한 이치이다.

『심청전』의 이본은 상당수인데 그 중, 전주에서 간행한 완판본만 6종이나 된다. 그것도 여러 곳에서 여러 번에 걸쳐 판각되었으니 전주 지방에서 『심청전』
인기를 대강 헤아릴 수 있다.
『심청전』 내용이야 다들 알겠
지만 그래도 몇 자 적어 본다.

〈보광사 대웅보전 외벽의 연화 화생도〉
연꽃 위에 보살과 동자가 앉아 있다.

　　황주 도화동의 심학규와 곽
씨 부인은 기자정성을 하여 딸
심청을 낳았다. 그런데 심학규
는 앞을 보지 못하는 봉사였고,
곽씨 부인은 청을 낳은 후 몸조리를 잘못하여 죽고 만다. 마
을 사람들은 부인의 인품을 기려 장례를 치러주며, 젖동냥
을 다니는 심봉사를 측은히 여겨 청에게 젖을 먹여 준다. 심
청은 잔병 없이 성장하여 육칠 세가 되자 아버지를 앞에서
인도하기에 이르고, 십일 세가 되자 인물과 효행이 인근에
자자할 정도이다. 십오 세에 이르러서는 길쌈과 삯바느질로
아버지를 극진히 공양한다. 인물이 뛰어나고 재질이 비범한
청을 장 승상 부인은 수양딸로 삼고자 하나 청은 아버지를
생각하고 거절한다. 어느 날 늦게 돌아오는 딸을 마중나간
심학규는 개천에 빠져 허우적거린다. 이때 그곳을 지나던
몽운사 화주승이 그를 구해주고 공양미 삼백 석을 시주하면
눈을 뜰 수 있을 것이라고 귀띔해준다. 이후 심학규는 자신
의 어리석은 약속으로 고민한다. 이를 알아차린 청은 남경
상인들에게 자신의 몸을 판다. 청은 인당수의 제물이 되는
대가로 받은 공양미 삼백 석을 몽운사로 시주하고, 아버지
에게는 장 승상 댁의 수양딸로 팔렸다고 거짓말을 한다. 배

『심청전』 박문서관, 1916

매우 잘 그려진 책의도로 화공의 수
준이 높다. 옷이 화려하고 무늬와 주
름까지 세밀하며 처리하였다. 왕 뒤
파초 아래 병풍에는 돌, 나무, 산이, 앞
에는 수양버들과 발그레한 복사꽃이
화려하다. 복사꽃은 봄이고 아름다운
시절, 혹은 이곳이 왕궁이기에 무릉도
원이라해도 무방하다.

연꽃에서 나오는 심청과 왕은 마주
보며 웃고 있다. 심청이 연꽃으로 변
하고 연꽃 속에서 심청이 다시 살아
나는 모습은 재생과 관련이 있다. 꽃
은 피고 지지만 또 핀다. 즉 죽지만 다
시 태어나는 재생이 반복되고 아울러
화려함도 있다. 화공은 심청이 다시
태어나고 부귀까지 누림을 저렇게 그
려 내었다.

책의도 하단에 지붕이 보이고 그 용
마루에 독특한 연꽃 치미(鴟尾[치미])를
그렸다. 치미는 보통 동물 형상으로
화재를 막거나 길상(吉祥)과 벽사(辟
邪)의 상징이다.

전체적으로 '당시화보'풍의 책의도이다.

가 떠나는 날이 되자 청은 승상 부인을 찾아가서 작별 인사
를 하고 아버지에게 하직 인사를 한다. 뒤늦게 전후 사정을
알게 된 심학규는 통곡하지만 별 수가 없다. 인당수에 당도
한 남경 상인들은 제를 올린다. 청은 마지막으로 아버지를
걱정하면서 인당수에 뛰어든다. 바다 속에서 청은 용궁으로
모셔지며, 후한 대접을 받고 꿈에도 그리던 어머니 곽씨 부
인을 만난다. 꿈같은 용궁생활을 하다가 청은 연꽃을 타고
인간계에 나온다. 남경 상인들은 귀국하던 도중에 바다에

떠 있는 연꽃을 발견한다. 그 연꽃을 건진 남경 상인들은 상처한 송 천자에게 이를 바치는데 그 꽃 속에서 청이 나온다. 천자는 청을 황후로 맞아 대례를 치른다. 청은 행복한 가운데서도 아버지가 걱정되어 전후 사정을 말하니, 천자는 맹인 잔치를 벌인다. 뺑덕어미와 살던 심학규는 잔치 소문을 듣고 황성으로 떠난다. 도중에 뺑덕어미의 농간으로 우여곡절 끝에 겨우 상경한 심학규는 맹인 잔치에서 황후가 된 청을 만나 눈을 뜨고 부원군에 제수된다.

『심청전』에 대한 기록은 이미 조수삼趙秀三, 1762~1849의 『추재집』에도 보인다. "전기수는 동문 밖에 살고 있다. 언과패설(국문소설)을 구송하는데, 『숙향전』, 『소대성전』, 『심청전』, 『설인귀전』 등의 전기이다"라는 대목이다. 이때가 이미 19세기를 전후한 시기이다. 그렇다면 조선 후기 독서대중은 왜 이『심청전』을 읽었을까?

『심청전』의 주제에 대해서는 불공에 따른 극락왕생 또는 불교적 재의齋儀로 보는 견해도 있으나, 대체로 심청의 효를 주제로 보고 있다. 고종 때 진주부사를 지낸 정현석鄭顯奭은『교방가요敎坊歌謠』에서 "〈심청가〉는 눈먼 아비를 위해 몸을 팔았으니 이는 효를 권장한 것이다"라고 하였다. 하지만 현대의 학자들은 효의 성격에 대해서 논자에 따라 견해가 다르다. 주제에 대한 강조뿐 아니라 작품 중에는 당시 하층민이 겪어야 했던 가난과 가치관의 소멸로 평범한 의미의 효도조차 할 수 없었던 상황이 잘 그려져 있기 때문이다. 즉, 목숨을 버리는 것이 가장 큰 불효이나 심청은 효를 위해 목숨을 버렸다.

그래서인지 경판본『심청전』에는 뺑덕어미가 나오지 않는다.

『심청전』에서 뺑덕어미는 열다섯 살 먹은 심청이가 몸 판
돈을 갖은 꾀로 꾀어서는 몽당 써버리고 황봉사와 함께 줄
행랑을 놓는 마음보 고약한 여인이다. 이본마다 다르지만
완판 71장본『심청전』에서 이 뺑덕어미의 품성을 어림짐
작하고 효 문제로 넘어 가겠다. 열다섯 어린 몸을 판 돈이
뺑덕어미와 어리석기 짝이 없는 심봉사에 의해 저렇게 시
나브로 없어진다.

　　마을 사람들이 심맹인의 돈과 곡식을 착실히 늘려서 집
안 형편이 해마다 늘어갔다. 이때 그 마을에 서방질 일쑤 잘
하여 밤낮없이 흘레하는 개같이 눈이 벌게서 다니는 뺑덕
어미가 심봉사의 돈과 곡식이 많이 있는 줄을 알고 자원하
여 첩이 되어 살았는데, 이년의 입버르장머리가 또한 보지
버릇과 같아서 한시 반 때도 놀지 아니하려고 하는 년이었
다. 양식 주고 떡 사먹기, 베를 주어 돈을 받아 술 사먹기, 정
자 밑에 낮잠자기, 이웃집에 밥 부치기, 마을 사람더러 욕설
하기, 나무꾼들과 쌈 싸우기, 술 취하여 한밤중에 와 달싹
주저앉아 울음울기, 빈 담뱃대 손에 들고 보는 대로 담배 청
하기, 총각 유인하기, 온갖 악증을 다 겸하였으되, 심봉사는
여러 해 주린 판이라, 그 중에 동침하는 즐거움은 있어 아무
런 줄 모르고 집안살림이 점점 줄어드니, 심봉사가 생각다
못해서 물었다.

　　"여보소, 뺑덕이네. 우리 형편 착실하다고 남이 다 수군수
군했는데, 근래에 어찌해서 형편이 못 되어 다시금 빌어먹
게 되어 가니, 이 늙은 것이 다시 빌어먹자 한들 동네 사람

도 부끄럽고 내 신세도 악착하니 어디로 낯을 들어 다니겠
는가?"

뺑덕어미가 대답한다.

"봉사님, 여태 자신 게 뭐요? 식전마다 해장하신다고 죽
값이 여든두 냥이요, 저렇게 갑갑하다니까. 낳아서 키우지
도 못한 것 밴다고 살구는 어찌 그리 먹고 싶던지, 살구 값
이 일흔석 냥이요, 저렇게 갑갑하다니까."

(완판 71장본 『심청전』)

서방질 일쑤 잘하여 밤낮없이 흘레하는 개같이 눈이 벌
게서 다니는 칙살스런 뺑덕어미와 딸을 잃고도 저런 뺑덕
어미와 동침하는 즐거움 때문에 집안 살림이 줄어드는 줄
도 모르는 시망스런 심봉사의 모습이 그려진 대목이다. 이
러한데도 이 『심청전』을 혜실바실 효로 읽어야 할까? 좀
떨떠름하지 않은가.

그래 효에 대해서 좀 짚어봐야겠다.

'동방의 예의지국'[16]이라 불리는 우리나라는 일찍이 이
효에 대한 문헌기록을 쉽게 볼 수 있다. 신라의 경우는 지금
의 대학격인 국학國學에서 『효경』이 필수과목이었고, 『삼국
사기』에 보이는 「향녁向德」, 「효녀 지은知恩」, 「설씨녀薛氏女」
그리고 「탁영전卓英傳」 등이 모두 효에 관련된 이야기이다.

이 중, 가장 엽기적인 효 이야기인 『탁영전』과 개화기 소
설인 『신단공안』 3화 두 편만 보자. 『탁영전』은 경상도 고령
땅에 살았던 탁영과 그의 부인인 송씨의 효를 기린 전이다.
내용은 이렇다.

16 '동방예의지국'이란 말은 문제 많
다. 우선 우리나라가 동방인 까닭도
중국이 중심이라는 생각에서 비롯되
었다. 연암의 손자요, 개화사상가인
박규수(朴珪壽)는 '동방예의지국'이
란 말에 냉소를 보낸다.

"걸핏하면 '예의의 나라'라고 하는데
나는 이 말을 본디부터 추하게 여겼
다. 천하 만고에 어찌 국가가 되어 예
의가 없겠는가? 이는 중국인이 오랑
캐들 가운데 바로 예의 있음을 가상히
여겨 '예의의 나라'라고 부른 것에 불
과하다. 본래 수치스런 말이니 스스
로 천하에 뽐내기에 부족하다. 차츰
지체와 문벌이 생기며 벌벌이 '양반
양반' 하는데 이것은 가장 감당키 어
려운 수치스런 말이요, 가장 무식한
말이다. 지금도 걸핏하면 자칭 '예의
의 나라'라지만, 이는 예의가 무엇을
말하는지도 모르면서 입버릇처럼 떠
들어만 댄다.

『환재총서(桓齋叢書)』6, 「여온경(與
溫卿)」32에 보이는 내용이다. 동방
의지국이란 말도 이렇고 보니 함부로
사용할 말이 못 된다.

이들 부부의 노모가 병이 깊은데, 한 중이 와서 9대 독자의 간을 먹으면 낫는다고 한다. 그러나 9대 독자는 오직 절에 가서 공부하고 있는 부부의 아들 밖에는 없었다. 부부는 아들을 집으로 불러 자는 틈에 그 어미가 간을 꺼내어 노모에게 먹인다. 물론 노모의 병은 낫고 어미는 슬픔에 잠긴다. 몇 개월 후 죽은 아들이 살아 나타나고. 이 때, 중이 다시 등장하여 효성에 감동한 천지신명이 아들의 형용을 만들어 준 것이라 한다. 이러한 내력이 있는 효자의 비각을 내가 보고 탁효자와 송씨부인 같은 이는 세상의 '사표'가 됨직하여 세상에 알린다는 내용이다.

자식의 간을 꺼내어 노모의 병 치료에 쓴다는 부부의 엽기적 행위도 그렇지만, 이를 비각으로 새기고, 또 그 내용을 모든 이들이 본받아야 한다는 '사표師表'라는 말에 더욱 소름끼친다. 어찌 저 부모를 세상 사람들이 따라야 할 '모범 인물'인 사표로 보아야 한단 말인가.

『신단공안』 3화는 악승의 음란으로 빚어진 살인 사건과 효녀의 살신성인을 다룬 개화기 소설인데, 『탁영전』 못지않게 섬뜩하다. '신단공안'의 뜻은 '범죄사건[公案]'을 '귀신처럼 해결한다[神斷]'는 의미로, 1906년 『황성신문』에 연재된 한문현토체 소설이다. 모두 일곱 작품이 옴니버스식으로 실려 있는데, 이 3화는 그 중 한 편이다.

대략의 내용은 이렇다.

순조 때 공주에 최창조라는 이가 부인 황씨와 혜랑이란 딸과 살았다. 창조의 아우 창하는 아름다운 김부인과 살다 요절하고,

김부인은 일청이란 중을 불러 남편의 영혼을 달래게 한다. 사단은 여기서 일어난다. 이 일청이란 중이 하라는 염불은 안 하고 미망인인 김부인을 탐하게 된다. 그러나 김부인이 응하지 않자 죽여서는 목을 잘라가지고 절로 사라진다. 죄는 뜬금없이 시아주버니인 최창조가 뒤집어썼고, 고문을 이기지 못한 창조는 허위자백을 한다. 사건이 상급관청으로 넘어가고, 피살자의 목이 없는 것을 이상히 여겨 잘린 머리만 찾아오면 죄를 면해주겠다고 한다. 그러나 일청이 숨겨 논 김부인의 머리를 찾을 수 없고, 급기야 창조의 딸 혜랑이 자기의 목을 어머니에게 잘라 달라 하여 관청에 바친다. 사건의 중대성을 파악한 관가에서 다시 수사하여 중 일청을 잡고 효녀의 정문을 세웠다는 이야기다.

제 목을 잘라 아버지의 무고한 옥사를 해결한 효녀 이야기이다. 효가 저토록 변질되었으니, 엽기 중에서도 몸서리쳐지게 흉물스럽다.

이 효는 고려 말 『명심보감』을 통하여 구체화하였다. 조선에 들어와서는 『이륜행실도』, 『동국신속삼강행실도』, 『오륜행실도』를 발간, 반포하였다. 『삼강행실도』에는 글 모르는 이들도 보라고 그림까지 그려놓았는데, 어머니의 악창을 치료하고 배고픔을 달래기 위해 자기의 넓적다리 살을 베어 드렸다는 향덕向德은 가벼운 경우이다. 이러한 사회적 정황이 아버지의 눈을 뜨게 하기 위하여 제 몸을 공양미 300석에 팔아 인당수의 제물로 바치는 극단의 효 표본 심청을 만든 것이다.

여기서 잠시 부모를 위해 몸을 파는 매신賣身을 보고 가자. 몸을 파는 것을 매신이라 하는데, 『곽부용전』도 이러하다. 『곽부용전』

은 현재 선문대학교 중한번역문헌연구소에 소장되어 있는 국문 소설이다. 내용을 보자면 이렇다.

소설의 주인공인 누이 곽부용郭芙蓉과 남동생인 뇌성雷聲이 각각 10세와 7세 되던 해 부모가 갑자기 죽는다. 오누이는 강한림에게 몸을 팔아 부모를 명당에 안치한다. 강한림의 딸인 난충이 부용을 미워하고, 배를 타고가다 난충의 명령으로 배를 무사히 건너게 하는 수륙제의 희생양으로 강물에 뛰어 든다.

이때 한 선동이 나타난 부용을 구해주고 활인주라는 영약을 준다. 부용은 이 활인주로 황제의 아우인 경성대군을 살리고 부인이 된다. 경성대군은 초왕에 봉해지고 부용은 왕비가 된다. 후일 동생 뇌성도 '매신장부모賣身葬父母(몸을 팔아 부모를 장사 지내다)'란 시제를 내건 시험에서 장원으로 급제한다.

부모가 정성을 드려 늦게야 자식을 낳고, 이어지는 부모의 죽음과 여기에 자식이 몸을 팔아 장례를 치르는 희생적인 효행, 여주인공이 물에 빠졌다 살아나서 후일 왕비가 되는 응보應報 등이 『심청전』과 매우 흡사한 작품이다.

그런데 이렇게 효를 강조하게 된 데는 조선의 정치적 배경에서 비롯되었음을 간과해서는 안 된다. 안타깝게도 조선의 여성은 임진 · 정유왜란(1592, 1597)과 정묘 · 병자호란(1627, 1636)을 거치면서 더욱 옥죄어 들었다. 조선은 미증유의 전란과 명의 멸망, 청의 건국 등 주변국의 소란스런 흥망과 나란히 하면서도 아이러니하게 집권층은 조선식 성리학을 중심으로 더욱 체제를 공고화하였다. 지배질서 강화를 위한 일련의 정책으로 삼강오륜의 강화와 효자, 충신, 열녀에 대한 포상, 과거제에 의한 양반 가문 중심의 정치인 양성, 그리고 명에 대한 춘추대의와 북벌책 등을 집요하게 폈다. 그 중 하나가 극단의 효였다.

『오륜행실도』는 온통 효로 엮어진 책인데, '석진단지碩珍斷指'를 보자면 이렇다. 석진단지란, '석진이 손가락을 자르다'란 뜻이다. 주인공인 유석진은 고산현의 아전이었는데, 부친이 악질에 걸려 날마다 발작하여 기절하니 사람으로서 차마 볼 수 없을 지경이었다. 석진은 밤낮으로 모시기를 게을리 않고 사방으로 의원을 찾고 약을 구한다. '그 병에는 산사람의 뼈를 피에 섞어 마시면 낫는다는 말'을 듣고 자신의 무명지를 잘라 지시대로 하니 부친의 병이 씻은 듯 나았다는 이야기다.

사실 이황李滉,1501~1570 선생까지만 해도 효가 이 정도로까지 극한으로 치닫지는 않았다. 이황 선생도 "부모가 자녀를 사랑하는 것이 자慈이고, 자녀가 부모를 잘 받드는 것이 효孝이다. 효자의 도리는 천성에서 나오는 것으로, 모든 선善의 으뜸이 된다"라는 정도로 이야기할 뿐이었다. 물론 '신체발부수지부모身體髮膚受之父母', 즉 '내 몸과 피부와 터럭(머리털)은 부모에게서 받은 것이니, 감히 헐어 상하지 않는 것이 효의 마침이라'고 한 것에도 어긋남은 물론이다. "순舜임금이 아버지 고수瞽瞍에게 하듯"이란 말이 있다. 순의 아버지 고수와 계모는 순을 학대했다. 아버지 고수는 순을 매일같이 때렸는데, 순은 참고 맞다가도 큰 몽둥이로 때리면 도망갔다. 그것은 큰 몽둥이에 맞아 죽으면 아버지에게 불효가 될까 해서였다고 한다.

『심청전』에서 효를 보면 아버지의 눈을 뜨게 하는 것이 소효小孝라면 목숨을 버리는 것은 대효大孝를 어긴 셈이다. 『열녀전』에

『심청전』 태화서관, 1931
왕궁에서 왕과 나란히 앉은 왕후가 된 심청이다. 효의 끝을 아름답게 그려 놓았다.
좌측에 복사꽃과 괴석, 기둥 위 도리에는 용 모양 기와가 보이고 상서로운 구름을 그려 넣었다. 상투적이고 정형화된 도상에서 보는 이는 익숙함과 친밀감을 받는다.
왕과 심 왕후 뒤로 바다가 보이고 해와 달도 그려 넣었다. 여기에 옷차림까지 꼼꼼히 짚어보면 꽤 정성을 드린 책의 도임을 알 수 있다.
우리말에 오밀조밀한 방안치장을 '분통같다'라고 하는데 이에 부합하는 분통같은 책의도이다.

서 남편을 따라 죽는 자학의 열녀와 크게 다를 바 없다. 물론 여기에는 이러한 효를 자연스럽게 받아들이게 하는 사회의 못된 '효'라는 이름의 야만이 깔려있음을 간과해서는 안 된다.

하나 더, 『심청전』 이본 중 완판 을사본을 보면 심청이 후처가 된 황제는 아버지 연배이고 심학규의 후처인 맹인 안씨는 심청과 나이가 같다. 더욱이 심청과 계모인 맹인 안씨는 같은 날 임신하여 같은 날 사내아이를 낳는다. 지금으로서야 엽기적인 것이 사실이나 저 시절에는 가능한 이야기였기에 지나치다 싶다는 생각이다.

우리가 『심청전』을 읽는 것은, 파리대가리만한 검은 활자에 박혀있는 저러한 못된 사회적 억압을 찾는 독서여야만 한다. 15살짜리 딸자식을 팔아 눈을 뜬다는 소설은 다시는 없어야 한다. 그런데 『심청전』처럼 딸이 부모에게보다는 아들이 부모, 특히 어머니에게 효도하는 경우가 월등히 많다. 이러한 것은 서양도 마찬가지인 듯하다. 치마폭 아이인 '마마보이'라는 말은 있지만, '파더걸'은 없다는 사실도 이를 증명하지 않을까 한다.

어찌됐든 『심청전』의 효는 현대인들에게 여러모로 생각할 거리를 만들어 준다.

신연활자본 『심청전』 책의도는 모두 아름다운 효를 강조하는 소설인데도 책의도는 하나같이 심청이가 인당수에 떨

어지고 용왕과 만나는 매혹적인 모순을 그렸다. 박문서관 책
의도 역시 연꽃에서 깨어나는 심청과 용왕을 그려 넣었다.

특히 『심청전』에 보이는 연꽃은 주의해 보아야 한다. 이
는 불교사상과 밀접하다. 불교에서는 사람이 죽으면 연꽃
을 타고 극락정토로 가서 다시 태어난다고 한다. 이를 '연화
화생蓮華化生'이라고 한다. 연화화생에 대한 믿음은 고구려
고분벽화에서도 발견할 수 있고 백제 금동대향로에 새겨진

『진대방전』 신구서림, 1917

태수가 앉은 위에 '선화당宣化堂'이
라는 글자가 보인다. '선화'란 임금이
덕화德化를 널리 편다는 의미로 선
화당은 조선시대 관찰사가 정무를 보
던 감영이다. 태수 앞에 놓인 책자에
는 '삼강오륜'이라 쓰여 있다. 흥미로
운 점은 태수 옆에 부인이 앉아 있다.
아마 가족들을 훈계하는 자리라 부인
을 그려 넣은 듯하다.

당 아래에는 대방 부부가 무릎 꿇고
있고 그 뒤에는 대방의 어머니를 포졸이
잡고 있다.

하단에 아견 쓴 노인네, 저고리 차림
의 계집아이 등 여러 명이 재판을 보
며 수군덕거리고 있다.

선화당 지붕 위에 구름과 나무가 보
인다. 나무의 종류는 알 수 없지만 구
름은 십장생을 상징한다. 화공은 무의
식 중에 이를 그려 넣은 듯하다.

책의도에는 이렇게 풍부한 이야기를
만들어 내는 서사독립변수들이 널려
있다. 책을 사는 이들은 이러한 독립
변수들을 이어 책의도 공간소를 해석
했을 것이다.

문양에서 확인할 수 있을 만큼 오래되었다. 환생하는 꽃으로는 연꽃 외에 봉선화, 복숭아, 할미꽃, 진달래 등이 있다.

버드나무도 유의해 보아야 한다. 버드나무는 한 곳에 심으면 땅을 가리지 않고 자라는 강인한 성질이 있다. '여자 팔자 버드나무 팔자'라니 '버드나무와 여자는 던져놓아도 산다'라는 속담은 그래서 나왔다. 또 그 가지가 탄력성이 있다 하여 본디 있던 곳으로 돌아온다는 귀환(歸還)을 상징하기도 한다.

책의도 공간소에는 죽은 심청을 살려내려는 재생에 대한 보편적 욕망이 들어있다. 화공은 효를 한 응분의 보상으로 내세워 용왕과 심청의 사랑을 이러한 상징물로 대처하였다.

『진대방전』도 효를 다룬 소설이다. 사실 모든 고소설에서 충효는 기본이지만, 이 『진대방전』은 『심청전』 못잖은 효 이야기다. 대략의 내용은 이렇다.

진대방은 늦게 얻은 외동아들로 집안 또한 넉넉했다. 부모의 지나친 사랑을 받아서인지 나이가 들수록 더욱 방자해졌고 늘 주색에 빠져 있었다. 아버지가 죽은 뒤로는 더욱 방탕해졌고 어머니는 서둘러 양씨 며느리를 맞았다. 그러나 흉년에 윤달 들고 엎친데 덮친격이라고 며느리마저 포악하여 시어머니와 시동생을 구박하다가 끝내는 남편과 모의하여 내쫓아 버렸다.

대방의 어머니는 참다못해 관가를 찾는다. 태수는 대방의 가족 모두를 잡아다가 대방 어머니에게는 아들을 잘 가르치지 못함을, 대방 동생에게는 형제간에 우애 없음을 꾸짖고 양씨에게는 칠거지악을, 대방에게는 효자들의 행적을 들려준다.

이후부터 대방 내외는 어머니를 지성으로 섬겨 천자가 효자문을 세워주고 그 마을을 효자촌이라 이름하였다. 대방은 후일 강릉태수로 부임해 삼강오륜과 인의예지를 근본으로 백성을 다스리고 효로써 선정을 베풀었다.

책의도는 진대방 가족이 태수 앞에 나아가 꾸지람을 듣는 장면이다.

08 욕망, 전개 – 구懼

1) 죽음, 그 이후 구懼

『구운몽』은 21회나 간행되었다. 『구운몽』의 주제를 인생무상이라고 배우고 가르치지만 저자는 "영원히 살고 싶은 욕망, 팔선녀시여!" 쯤으로 이해하고 싶다. 그만큼 『구운몽』은 우리의 사후세계인 죽음과 관련이 있다.

죽음! 사람은 언제부터 죽음이라는 두 글자를 느낄까? 문화를 연구하는 찰스 패너티 교수는 '대략 5살쯤이며 그 이유는 나의 독립성과 중요성을 깨닫게 되면서'[17]라고 한다. 이에 대해 저자는 견해의 부족으로 시비판단을 유보하나 꽤 어린 시절부터 죽음에 대해 생각하는 것은 보편적인

17 찰스 패너티, 최희정 역, 『문화라는 이름의 야만』 1, 중앙M&B, 1998, 10쪽 참조.

현상이 아닌가 한다. 아마도 미지의 세계여서 그런지도 모르겠다.

그래서인가 우리 고소설에서도 이 죽음을 넘어선 이야기가 많다. 그 중, 가장 대표적인 작품을 꼽으라면 단연 『구운몽』이다. 이제 그 죽음의 세계 『구운몽』의 주제에서부터 이야기를 시작해본다.

"『구운몽』의 주제가 무엇이지요?"

"인생무상人生無常입니다."

천편일률적으로 들려오는 매우 예의 없는 답변이다. 아무려면 김만중이 어머니를 위해 지었다는 이 소설이 "어머니 인생무상입니다"라는 것을 말씀 드리려는 속내였을까.

더욱이 갓 이팔청춘임을 호기스럽게 외치는 중등학생 교
과서에 버젓이 실려 있는 작품을 말이다.

　'인생무상'은『구운몽』의 한 주제에 불과하다. 저 물 건
너 피에르 바야르라는 학자의『셜록 홈즈가 틀렸다』라는
책을 인용할 필요도 없이 글의 완성은 어디까지나 독자의
몫이다. 조선 후기, 독자들은『구운몽』에서 영원히 살고 싶은
욕망을 찾았다.

　죽음은 누구나 찾아온다. 그리고 누구나 두려워한다.『구
운몽』은 바로 이러한 죽음과 관련 된 고소설이다. 그 근거
자료는 '무속화(꼭두) 구운몽도'에서 찾을 수 있다. 무속화
란 산신령이나 용을 비롯한 무교, 도교, 불교의 불보살 등

을 무속화한 그림으로 신당이나 무당집에 걸렸다. 무속화는 고대 제정일치사회로부터 연면한 역사를 지닌 그림으로『삼국유사』권2 '처용랑망해사편'에 그 문헌적 첫 기록이 보인다. 이규보李奎報, 1168~1241는『동국이상국집』'노무편병서'에서 무당집의 벽면에 단청으로 그린 신상이 걸려 있다고 하였으니 바로 무신도를 말한다.

고소설에서 무속신이 된 경우는『임경업전』의 임경업,『삼국지연의』의 관우신과 장비신, 공명신, 그리고『구운몽』의 팔선녀신이 있다.

『구운몽』의 팔선녀를 형상화한 상여꼭두도 있다. 상여꼭두는 상여에 매다는 장식품으로 죽은 이를 위한 배려이기에 흥미로운 결과를 추론할 수 있다. 독일의 미술사를 정립한 빌헬름 보링거Wilhelm Worringer, 1881~1965가 "한 민족의 예술의욕을 가장 순수하고 명징적으로 표현해 주는 것이 바로 장식의 본질"[18]이라고 갈파하였듯이 장식에는 그 민족의 예술성과 의식이 갈무리되어 있다. 그렇다면 꼭두 속에 내재한 욕망을 팔선녀가 죽지 않고 하늘나라로 갔다는 결말에서 찾아야 한다. 이렇게 되면 죽은 이의 영혼을 팔선녀가 하늘나라로 인도하라는 염원이 담긴 의미요, 이를 좀 더 능동적으로 해석해본다면『구운몽』의 주제가 '인생무상'이 아니라 오히려 '영생불사永生不死'라는 측면에서 이해했다는 의미로도 읽힌다. 이를 증명하는 그림은 상여꼭두나 무속화에서 얼마든지 찾는다.

그렇다면 신연활자본고소설책의도는 어떠한가? 화공은 신연활자본『구운몽』책의도에 성진과 팔선녀를 그려 넣었

18 권영필,『미적 상상력과 미술사학』, 문예출판사, 2000, 109쪽에서 재인용.

『구운몽』, 박문서관, 1917

좌측 하단의 성진이 연꽃을 들고 있다. 불교에는 '연화초개락(蓮華初開樂)'이란 말이 있다. 이 말은 '연꽃에 싸여 극락세계에 왕생한 수행자가 그 연꽃이 처음 필적에는 마치 소경이 눈을 뜨는 것 같이 기쁘기가 한량없음을 나타낸다'[19]는 뜻이다.

여인을 흔히 꽃에 비유하는 것은 일반화된 상식이다. 여인의 아름다움을 화용월태(花容月態), 여인의 예쁜 얼굴을 화안(花顔), 여인의 예쁜 옷을 화의(花衣), 여인이 타는 가마를 화교(花轎), 요사스런 여인을 요화(妖花) 등으로 불렀다. 하지만 강희안은 『양화소록』 '화목구등품제'에서 이 『구운몽』 책의도에 그려진 연꽃을 매화, 국화, 대나무와 함께 1등품으로 놓았다.

그리고 실상 『구운몽』에서 성진이 팔선녀에게 던진 꽃은 도화(桃花, 복숭아꽃) 한 가지였다. 성진이 던진 도화 한 가지에서 여덟 송이의 꽃이 떨어져 명주가 되었다. 이 명주 여덟 송이를 팔선녀가 하나씩 갖으며 인연은 시작된다. 도화는 앵두꽃과 함께 남녀 사랑의 상징으로 쓰였다. 『양화소록』에는 5등품으로 되어 있다. 화공은 이를 못마땅하게 여겨서인지 도화를 연꽃으로 바꾸어 그려 놓았다.

다. 고소설도에는 성진과 팔선녀가 다리 위에서 만나는 장면이 많다. 신연활자본 『구운몽』 책의도 역시 다리 위에서 성진이 팔선녀를 만나는 장면이 대부분이다. 단 한 편 『연정구운몽』은 다리가 보이지 않는다. 지상세계에서 양소유로 태어난 성진이 팔선녀를 만나는 장면이다.

19 운허용하, 『불교사전』, 동국역경원, 1961, 588쪽.

박문서관『구운몽』은 흑백이든 컬러이든 다리에 구름이 깔려 있는 것으로 보아 천상을 말한다.

09 욕망, 발단 – 희喜

1) 재미 희喜

'소설을 왜 사는가?'라는 질문을 던진다. 이 글을 보는 독자는 무엇이라 답할까? 대부분 '읽으려고'라는 답이 많을 것이다. 하지만 저 시절, 일제치하 글을 쓰거나 읽지 못하는 문맹률文盲律은 무려 80%에 달하였다. 저자의 할머니는 아예 문맹으로 돌아가셨고 70대 후반인 어머니는 지금도 글자를 능숙하게 다루지 못한다. 글자를 떠듬떠듬 읽으시기에 아예 독서란 불가능하다. 지금도 이렇고 보면 1920년대에서 30년대, 신연활자본고소설을 구입하는 이에게 신연활자본고소설책의도의 가치는 녹록치 않다.

우선 생각하자면 매우 흥미로운 그림을 보고 구입했을 것이라는 점이다. 그래서일까? 신연활자본고소설책의도는 이 점을 놓치지 않았다. '위선적인 지배층에 대한 풍자'인『배비장전』책의도를 보면 흥미부터 준다.『배비장전』은 10회에 걸쳐 간행된 고소설이다.

『배비장전』에는 두 개의 대목에서 재미있는 부분이 나온다. 하나는 배비장이 기생 애랑과 이별하며 이를 뽑아 주는 장면이요, 다른 하나는 알몸으로 뒤주에 갇혔다 나오며 여러 사람 앞에 망신을 당하는 장면이다. 두 장면 모두 비장이라는 지위에 있는 자이기에 백성들로서는 꽤 우스꽝스런 모습이다. 사실 비장裨將이란 직업은 그리 대단치 않다. 하지만 지방 수령을 가장 가까이서 보좌했던 벼슬이니만큼 그 위세가 대단했다. 또 그 지역 백성들의 삶을 잘 아는 자여야 했다. 당연히 백성과 수령 사이에 있는 자로서 그만큼 비장의 역할도 컸다.

『조선왕조실록』에서 이 비장에 관한 기록을 찾아보았다. 『배비장전』에 대한 이해를 할 만한 자료가 적지 않았다. 그 중 『배비장전』과 비슷한 시기인 순조 때 기록이다. 이 기록은 목사·현감·군수의 실정과 선정에 대해 암행어사 이시원李是遠, 1790~1866이 임금에게 올린 글의 한 부분이다.

　　간사한 비장 정운시鄭雲始는 악독한 겸인傔人 권응호權應祜와 어울려서 그 당시의 유수留守 신위申緯를 꾀어 그 전 사람들이 만들어 놓은 규례를 깨뜨리고, 불법과 의롭지 않은 일을 공공연히 행하였으며, 심지어는 몰래 은밀한 함정을 파놓고 사람들을 몰아넣어 뇌물을 요구하였으니, 풍속과 교화를 더럽히고 어지럽힌 것은 다시 말할 수도 없고 여론이 비등하여 지금까지도 그치지 않고 있습니다.[20]

배비장이란 인물을 저 정운시와 동일하게 여길 수는 없다. 하지만 비장이란 직업이 백성들의 일을 염탐하여 수령에게 고해바치는 직업이다 보니 백성으로서는 원성의 대

20 한국고전종합DB, 『국역조선 왕조실록』 순조 33년 계사(1833, 도광 13) 10월 2일 (기해)

상이었다. 위에서 말한 재미란 '깨소
금 맛'정도에 비유할 수 있을까. 그야
말로 '불감청이언정 깨소금이라(감히
청하지는 못하나 좋은 것으로 달라는 뜻)'
이다.

흥미로운 것은 '왜 알몸으로 뒤주에 갇혔다 나오며 여러
사람 앞에 망신을 당하는 것을 책의도로 그렸나?'이다. 배
비장이 애랑에게 정표로 주려 이빨을 빼는 장면을 그려도
재미있을 텐데 말이다.

여기에는 우리 민족의 집단 의식이 숨어 있다. 우리 민족
은 개인보다는 늘 공동체적인 집단을 우선시한다. 심지어
는 내 부인도 '우리 집사람'이요, 내 아들도 '우리 아들'로 이
야기한다. 배비장이 애랑에게 정표로 주려 이빨을 빼는 장

면을 두 사람만이 아는 것이라면 뒤주에 갇혀 망신당하는 것은 여러 사람이 안다. 이점을 짚어보면 화공의 욕망을 이해할 수 있다. 화공은 배비장을 여러 사람들에게 망신당하게 하였다. 신연활자본고소설책의도는 거의 얼굴 표정이 없는데 이 『배비장전』만 수령 이하 모든 사람들이 웃는다.

웃음조차 크게 웃어젖히지 못 하는 경직된 문화였고 희로애락애오욕을 그대로 표현하면 방정맞게 보는 시절이었다.

우측 상단에 '신정수상新訂繡像'이란 글도 유의할 필요가 있다. '신정'은 글이나 글자의 틀린 곳을 새로 고쳤다는 의미이고 '수상'은 사람의 얼굴을 수놓아 만든 형상이란 뜻이다. 『배비장전』에 대한 출판사의 관심을 읽을 수 있는 부분이다. 그만큼 화공은 책의도 인물에 관심을 기울였을 것이 틀림없다.

2) 인륜의 대사, 혼인 希

우리 조선인이 가장 욕망하는 인륜지대사人倫之大事는 혼인이다. 혼인을 하게 되면 자손을 낳고 조상을 받들고 집안을 잇기 때문이다. 한마디로 개인적인 혼인이 바로 집안의 과거와 현재는 물론 미래까지 결정한다.

그래서인지 고소설은 남녀의 만남에 유독 많은 공을 들이고 있다. 신연활자본고소설책의도도 예외는 아니다. 고소설 플롯 중에서도 남녀가 인연을 맺거나 아예 혼인하는 장면을 그려 넣었다. 『박씨전』(홍문서관, 1934) 책의도 같은

경우는 박씨가 청나라 군사들을 혼내주는 내용임에도 불구하고 박처사가 딸의 인연을 맺어주려 학을 타고 이시백의 집을 찾아가는 장면을 그렸다.

신연활자본고소설책의도 중, 흥미로운 혼인광경을 그린 책의도는 단연 『노처녀 고독각씨』(광명서관,1916)이다. 노처녀 고독각씨 혼인 장면인데, 그림이 원문과는 사뭇 다르다. 노처녀 고독각씨의 성이 고독이요, 이름은 각씨이며 나이가 스물일곱이라 해서 문제될 것은 없다. 그러나 세 살에 어머니를, 일곱 살에 아버지를 잃었으며 얼굴까지 못생겼다하면 좀 상황이 달라진다. 내용을 정리해보면 이렇다.

반고수머리에 노랑털, 이마는 넓고 눈은 마늘의 쪽처럼 세모졌고, 귀는 크고 코는 넓으며 입은 크고 목은 어깨에 다가붙었다. 그런데도 얼굴은 작고 모졌으며 허리는 굵고 엉덩이는 퍼졌고 발은 컸다.

그러나 책의도에서는 이러한 점을 모두 감추어 버렸다. 이 고독각씨의 남편인 골생원 역시 태어나면서부터 배경이 어둠뿐인 사내였다. 곰배팔이에 한 다리는 절고 애꾸눈에 반곱사등이었다. 『노처녀 고독각씨』 책의도를 주의 깊게 보면 골생원의 한쪽 다리가 가늘고 작으며 허리도 약간 굽게 그려 놓았다. 고독각씨는 허리를 좀 굵게 그렸고 골생원보다 발을 좀 크게 그려놓았다. 『노처녀 고독각씨』 책의도를 그린 화공이 이 소설을 읽었음을 짐작케 한다.

그런데도 왜 이렇게만 그려놓았을까? 우리말에 '짚신도 짝이 있다'는 속담이 있다. 가난하고 어렵게 살지언정 인류의 대사를 맺어주려는 것은 인지상정이다. 화공은 한껏 사람들의 이러한 욕망을 고려하여 무난하게 그려놓았다고 보아야 한다.[21]

21 이제 이 책을 갈무리할 시간이 되었다. 이 책은 지금까지 신연활자고소설책의도에 나타나 '욕망'을 찾아 서성거렸다. 독자들에게 신연활자고소설책의도는 자신들의 삶을 동인(動因)시키는 욕망이었고 독자들은 그렇게 욕망의 주체였다. 비록 그 욕망이 타자의 욕망이든 자신의 욕망이든 간에 말이다. 그렇다면 이제 그 '욕망은 끝은 어디인가?'를 잠시 묻지 않을 수 없다.

저 바다 건너 자크 라캉(Jaques Lacan, 1901~1981)의 견해에 지면을 양보해보겠다. 이 분의 욕망이론이 꽤 설득력이 있어서다. 라캉은 "욕망은 인간의 본질이다"라는 스피노자의 주장을 굳건히 믿는다. 그는 '주체(S)'의 욕망을 충족시키는 유일한 대상은 '죽음'뿐이라고 했다. '욕망하던 대상(a)'은 손에 닿는 순간 허상이 되어 저만큼 물러서고 또다시 손짓을 하며 인간을 부른다고 한다. 그렇게도 절실하게 추구했지만 '욕망하던 대상'은 욕망을 완벽하게 충족시키지 못하고 늘 '차액(◇)'을 남긴다. 주체(S)인 내 욕망(a)이 아니라 타자(/)의 욕망이 내 욕망의 동인이기에 그렇다. 이 '차액'이 욕망을 부르는 미끼인 대상, 즉 '오브제 프티 아(a)'라고 한다. 그렇게 차액(◇)이 또다시 욕망을 부르고, 부르고, (…중략…) 그 끝은 죽음이라는 학설이다. 이를 그림으로 그리면 이렇다.

$$S◇a1→◇a2→◇a3……,죽음(死)$$

그러니 끝없이 욕망을 추구하지만 만족치 **못**하고 **또** 다른 **욕망**을 찾**느**니 **차라리** 이렇게 생각해보면 어떨까한다. 우선 생각해 볼 것이 주체(S)인 내 욕망(a)에 타자(/)의 욕망이 얼마나 들어가 있는가를 확인하는 일이다. 내 욕망이 아닌 다른 이의 욕망을 욕망하며 날을 보낸다는 것은 한번뿐인 인생의 낭비이다. 또 하나는 욕망의 대상인 'a1'과 'a2'를 연결시키지 않는 것이다. 'a1' 그 자체로 하나의 욕망은 필요충분조건을 충족했다고 그래 행복하다고 말이다. 그리고 'a2'라는 욕망을 찾아 나서면 되지 않을까.

 '그 이후'라 함은 1930년 이후를 말한다. 30년대를 지나며 책의도를 그린 화공들의 수준은 점차 떨어져 모사를 하거나 아예 동일한 그림에 제목만 바꾸었다. 예를 들어 앞에서도 여러 번 보았지만 『김학공전』(박문서관, 1932) 같은 경우는 소설 내용이 다른데도 『옥단춘전』(청송당서점, 1916) 책의도를 그대로 모사하였고 『왕장군전』(세창서관, 1952)과 『이화정서전』(세창서관, 1952) 책의도도 그렇고 『강릉추월』(『강릉추월 옥소전』) 책의도도 같은 경우이다. 덕흥서림의 책의도를 세창서관에서 치졸한 수준으로 모사하였다. '치졸한'이라는 구차스런 말을 붙인 이유는 그림을 모사하는 수준만이 아니었다. 덕흥서림 『강릉추월』 책의도에 보이는 옥문동玉門洞이라는 한자를 세창서관 책의도를 그린 화공은 오문

동五門洞이라고 오기를 해 놓을 정
도였다.

그렇게 30년 이후, 간혹 보이던
신연활자본고소설은 45년 해방까
지 더 이상 발행되지 못했다. 그리
고 해방을 맞았다. 수많은 책들이
발행되었고 신연활자본고소설에
게도 다시 새로운 기운이 찾아왔
다. 금서도 없어지고 책 검열도 없
어졌다. 여기에 한글을 해독하는
이들도 많아졌고 지적인 갈증도 높
았다. 하지만 읽을 만한 책이 없었
다. 아직도 출판은 신연활자 시대
였다. 그렇게 1960년을 지나며 다
시 한 번 신연활자본고소설의 세계

가 도래하였다. 신연활자본고소설을 다시 출간한 것이다.

종로 3가의 세창서관, 역시 종로의 영화출판사, 대구의
향민사가 해방 후의 대표적 신연활자본고소설 간행 출판
사였다. 그러나 그 뿐이었다. 신연활자본고소설은 시대에
맞게 자신을 변화시키지 못하였다. 더욱이 출판인들은 책
을 한낱 장사 수단으로 여겼다.

"소저본으로 대기업을 성공할 수 있는 것도 서적상이 제
일" "호기를 놓치지 마시오, 소자본으로 대성공을 하시려는
분에!"

『**강릉추월**』 세창서관, 1952
세창서관 책의도를 그린 화공은 옥문
동을 오문동(五門洞)이라고 오기해 놓
았다.
그림의 수준도 색상도 37년 전 일제
치하에 간행된 『강능추월』 책의도(덕
흥서림, 1915)만 못하다.

1961년 12월 30일 발행된 『별주부전』 매 뒷장의
광고 내용이다. 세창서관 광고 내용은 신연활자본고
소설을 물질과 환산해 보려는 의도가 분명히 보인다.

"소자본으로 실업에 대 성공을 하시며 문화의 향상 발
전을 도모하여 사회에 공헌할 수 있는 '세창의 서적'으로서
일금 삼만 원만 갖고도 중요한 시장에서 직접 도매소매할
수 있습니다. 언제나 선각자만이 대성공을 할 수 있는 것
입니다. (…중략…)"

왼쪽
『옥단춘전』, 청송당서점, 1916

오른쪽
『김학공전』, 박문서관, 1932

"문화의 향상 발전"에 "선각자" 운운까지 꺼내든다. 이런 광고를 세창서관은 1950년대부터 줄곧 해댔다. 그러나 이렇게 호기로운 광고도 독서계에서 배척을 당하기 시작하였다. 50년에서 60년대까지 말만 거창한 광고와 달리 아무런 변화가 없었기 때문이다.

오방색으로 즉물적 호기심과 구매욕을 부추겨 일시 대중화에 성공하였지만 마취적 효과는 거기까지였다. 창의적으로 발전치 못한 조잡한 그림은 더 이상 내적동력을 상실하였고 끝내 자기 족쇄가 되어 고소설 시대 쇠퇴화를 부르고 말았다. 내용도 권선징악이나 외치고 문체도, 똑같은

책의도에 제목만 바꾸거나 책의도 그림도 전근대적인 모습 그대로인 것을 누가 보겠는가. 그나마 아녀자들에 의해서 근근히 이야기책으로 이어가던 신연활자본고소설은 천덕꾸러기로 전락하였고 아예 자취도 없이 사라졌다. 고인물이 썩듯이 저 세창서관은 문학사 속의 한 출판사로만 그 이름을 남기고 가뭇없다.

　1978년 9월 5일, 독서계에서 신연활자본고소설의 마지막을 목격한다. 향민사에서 발행한『조웅전』,『초한전』,『사명당전』이다. 신연활자본고소설이 처음 보인 것이 1912년 8월 10일 유일서관에서 발행한『불로초』였으니 66년 1개월 만에 이 땅에서 완전 사라졌다.

그러나, '그러나'라는 역접부사를 꼭 붙여야만 한다. 신연활자
본고소설의 처음을 연 것이 늦지 않는 풀이란 뜻의 『불로초』여
서인지, 그렇게 80년대를 지나 90년대에 접어들며 신연활자본
고소설은 다시 그 모습을 보이기 시작했기 때문이다. 그것은 국
문학을 연구하는 일부 학자들의 책상에서다. 바로 구활자본이란
이름으로 학술연구서가 된 것이다. 하지만 이것은 죽은 사람의
기록을 훔쳐 호구지책으로 삼는 행위에 지나지 않았다(필자 역시
여기서 벗어나지 못한다).

그러던 신연활자본고소설이 2000년, 밀레니엄 시대에 들어서
며 다시 한번 변신을 꾀하였다. 모든 가치를 금전으로 환원하는 이
시대여서 그런지 몸값이 껑충 뛰었다. 바로 고서 수집가들에 의해
서다. 1970년대 나온 신연활자본고소설도 고서점에서 오만 원을
호가하고 1920년대 발행된 책이라면 수십만 원을 넘나든다.

따지자면 이 신연활자본고소설을 가지고 나도 이렇게 글을 쓰
고 책을 낸다. 얼마 전 경매된 신연활자본시집인 김소월의 『진달
내꽃』 초간본이 1억 3,000만 원에 경매되었다는 말을 들었다. 신
연활자본고소설 몸값이 또 어떻게 변할지 모른다. 이로 미루어
보면 책도 운명이 있지 싶다. 운명은 가히 알 길이 없지 않은가.
그러니 가슴 속에 욕망을 쭉 품어 볼 일이다. 혹 운명이 그 욕망
을 불러낼지도 모를 일이니 말이다.

참고문헌

가회민화박물관 편, 『한국의 민화』, 가회박물관출판부, 2010.

간호윤, 『고전서사의 문헌학적 탐구와 현대적 변용』, 박이정, 2008.

간호윤, 『아름다운 우리 고소설』, 김영사, 2010.

간호윤, 「고소설도 목록화와 문화접변 연구」, 『고전문학과 교육』 26, 한국고전문학교육학회, 2013.

간호윤, 『그림과 소설이 만났을 때-한국 고소설도 특강』, 새문사, 2014.

강명관, 『조선시대 문학예술의 생성 공간』, 소명출판, 1999.

강옥희, 「딱지본 대중소설의 형성과 전개」, 『대중서사연구』 제15호, 2006.

강준만, 『대중문화의 겉과 속』 Ⅱ, 인물과 사상사, 2003.

강희안, 이병훈 역, 『양화소록』, 을유문화사, 2005.

권순긍, 『1910년대 활자본 고소설 연구』, 성균관대 박사논문, 1990.

권순긍, 『구활자본 고소설의 편폭과 지향』, 보고사, 2000.

권철호, 『1920년대 딱지본 신소설 연구』, 서울대학교 대학원(현대문학 전공), 2012.

권택영, 『영화와 소설 속의 욕망이론』, 민음사, 1995.

김기동, 『한국고전소설연구』, 교학사, 1981.

김상엽, 『삼국지를 보다』, 루비박스, 2005.

김애경, 『일본의 우키요에, 풍경화 속에 담긴 세상』, 인문사, 2013.

김영재, 『한국미의 탐구』, 열화당, 1978.

김원룡, 『민화와 우리 신화』, 조선민화박물관출판부, 2004.

김원룡, 『한국미의 탐구』, 열화당, 1978.

김종대, 『우리 문화의 상징체계』, 다른세상, 2001.

김종철, 「그림으로 읽는 구운몽」, 『문학과 교육』 18, 문학과교육연구회, 2001.

김태준, 『조선소설사』, 학예사, 1939.

남석순, 『근대소설의 형성과 출판의 수용미학』, 박이정, 2008.

단국대학교동양학연구원, 『근대 출판문화 자료 해제』, 민속원, 2012.

로베로 에스카르피, 민병덕 역, 『출판문학의 사회학』, 일진사, 1999.

르네 위그, 김화영 역, 『예술과 영혼』, 열화당, 1979.

마르틴 졸리, 이선형 역, 『이미지와 기호』, 동문선, 2004.

마샤누스바움, 조형준 역,『감정의 격동』, 도서출판마루별, 2015.

명주사 고판화박물관·국립민속박물관 공동기획전,『인쇄문화의 꽃 고판화』, 2015.

모리스 쿠랑, 이희재 역,『한국서지』, 일조각, 1994.

문명대,『한국미술사학의 이론과 방법』, 열화당, 1989.

박대헌,『한국 북디자인 100년』, 21세기북스, 2013.

백상현,『라캉 미술관의 유령들-그림으로 읽는 욕망의 윤리학』, 책세상, 2014.

삐에르 부르디외, 최종철 역,『구별짓기』(상·하), 새물결, 2006.

사재동,『한국문학유통사의 연구』Ⅱ, 중앙인문사, 1999.

서성,「공간의 분할과 서사의 통합」,『중국어문논총』제52권, 중국어문연구회, 2012.

서성·강현실,「〈수호전(水滸傳)〉삽화(挿畵)의 유형과 계보 연구」,『中國學論叢』35호, 고려대 중국학연구소, 2012.

서유리,「딱지본 소설책의 표지 디자인 연구」,『한국근현대미술사학』, 20호, 2009.

서유리,『시대의 얼굴』, 소명출판, 2016.

서유경,「〈몽금도전〉으로 본 20세기 초〈심청전〉개작의 양상」,『판소리研究』제32집, 판소리학회, 2011.

소재영,『한국의 딱지본』, 범우사, 1996.

손상익,『월간미술』294호, 2009.7.

손상익,『한국만화통사』, 프레스빌, 1996.

손상익,『한국 시사만화사 연구』, 중앙대 박사논문, 2004.

수유너머,『신여성』, 한겨레신문사, 2005.

신철하,『이미지와 욕망』, 한양대 출판부, 2012.

안춘근,『한국 세책업 변천고』, 광문서관, 1979.

안춘근,『한국출판문화사대요』, 청림출판, 1987.

안춘근,『한국서지학원론』, 범우사, 1990.

에밀졸라, 조병준 역,『예술에 대한 글쓰기』, 지식을만드는지식, 2012.

엔스 틸레 외, 지광신 외역,『그림책의 새로운 서사 양식』, 도서출판마루별, 2010.

와다토모미,「딱지본 표지에 나타난 인물상과 근대적 인물화의 간격」,『한국현대문학회 학술발표회자료』, 한국현대문학회, 2008.

완산이씨 서, 김덕성 외 화, 박재연 편,『중국소설회모본』, 강원대학교 출판부, 1993.

유종열,『조선의 예술』, 일신서적출판사, 1993.

유탁일,『한국문헌학연구』, 아세아문화사, 1989.

유탁일,『한국고소설비평자료집성』, 아세아문화사, 1994.

유춘동,「구활자본 고소설 세책본 소개」,『대중서사연구』제15호, 대중서사학회, 2006.

윤열수,『민화이야기』, 디자인하우스, 1995.

이가림,『미술과 문학의 만남』, (주)월간미술, 2000.

이명옥,『욕망의 힘-착한 욕망을 깨우는 그림』, 다산책방, 2015.

이민희,『조선의 베스트셀러』, 프로네시스, 2007.

EBS 다큐프라임,『이야기의 힘』, 황금물고기, 2011.

이상희,『꽃으로 보는 한국문화』 1 · 2, 넥서스, 1998.

이연식,『유혹하는 그림, 우키요에』, 아트북스, 2009.

이영미 외,『딱지본 대중소설의 발견』, 민속원, 2009.

이영수,『조선시대의 민화』 2, 예원, 1998.

이우환,『이조의 민화』, 열화당미술선서, 1977.

이윤석 · 정명기,『구활자본 야담의 변이양상 연구』, 보고사, 2001.

이윤석 · 대곡삼번 · 정명기 편,『세책 고소설 연구』, 혜안, 2003.

이은주,『딱지본 표지화의 이미지 연구』, 홍익대 석사논문, 2017.

이주영,『구활자본 고전소설 연구』, 월인, 1998.

이중연,『책의 운명』, 혜안, 2001.

이중연,『고서점의 문화사』, 혜안, 2007.

이창헌,『경판방각소설 판본 연구』, 태학사, 1998.

자크 알렝 밀레, 맹정현 · 이수련 역,『자크라캉세미나』, 새물결, 2008.

장문정,『딱지본의 출판디자인사적 의의』, 홍익대 석사논문, 2001.

장효현,『한국고전소설사 연구』, 고려대 출판부, 2002.

정병설,「구운몽도 연구」,『한국고전문학연구』 30집, 2006.

정출헌,『조선 후기 우화소설 연구』, 고려대 민족문화연구원, 1999.

조선민화박물관,『채용신의 삼국지연의도』, 예서원, 2009.

조성면,『정전에 대한 반역』, 소명, 2002.

조인규 외,『조선미술사』, 학민사, 1993.

지광신 외 옮김,『그림책의 새로운 서사 양식』, 마루벌, 2010.

지상현,『한중일의 미의식』, 아트북스, 2015.

질 들뢰즈, 하태환 역,『감각의 논리』, 민음사, 2008.

천정환,『근대의 책읽기』, 푸른역사, 2004.

천혜봉,『한국 서지학』, 민음사, 1997.

최민,『시각과 언어』 1, 열화당, 1983.

최혜실,『문학과 대중문화』, 경희대학교출판국, 2005.

칸딘스키, 차봉희 역,『점 · 선 · 면』, 열화당, 1985.

하인리히 뵐플린, 안인희 역,『르네상스의 미술』, 휴머니스트, 2002.

한국학연구소,『일제치하 언론 · 출판의 실태』, 영신아카데미 한국학연구소, 1974.

한명식,『예술을 읽는 9가지 시선』, 청아출판사, 2011.

한원영, 『신문연재소설연구』, 일지사, 2010.

허버트 리드, 김병익 역, 『도상과 상상』, 열화당, 1997.

현영이, 『관재 이도영의 생애와 인쇄미술』, 홍익대 석사논문, 2001.

홍선웅, 『한국 근대 판화사』, 미술문화, 2014.

황봉지 편, 조성환 역해, 『당시화보』, 역락, 2015.

『구활자소설총서』 1-11, 민족문화사, 1983.

『세책과 방각본』, 국립중앙도서관, 2016.

국립중앙박물관, 한국한글박물관.

(이 외에 많은 분들과 기관, 그리고 책, 인터넷 등 도움을 받았음을 밝힌다. 만날 때마다 고마움을 표하겠다.)

신연활자본고소설책의도 목록(신소설은 제외)

① 10회 이상

고소설 제명		발행처	연도	출처	책의도	소설 단계	광고 · 판권장문구
춘향전 (97회)	선한문 춘향전	동미서시	1913/ 이도영 그림	국립중앙 도서관	춘향의 모습 삽화 2점이 있다. ①李道令 ②春香	·	
	중정특별 춘향전	동양서원	1913	『한국의 딱지본』	이몽룡, 나귀와 방자, 그네 뛰는 춘향	전개	
	증상연예옥 중가인	신구서림	1914/ 이도영 그림	국립중앙 도서관	나비와 복사꽃 그림 삽화 9점이 있다. ①碧潭에 秋月갓고 綠波에 芙蓉갓흔 춘향(컬러) ②花爛春城호고 萬和方暢호딕 月姥繩도든 방즈 在公敎子 리부사 ③多樂多恨호고 能笑能泣 춘향 모 爲主爲郞호고 同苦同甘호는 상단 ④新官卜學道와 新延下人行列 ⑤반가운 鮮確호는 장님 고마운 옥사녕 춘향 갓친 獄 ⑥行首妓生 란주와 딤고에 等待호는 모든 기생 ⑦金冠朝服으로 出道호여 드러가는 어사 顚沛逃散호는 모든 슈령 ⑧엉둥춤 츄는 춘향모 等狀 들든 모든 과부 ⑨竹杖芒鞋로 나려오는 리어사 移秧歌 부르는 모든 농부 (그림 순서가 내용과 다르다.)	관계 없음	열녀
	옥중화	대창서원 ·보급서관	1923/ 이도영 그림	국립중앙 도서관	춘향과 이도령(색칠) 삽화 10점	·	
		대창서관	1925/ 이도영 그림	국립중앙 도서관	판독불가 삽화 12점이 있다. ①李道令 春香 ②리도령이 방즈보닉 춘향을 부르다 ③청스초롱 불밝혀 방즈 들녀 압세우고 춘향집 추저간다 ④리도령이 춘향집에서 이별하다 ⑤오리덩에 리동령을 작별호다 ⑥新官卜學道와 新延下人行列 ⑦신관이 도임후에 기싱졈고호다 ⑧신관이 춘향을 형장치다 ⑨춘향 모가 단을 모아 긔도호다 ⑩화락하니 능성실이오 경과하니 긔무셩가하고 자미잇게 해몽한다 ⑪어사 춘향을 옥에 가 찻다 ⑫신관 싱일 잔치에 어사가 축출을 당호다	·	

고소설 제명	발행처	연도	출처	책의도	소설 단계	광고·판권장문구
	보급서관	1914	?	알 수 없는 꽃 그림	관계 없음	
남원옥중화 (춘향전)	한성서관	1917	국립중앙 도서관	광한루와 꽃그림 삽화11점이 있다. ①리도령 성춘향 ②의복단장 곱게 ᄒ고 록음수량 오월천에 츄천ᄒᄂ 춘향 ③투게 소년 아희들은 야입청루ᄒ얏스니 지체를 어이ᄒ리 춘향집을 차자 가ᄂ 리도령 ④만면수식으로 유정남군을 작별ᄒᄂ 오리정하에 춘향 ⑤신관사도 도임ᄒ야 ᄂ려 오ᄂ 광경 ⑥기싱점고시에 등딕ᄒᄂ 모든 기싱과 힝슈기싱 란슈 ⑦일부종사 굿은 마음 일시형익이 가소롭다 장하에 고초를 당ᄒᄂ 춘향 ⑧능청스러운 춘향 모 민첩한 향단/ 닉 쌀을 살니소셔 단을 모고 축원ᄒᄂ 춘향 모 ⑨주사야몽되엿세라 히몽ᄒᄂ 허봉사 ⑩수의어ᄉ 출도와 도망ᄒᄂ 수령들 ⑪어제 져녁 걸인 사위 어사란 말 원 말이냐 응덩춤이 졀노난다	관계 없음	
광한루	동양서원	1913	국립중앙 도서관	이몽룡, 나귀와 방자, 그네 뛰는 춘향	발단	
	박문서관	1918	서울대학교 중앙도서관	동양서원과 동일	발단	
중수춘향전	응동서관	1918/ 이도영 그림		춘향이 악기를 연주하고 이도령이 물끄러미 보는 그림 삽화6점이 있다. ①리도령이 방즈 보닉 츈향을 부르다 ②리도령이 춘향집에서 이별하다 ③신관이 도임후에 기싱점고ᄒ다 ④춘향모가 단을 모아 긔도ᄒ다 ⑤신관 싱일잔치에 어ᄉ가 축출을 당ᄒ다 ⑥어ᄉ가 출도홈믹 춘향모가 츔을 츄다	·	
	회동서관	1923/ 이도영 그림	국립중앙 도서관	응동서관과 동일 삽화7점이 있다. ①리도령 춘향 ②~⑥까지는 응동서관과 동일하다.	·	
신옥중가인	대창서원	1918	『한국의 딱지본』	춘향과 이도령이 부채꼴에 그림을 봄	·	교훈
언문춘향전	박문서관	1917	『한국의 딱지본』	꽃, 나비, 벌	관계 없음	
언문춘향전	?	?	『한국의 딱지본』	춘향과 이도령이 그림을 봄	·	
여중화	삼문사	1935/삽화	간호윤소장	이도령이 춘향을 안고 있는 그림	·	
옥중가인	대창서원	1925	『한국의 딱지본』	그네 뛰는 춘향	전개	

고소설 제명		발행처	연도	출처	책의도	소설단계	광고·관련장면구
	일선문춘향전	한성서관	1917	『한국의딱지본』	춘향의 모습	·	
	절대가인	대창서원	1918	국립중앙도서관	까치?	·	
		대창서원	1920	국립중앙도서관	이몽룡과 춘향	·	
	특별무쌍춘향전	조선서관	1915	국립중앙도서관	원 안에 방자가 이몽룡이 탄 나귀를 끌고 가는 장면. 타원 밖은 장미꽃 문양 2점의 삽화가 있다.①구관사도, 리도령,만고열녀춘향/이력찬 방ᄌᆞ, 능청스런 어미, 정숙ᄒᆞᆫ 향단②기싱점고ᄒᆞᄂᆞᆫ구나	발단	
		한성서관	1917	국립중앙도서관	조선서관과 동일	·	
		유일서관	1920/이도영 그림	국립중앙도서관	조선서관과 동일9점의 삽화가 있다.①졀ᄃᆡ가인 셩츈향 풍류직ᄌᆞ 리도령(컬러)②花爛春城ᄒᆞ고 萬和方暢ᄒᆞᆫ ᄃᆡ 月姥繩도든 방ᄌᆞ 在公敎子 리부사③多樂多恨ᄒᆞ고 能笑能泣 츈향 모 爲主爲郞ᄒᆞ고 同苦同甘ᄒᆞᄂᆞᆫ 상단④츈향 갓친 獄金冠朝服으로 出道ᄒᆞ여 드러가ᄂᆞᆫ 어사 顚沛逃散ᄒᆞᄂᆞᆫ 모든 슈령⑤엉둥춤 츄ᄂᆞᆫ 츈향모 等狀 들든 모든 과부⑥新官 ᄂᆞ學道와 新延下人行列⑦行首妓生 란쥬와 뎜고에 等待ᄒᆞᄂᆞᆫ 모든 기생⑧반가운 鮮夢ᄒᆞᄂᆞᆫ 쟝님 고마운 옥사뎡 ⑨竹杖芒鞋로 나려오ᄂᆞᆫ 리어사 移秧歌 부르ᄂᆞᆫ 모든 농부(그림 순서가 내용과 다르다.)	발단	
	춘향전	?	?	한국의딱지본』	춘향이 부채를 들고 있는 장면	·	
	대춘향전	?	?	『한국의딱지본』	춘향이 그네 뛰는 장면/이몽룡과 춘향	전개	
	도상옥중화	세창서관	1952	『한국의딱지본』	춘향이 그네 뛰는 장면/이몽룡과 춘향	전개	
삼국지관련작품 포함(43회)	조자룡실기	영창서관	1918	홍윤표 교수소장	조자룡이 아두를 구하는 장면	절정	
		세창서관	1952	『한국의딱지본』	영창서관 것을 그대로 모사	절정	
	화용도실기	세창서관	1952	홍윤표 교수소장	장판교에서 장비의 호통치는 장면으로 '장비호통'이라 적어 놓았다.	발단	
	장비마쵸실기	광동서국	1918	국립중앙도서관	마초와 장비의 군사가 도열한 장면	·	

고소설 제명	발행처	연도	출처	책의도	소설 단계	광고· 관련장문구
삼국대전	영창서관	1918	국립중앙 도서관	'조자룡단기구주'라는 삽어가 보인다.	절정	속지에 유비, 관우,장비,제 갈공명이 그 려져 있다.
	세창서관	1957	권혁송 소장	영창서관과 동일	절정	
무쌍언문 삼국지	대창서관	1918/흑백	국립중앙 도서관	동남풍 비는 장면(?)(매우 잘 그린 그림)	전개	
무쌍언문삼 국지(전집2)	대창서관	1918/흑백	국립중앙 도서관	장판교에서 장비(매우 잘 그린 그림)	절정	
무쌍언문삼 국지(후집1)	대창서관	1918/흑백	국립중앙 도서관	유현덕이 강을 건너는 장면(?)(매우 잘 그린 그림)	위기	
무쌍언문삼 국지(후집2)	대창서관	1918/흑백	국립중앙 도서관	작전회의 장면(?)(매우 잘 그린 그림)	·	
장비마쵸 실기	조선도서	1925	국립중앙 도서관	광동서국과 동일	·	
몽견제갈량	광학서포	1908	국립중앙 도서관	표지 그림은 없고 삽화만	·	
삼국풍진제 갈량	광익서관	1916	국립중앙 도서관	제갈량과 유비,관우,장비의 대화 장면 제갈공명 도상 1점이 있다.	전개	
제갈량	박문서관	1922	서울대학교 중앙도서관	제갈량(흑백, 상당히 잘 그린 그림)	·	
삼국풍진 산 양대전	유일서관	1916/흑백	국립중앙 도서관	조자룡이 산양수를 건너뛰어 관우와 마쵸를 구해내는 장면(고소설도와 매우 비슷)	위기	
	한성서관	1919	국립중앙 도서관	유일서관 것을 모사 후 컬러	위기	
	대창서원	1922	국립중앙 도서관	유일서관 것을 모사	위기	
	조선도서	1922	국립중앙 도서관	전쟁하는 모습	·	
삼국지	근흥인 서관	1956	권혁송 소장	유비,관우, 장비	전개	복선 화음
적벽대전	협동서과	1925	서울대학교 중앙도서관	적벽대전 장면	절정	
	세창서관	1952	『한국의 딱지본』	조조와 관우가 만나는 장면	절정	
소운전 (36회)	보성사	1918/흑백	국립중앙 도서관	서룡이 배를 약탈하고 소운을 물에 빠 뜨리는 장면. 원 안에 있는 그림은 서룡 이 계도를 안고 있는 장면(흑백)	전개	
	회동서관	1925	『한국의 딱지본』	소운이 과거보러가다 장씨 노파 집에 들어가는 장면	전개	전개

고소설 제명		발행처	연도	출처	책의도	소설 단계	광고· 판권장문구
심청전 (33회)	심청전	서울 신문관	1913	『한국의 딱지본』	꽃(육전소설)	·	
		박문서관	1916	국립중앙 도서관	황후가 된 심청이 왕과 있는 장면(수준 급의 그림)	결말	
		광동서국 :박문서관	1917	국립중앙 도서관	어부 둘이 연꽃을 거두는 장면	위기-절 정	
		대창서원	1920	국립중앙 도서관	어부가 연꽃에 있는 심청이를 거두는 장면	위기-절 정	
		회동서관	1925	국립중앙 도서관	"심청이 몽중에 용궁 가니 왕이 시녀를 명하야 수정궁으로 인도함"이라는 말 풍선 기법을 사용한 장면(광동서국 모사)	위기-절 정	
		시문당 서점	1928	국립중앙 도서관	"심청이 몽중에 용궁 가니 왕이 시녀를 명하야 수정궁으로 인도함"이라는 말 풍선 기법을 사용한 장면(광동서관 모사)	위기-절 정	
		세창서관	1952	『한국의 딱지본』	광동서관 : 박문서관을 모사	위기-절 정	
	증상연정심 청전	광동서관 :박문서관	1922(1915:초 판)	국립중앙 도서관	"심청이 몽중에 용궁 가니 왕이 시녀를 명하야 수정궁으로 인도함"이라는 말 풍선 기법을 사용한 장면(전주역사박물 관소장의 병풍도와 유사한 장면이다) 5점의 삽화가 있다(①根欲生涯 심봉사 賢 哲한 곽시부인②厚德하신 洞里夫人 이 이 첫 좀 먹여주오③父親이 오작 비 곱프랴 밥 얻어 들고 오는 심청④몸을 팔아 써날적 울며 리별 장부인⑤림당수 깁흔 물에 힘업시 써러진다 ⑥水晶宮中에 母女相逢⑦綿組多慶조흘시고 모極殿에 심황후⑧女必從夫 말이 좃타 갓치 가는 뺑덕어미⑨오시느못 오시느 불상하신 우리父親 장님잔치에 오시는가⑩눇 뜰이면 어디 보즈 두 눈이 번썩 天地光明)	위기-절 정	
		신구서림	1929	권혁송 소장	광동서관과 동일	위기-절 정	
	만고효녀 심청	태화서관	1931	국립중앙 도서관	용왕과 심황후가 하례를 받는 장면 2점의 삽화가 있다. ①만고효녀 심청②水晶宮中에 母女相 逢(광동서관,1922, ⑥과 동일한 삽화)	절정	

고소설 제명		발행처	연도	출처	책의도	소설 단계	광고· 판권장문구
유충렬전(〈류충렬전〉) (24회)		덕흥서림	1913/흑백	『한국의 딱지본』	'유충렬이 정문걸을 베히고 명 천자를 구하다'는 삽어가 보인다.	절정	
		태학서관	1918	국립중앙 도서관	'유충렬이 송천즈를 호위 환궁ᄒ다'라 는 삽어가 보인다.	결말	
		덕흥서림	1919	국립중앙 도서관	'유충렬이 정문걸을 베히고 명 천자를 구 하다'는 삽어가보인다. 1913을 컬러화	절정	
		대창서원	1921	국립중앙 도서관	덕흥서림 것과 동일	절정	
		덕흥서림	1921	국립중앙 도서관	덕흥서림 것과 동일	절정	
		회동서관	1925	국립중앙 도서관	덕흥서림 것과 동일	절정	
		삼문사	1932	국립중앙 도서관	덕흥서림 것과 동일	절정	
		영화 출판사	1957	권혁송 소장	덕흥서림 것과 동일	절정	
소대성전 (26회)	소대성전	광문책사	1916/흑백	국립중앙 도서관	소대성이 호 왕을 물리치고 명천자를 구하는 장면 (상당히 잘 그린 그림)	전개	
		박문서관	1917.9.2/흑 백	국립중앙 도서관	소대성의 전투장면 (상당히 잘 그린 그림)	·	
			1917.2.14	디지털한국 박물관	소대성의 전투장면	·	
		신구서림	1917	『한국의 딱지본』	소대성의 전투장면(박문서관 것을 모사)	·	
		박문서관	1920	디지털한국 박물관	소대성의 전투장면(박문서관 것을 모사)	·	
	대성용문전	세창서관	1952	『한국의 딱지본』	소대성의 전투 장면	·	
	용문전(대성)	신명서림	1922	국립중앙 도서관	용문의 전투 장면	·	재미
조웅전 (22회)		덕흥서림	1915/흑백	국립중앙 도서관	조웅의 전투 장면		
		박문서관	1916/흑백	국립중앙 도서관	'조웅이 처음 산에서 나와 먼저 거짓 두병을 버히다'라는 글귀가 있다.	전개	
		박문서관	1921	디지털한글 박물관	조웅의 전투 장면(덕흥서림 것 모사)	·	
		경성서적	1922	국립중앙 도서관	덕흥서림 것 모사	·	
		대창서원	1922	국립중앙 도서관	덕흥서림 것 모사	·	
		광학서포	1925	권혁송 소장	책의도 없음	·	
		세창서관	1964	『한국의 딱지본』	덕흥서림 것 모사	·	

고소설 제명		발행처	연도	출처	책의도	소설 단계	광고· 관련장문구
초한연의 (22회)	서한연의(3)	영풍서관	1917	권혁송 소장	책의도는 없으나 내지에 주발, 왕릉, 조 참, 육가를 그려 넣었다.	·	
	항우전	박문서관	1918	국립중앙 도서관	항우의 전투장면	·	
	초한풍진항 장무	박문서관	1917	국립중앙 도서관	항량, 항백, 범증, 항우/패공,장량,번쾌 (이름을 써 놓았다.)	·	
	초한풍진 홍 문연	회동서관	1916/흑백	국립중앙 도서관	홍문연에서 범증이 유방 죽이려는 장 면	절정	
		회동서관	1918	국립중앙 도서관	1916에 컬러만 입힌 것	절정	
	초한전	한성서관	1918	국립중앙 도서관	전투장면	·	
		영창서관 :한한서림	1925	국립중앙 도서관	항우와 유방의 전투 장면	·	
		경성서적	1926	국립중앙 도서관	영창서관과 동일	·	
		향민사	1978	간호윤소장	영창서관과 동일	·	
구운몽 (21회)		동문서림	1913	『한국의 딱지본』	한자로 九雲夢이라 썼음	·	
		한성서관	1916/흑백	국립중앙 도서관	성진과 팔선녀(흑백으로 세련된 그림)	발단	
		박문서관	1917/흑백	국립중앙 도서관	성진과 팔선녀(흑백으로 세련된 그림)	발단	
		신구서림 :동문서림	1920	국립중앙 도서관	성진과 팔선녀(박문서관과 유사)	발단	기이, 유쾌
		조선도서	1925	국립중앙 도서관	성진과 팔선녀	발단	
		영화 출판사	1960	홍윤표 교수 소장	성진과 팔선녀	발단	
사씨남정기 (20회)		서울 신문관	1913	『한국의 딱지본』	꽃(육전소설)	·	
		박문서관	1917	국립중앙 도서관	유연수가 사씨를 데리고 떠나는 장면	전개	기이/복 선화음
		영풍서관	1917	국립중앙 도서관	강에 배 한 대	전개	
		덕흥서림	1925	서울대학교 중앙도서관	박문서관 모사	전개	
		세창서관	1952	『한국의 딱지본』	박문서관과 동일	전개	
장화홍련전 · 적성의전 (합본)(20회)		세창서관	1915	국립중앙 도서관	장님된 적성의가 공주 후원에서 피리 를 불고 기러기가 어머니 편지를 갖고 오는 장면	절정	적선

고소설 제명		발행처	연도	출처	책의도	소설 단계	광고·편권장문구
옥루몽 (19회)	옥루몽 권2	회동서관	1922/흑백	국립중앙도서관	양창곡의 전투 장면	·	
	옥루몽 권3	회동서관	1922/흑백	국립중앙도서관	천자가 조회하는 장면	·	
	옥루몽 권3	박문서관	1925/흑백	국립중앙도서관	천자가 조회하는 장면	·	
	옥루몽 권1	신구서림	1925/흑백	간호윤 소장	여인들이 대화를 나누는 장면	·	
	옥루몽 권1	향민사	1967/흑백	간호윤 소장	문창성군과 옥황상제(?)		
이대봉전 (19회)		회동서관	1916/흑백	국립중앙도서관	이대봉의 전투장면	·	
		영창서관	1923	『한국의 딱지본』	봉황		
		세창서관	1952	권혁송 소장	봉황(영창서관과 동일)	·	
장풍운전 (17회)		한성서관 :유일서관	1918	국립중앙도서관	장풍운의 전투 장면		효도
		조선도서	1923	국립중앙도서관	한성서관 것을 모사		
		박문서관	1925	국립중앙도서관	한성서관 것을 모사	·	
		경성서적	1926	국립중앙도서관	한성서관 것을 모사(수준이 떨어짐)		
		동양대 학당	1929	국립중앙도서관	한성서관 것을 모사		
장백전 (15회)	일세명장 장백전	회동서관	1916/흑백	국립중앙도서관	"장백이 천명을 수하야 황제를 항복 밧다"라고 적혀있다.(매우 잘 그려진 그림이다.)	절정	
		덕흥서림	1917/흑백	국립중앙도서관	회동서관과 동일		
		회동서림	1925	국립중앙도서관	회동서관을 컬러화		
		태화서관	1929	국립중앙도서관	회동서관을 컬러화		
		대성서림	1936	국립중앙도서관	회동서관을 컬러화		
		세창서관	1957	간호윤 소장	회동서관을 컬러화		
채봉감별곡 (15회)	채봉감별곡	박문서관	1917	국립중앙도서관	채봉이 나무에 기대 있는 장면	·	
	추풍감별곡	신구서림	1913	국립중앙도서관	여주인공이 방 안에서 책 읽는 장면(신소설이라 적혀있음)	발단	기이
		동양서원	1925	국립중앙도서관	신구서림 것을 모사	·	유전
		경성서적	1926	국립중앙도서관	신구서림 것을 모사	·	
		세창서관	1952	홍윤표 교수 소장	신구서림 것을 모사	·	유전

고소설 제명	발행처	연도	출처	책의도	소설 단계	광고·편권장문구
홍길동전 (15회)	덕흥서림	1915/흑백 (1919컬러)	국립중앙 도서관	홍길동이 율도국을 파하고 왕위에 오르는 장면(1919년부터 컬러) 틀은 비슷한데 연도에 따라 얼굴 등 모두 다르다.	결말	
	대창서원	1921/흑백	국립중앙 도서관	덕흥서림을 보고 유사하게 본뜸.(제목을 가로로 설정하여 기둥 부분의 "홍길동이…" 싶어를 가렸다.)		
	세창서림	1924	국립중앙 도서관	덕흥서림을 보고 유사하게 본뜸		
	삼문사	1925	권혁송 소장	덕흥서림을 보고 유사하게 본뜸		
	신구서림	1929/컬러	국립중앙 도서관	덕흥서림을 보고 유사하게 본뜸		
	동양대 학당	1929	국립중앙 도서관	덕흥서림을 보고 유사하게 본뜸		
	세창서관	1952	홍윤표 교수 소장	덕흥서림 것에 컬러만		
설인귀전 (14회)	동미서시	1915	홍윤표 교수 소장	흰옷을 입은 설인귀의 전투장면(잘 그린그림)		
	조선서관	1915	국립중앙 도서관	흰옷을 입은 설인귀와 병사들의 행군 장면		
	신구서림 (상)	1917	국립중앙 도서관	조선서관 것 그대로 모사		
	신구서림 (하)	1917	국립중앙 도서관	설인귀 전투장면		
	성문당 서점	1936	권혁송 소장	조선서관 것 그대로 모사		
	세창서관	1961	『한국의 딱지본』	조선서관 것 그대로 모사		
숙영낭자전 (14회)	특별숙영낭 자전 · 신구서림	1915	국립중앙 도서관	선군이 숙영낭자의 가슴에서 칼을 빼니 청조가 "매월일네"하고 날아가는 장면	절정	기이
	특별숙영낭 자전 · 덕흥서림	1917	간호윤소장			
	특별숙영낭 자전 · 대동서원	1917	국립중앙 도서관			
	특별숙영낭 자전 · 대창서원	1918	국립중앙 도서관	신구서림과 동일		
	특별숙영낭 자전 · 경성서적	1923	국립중앙 도서관			
	특별숙영낭 자전 · 조선도서	1924	국립중앙 도서관			
	숙영낭자전 · 대창서원	1920/흑백	국립중앙 도서관			
	숙영낭자전 · 박문서관	1921	『한국의 딱지본』			

고소설 제명		발행처	연도	출처	책의도	소설 단계	광고·관련장문구
토끼전 (15회)	별주부전	세창서관	1912	『한국의 딱지본』	거북이가 토끼 업고 수궁가는 장면	발단	
	불로초	유일서관	1912	『한국의 딱지본』	거북이가 토끼 업고 수궁가는 장면	발단	
	토의간	조선도서	1925	국립중앙도서관	바다와 산 사이에 별주부 모습	·	
	불로초	박문서관	1916	간호윤소장	유일서관(1913)에 컬러	·	
	별주부전	조선도서 주식회사	1926	서울대학교 중앙도서관	신구서림과 유사하나 더 잘 그린 그림	발단	
두껍전 (13회)	둑겁전	덕흥서림	1914	간호윤소장	두꺼비와 여러 동물들	·	
		덕흥서림	1916/흑백	국립중앙도서관	두꺼비와 여러 동물(흑백, 1914 덕흥서림 컬러 그림과 동일)		
	둑겁전 : 섬처사전	박문서관	1917/흑백	국립중앙도서관	두꺼비와 여우(흑백)		
		박문서관	1921/컬러	홍윤표 교수 소장	두꺼비		
	섬동지전 : 둑겁전	덕흥서림	1918/흑백	국립중앙도서관	두꺼비와 여러 동물(흑백)		
		경성서적	1926	국립중앙도서관	두꺼비와 여러 동물		
제마무전 (12회)	교정제 마무전	조선도서 주식회사	1922	『구활자소설총서』10	제마무가 염라대왕을 알현하는 장면인 듯(염라대왕이 장군의 복장을 하는 등 내용과 다름)	관계 없음	선악보응/경계
	몽결초한송	세창서관	1917	국립중앙도서관	제마무가 염라부 십대왕전에 간 장면	전개	황탄
		조선도서	1925	국립중앙도서관			
		세창서관	1952	『한국의 딱지본』			
장국진전 (11회)		동아서관	1917	간호윤 소장	선녀가 물을 붓고 이부인(부원수)이 전투 장면	위기	
		대창서원	1921	국립중앙도서관	동아서관 것을 그대로 모사		
		회동서관	1926	『한국의 딱지본』	동아서관 것을 그대로 모사	위기	
		세창서관	1935	국립중앙도서관	동아서관 것을 그대로 모사		

고소설 제명		발행처	연도	출처	책의도	소설단계	광고·판권장문구
김희경전 (11회)	김희경전	광문서시	1917	국립중앙도서관	장수정과 김희경이 싸움에서 승리하고 돌아 온 장면"張水晶과 金喜慶 兩將이 大破 三國兵ᄒ고 更戰鷄鳴山ᄒ야" 삽가 있음	결말	결말
	여중호걸	광문서시	1919	국립중앙도서관	장설빙의 전투장면	·	
		세창서관	1952	『한국의 딱지본』	조선도서주식회사 모사	절정-결말	충효절의
		조선도서주식회사	1925	국립중앙도서관	장수정과 김희경의 전투하는 장면. "元帥衝突都督脫圍 天子擇婚舊緣顯露"라는 문구가 있음	·	
숙향전 (11회)		세창서관	1914	『한국의 딱지본』	숙향과 이선이 하늘로 오르는 장면	결말	1914 의심스러움
		덕흥서림	1915/흑백	국립중앙도서관	숙향과 이선이 하늘로 오르는 장면		
		대창서원	1920	국립중앙도서관	덕흥서림 것을 컬러화		
		회동서관	1925	국립중앙도서관	덕흥서림 것을 컬러화		
옥단춘전 (11회)		청송당서점	1916	국립중앙도서관	진희가 옥단춘을 수장하려 하자 혈룡 암행어사 출도하는 장면(김진옥전과 동일)	절정	
		박문서관	1922	국립중앙도서관	청송당서점과 동일	절정	
		대창서원	1925				
		경성서적	1926				
		재전당서포	1929				
		동양대학당	1929				
		대성서림	1929				
		제전당서포	1929				
		신구서림	1931				
		세창서관	1934				
		하광서림	1935				
		대조사	1959	간호윤소장			

고소설 제명		발행처	연도	출처	책의도	소설 단계	광고 · 판권장문구
금낭이산 (10회)	보심록	회동서관	1925	『한국의 딱지본』	광익서관과 동일	전개	
		광익서관	1924	국립중앙 도서관	화익삼이 아버지 채무를 갚지 못해 물에 뛰어 들려는 증어사 딸을 구해주는 장면	전개	
		영창서관	1925	국립중앙 도서관	광익서관과 동일	전개	
	명사십리	경성서적 조합	1926	『한국의 딱지본』	왕씨와 춘매가 꽃밭에 앉아있는 장면	·	
	보심록	경성서적	1926	국립중앙 도서관	광익서관과 동일	전개	
		성문당 서점	1936	국립중앙 도서관	광익서관과 동일	전개	
배비장전 (10회)	신정수상 배비장전	신구서림	1916	국립중앙 도서관	배비장을 뒤주에 넣고 골탕 먹이는 장면 ①사또와 비장들이 잔치를 벌이고 한 여인이 목욕을 하는 장면② 궤에 배비장을 놓고는 톱으로 타는 장면	절정	재미/ 기묘 2개의 삽화
		신구서림	1919	국립중앙 도서관	배비장을 뒤주에 넣고 골탕 먹이는 장면 ①배비장과 애랑 ②사또와 비장들이 잔치를 벌이고 한 여인이 목욕을 하는 장면	절정	재미/ 기묘
흥부전 (10회)	흥부전	박문서관	1917/흑백	간호윤소장	흥부 부부가 박타는 장면(세창서관과 비슷)	절정	
		신구서림	1922	국립중앙 도서관	놀부 가족이 제비 다리를 부러뜨리는 장면	전개	
		세창서관	1952	간호윤소장	흥부 부부가 박타는 장면(박문서관과 비슷)	절정	

② 10회 이하

고소설 제명		발행처	연도	출처	책의도	소설단계	광고·판권장문구
가인기우(사각전)		대창서원:보급서관	1918	『한국의 딱지본』	여주인공이 정자에 서있는 장면 (한성서관 월영낭자전과 흡사)	·	
강감찬전(강시중)		조선서관	1913	국립중앙도서관	삿갓 쓴 이가 호랑이를 물리치는 장면	전개	
강릉추월	강릉추월옥소전	덕흥서림	1915	국립중앙도서관	옥문동에서 춘백은 옥소를 불고 조낭자가 비파를 타는 장면	발단	
	강릉추월	조선도서	1925	국립중앙도서관	덕흥서림 것을 모사	발단	
		광한서림	1928	국립중앙도서관	덕흥서림 것을 모사	발단	
		세창서관	1952	『한국의 딱지본』	덕흥서림 것의 중간 부분만 치졸한 수준으로 모사	발단	
강태공전		대창서원:보급서관	1920	국립중앙도서관	강태공이 낚시질하는데 문왕이 찾아온 장면	전개	재미
		회동서관	1925	국립중앙도서관	강태공이 낚시질하는데 문왕이 찾아온 장면 (대창서원 것을 모사하였으나 수준이 거의 비슷)		
		세창서관	1952	홍윤표 교수 소장	대창서원과 유사		
곽분양전	곽분양실기	회동서관	1925	『한국의 딱지본』	부양왕이 된 곽자의 잔치 장면	결말	
고독각씨전(노처녀 고독각씨)	광명서관	1916	『한국의 딱지본』	고독각씨가 시집가는 장면	결말		
곽해룡전		영창서관:한흥서림	1925	국립중앙도서관	"卅騎로 天子를 救援하는 郭海龍"라는 삽어가 있음. 곽해룡이 천자를 구원하는 장면	절정	재미
권용선전		신구서림	1920	국립중앙도서관	권용선과 오소저가 서 있는 장면	·	자손,재미
권익중전	권익중전	박문서관	1926	국립중앙도서관	권익중이 악양루의 동정호에 빠져 자살하려다 그곳에서 죽은 이소저를 만나는 장면	위기	
	권익중전	재전당서포	1931	서울대학교 중앙도서관	박문서관과 동일	위기	
	권익중실기	신흥서관	1936	국립중앙도서관	박문서관과 동일	위기	
금강취유	금강취유	동미서시	1915	『한국의 딱지본』	덕현이 책을 보는데 신선이 피리를 부는 장면 (수준급 그림이다). 〈장화홍년전〉(동명서관, 1915) 구도와 유사	발단	
	금강취류	회동서관	1918	국립중앙도서관	동미서시와 동일	발단	
금고기관		신구서림	1918	국립중앙도서관	여인이 두 아이를 안고 있는 장면	·	

고소설 제명		발행처	연도	출처	책의도	소설 단계	광고 · 판권장문구
금낭이산	보심록	경성서적 업조합	1926	서울대학교 중앙도서관	광익서관과 동일	전개	
금방울전	능건난사	세창서관	1917	국립중앙 도서관	금방울과 막씨/요괴가 공주를 잡아가는 장면	결말	
	금방울전	조선서관	1916	국립중앙 도서관	변씨 모자가 도둑을 만나 돈과 옷을 뺏기고 나무에 매달린 장면/요괴가 공주를 잡아가는 장면	전개	
		신구서림	1921	국립중앙 도서관	금방울과 막씨/요괴가 공주를 잡아가는 장면	전개	
		덕흥서림	1925	홍윤표 교수 소장	신구서림과 동일	전개	
		회동서관	1925	서울대학교 중앙도서관	덕흥서림과 동일	전개	
		세창서관	1952	『한국의 딱지본』	신구서림과 동일	전개	
금산사몽유록		회동서관	1915	국립중앙 도서관	몽유자가 꿈을 꾸는 장면과 금산사에 중국 역대의 창업주인 한 고조 등이 모인 장면을 말풍선처럼 처리 (상당히 잘 그린 그림)		
금옥연		회동서관	1925	인터넷	암행어사가 금동이를 사면해주는 장면	결말	
금향정기		동양서시	1916	국립중앙 도서관	종경기가 금향정에서 갈명화를 만나는 장면	발단	
		신구서림	1924	국립중앙 도서관	동양서시를 그대로 모사 (수준이 약간 떨어짐)	발단	
김유신실기		영창서관	1926	서울대학교 중앙도서관	김유신 초상/전투장면	·	
		영화 출판사	1961	홍윤표 교수 소장	김유신 초상/전투장면	·	
김인향전		향민사	1972	한국민족 문화대백과 사전	정씨가 인향에게 거짓 편지를 보이며 매를 든 장면	전개	
김진옥전		덕흥서림	1916/흑백	국립중앙 도서관	"김진옥이 장안 디로에셔 함거를 씨치고 옥낭츠를 구ᄒᆞ다"라는 글귀가 있다. (흑백으로 상당히 잘 그린 그림)	결말	
		박문서관	1917/흑백	국립중앙 도서관	세 명의 장수가 전투하는 장면	·	
		대창서원	1920	국립중앙 도서관	박문서관 것을 모사	·	
		덕흥서림 :박문서관	1922	국립중앙 도서관	덕흥서림 것을 그대로 모사 (수준이 많이 떨어짐)	결말	
		영창서관	1925	국립중앙 도서관	덕흥서림 것을 그대로 모사	결말	
		광학서포	1925	권혁송 소장	진옥이 유부인을 구하는 장면	결말	
		태화서관	1929	국립중앙 도서관	덕흥서림 것을 그대로 모사 (수준이 많이 떨어지고 1922 박문서관과 그림이 다르다)	결말	

고소설 제명		발행처	연도	출처	책의도	소설 단계	광고· 판권장문구
김학공전	김학공전	영창서관	1923	서울대학교 중앙도서관	신계후가 권찰방 집에 가서 암행어사 를 외치는장면	절정	
	김학공전	신구서림/ 박문서관과 함께출간	1932	『한국의 딱지본』	김학공이 노복들을 징계하는 장면(옥 단춘전과 동일)	절정	기문
	신계후전	신구서림	1926	국립중앙 도서관	신계후가 권찰방 집에 가서 암행어사 를 외치는장면	절정	
남이장군실기		덕흥서림	1926	홍윤표 교수 소장	활통을 멘 남이 장군 모습(잘 그린 그림 임)	·	
		덕흥서림	1935	국립중앙 도서관	이순신실기(박문서관, 1925)를 그대로 모사	·	
남강월전	일대용녀남 강월	덕흥서림	1915	간호윤 소장	기영정 잔치에 이립과 남강월의 검술 장면	발단	기이
노처녀고독각씨		광명서관	1916	『한국의 딱지본』	고독각씨가 길례를 치르는 장면	결말	결말
당태종전		동미서시	1917	국립중앙 도서관	태종이 위징과 바둑을 두는 장면(상당 히 잘 그린 그림)	전개	
		회동서관	1926	서울대학교 중앙도서관	십대왕전에서 이춘영이 수박을 바치 는 장면	결말	
		동양대 학당	1929	국립중앙 도서관	동미서시 것을 모사(수준이 많이 떨어짐)	전개	
		세창서관	1952	홍윤표 교수 소장	회동서관과 동일	결말	
대성용문전		경성서관	1924	서울대학교 중앙도서관	소대성의 전투 장면		
도술 유명한 소강절전		광동서국 :동양서원	1926	국립중앙 도서관	말을 탄 장군의 모습과 도깨비가 집에 불을 놓는 장면	·	
동선기	동선화	박문서관	1915	『한국의 딱지본』	서문생과 그의 친구인 정만부와 쳐염 이 비파를 든 동선을 만나는 장면	전개	전개
박문수전		이문당	1933	홍윤표 교수 소장	임금인 듯한 이가 기우제를 지내는 장면	관계 없음	
		세창서관	1952	『한국의 딱지본』	이문당 것을 모사	관계 없음	

고소설 제명		발행처	연도	출처	책의도	소설단계	광고·편권장문구
박씨전		한성서관	1915/흑백	국립중앙도서관	선학을 타고 금강산에서 돌아오는 박씨와 이시백이 부친과 이야기 하는 장면(흑백)	전개	전개
		한성서관:유일서관	1917	국립중앙도서관	한성서관과 동일(컬러)	전개	
		조선도서	1923	국립중앙도서관	한성서관과 동일(컬러)	전개	
		대창서원	1920/흑백	국립중앙도서관	박씨부인이 장군 복장으로 말을 탄 모습과 아이들을 가르치는 장면(흑백)	관계 없음	
		경성서적조합	1926	서울대학교중앙도서관	한성서관 모사(컬러)	전개	
		세창서관	1961	『한국의 딱지본』	한성서관과 동일	전개	
		향민사	1978	간호윤 소장	한성서관 것을 모사(배경이 없고 새로 그린 것)	전개	
박태보실기		덕흥서림	1916	국립중앙도서관	"朴泰輔 行年 二十四歲에 謁聖壯元흐야 長安大路로 나오난 光景"이라고 적혀 있음(상당히 잘 그린 그림)	전개	
반씨전		대창서원	1918	국립중앙도서관	반씨가 누각에서 있는 장면	·	기이
백학선전		세창서관	1961	간호윤소장	백학선을 들고 있는 유 상서와 말을 탄 유백로의 모습		
불가살이전		광동서국	1922	『한국의 딱지본』	불가살이의 모습	·	
		우문관서회	1927	서울대학교중앙도서관	광동서국과 동일	·	
보심록(금낭이산)		성문당서점	1936	『구활자소설 총서』 10	화익삼이 강에 빠져 죽으려는 처녀를 살리는 장면	전개	기이/복선화음/재미
봉황금		세창서관	1952	『한국의 딱지본』	마용이 장령의 부인 방에서 거문고를 타는 장면	전개	복선화음
불로초		유일서관	1913/흑백	국립중앙도서관	풀(해당화, 모란, 해당화?)을 뜯적이는 토끼 모습	·	
사대장전		광하서포	1926	서울대학교중앙도서관	사대장이 행군 장면(잘 그린 그림)	·	
사명당전	도승사명당전	회동서관	1928	『한국의 딱지본』	사명당과 제자들의 모습	·	
	사명당전	영화출판사	1961	홍윤표 교수 소장	회동서관 것을 모사	·	
	임진왜란사명당전	향민사	1968	간호윤소장	영화출판사와 동일	·	
사육신전		신구서림	1935	국립중앙도서관	사육신의 묘 앞의 모녀(그림이 현대화하였다)	전개	복선화음
삼생기연		대혁서관	1923	간호윤 소장	양복을 입은 하이칼라 신사 세 명		기이

고소설 제명		발행처	연도	출처	책의도	소설 단계	광고· 관련광고구
삼문규합록		신구서림	1918	홍윤표 교수 소장	괴이하게 생긴 장옥/장옥이 혼인하는 장면	전개	기이
삼선기		이문당	1918	국립중앙 도서관	동자가 이춘풍을 기생에게 유인하는 장면	전개	
삼쾌정		세창서관	1961	『한국의 딱지본』	박성도가 삼쾌정에 앉아 있는 장면	·	
생육신전		신구서림	1935	국립중앙 도서관	의미 없는 집 그림	·	
서동지전		영창서관 :한양서적 업조합소	1918	국립중앙 도서관	쥐 그림	·	
		대창서원 :보급서관	1921	국립중앙 도서관	호랑이 앞의 쥐와 토끼	·	
		영창서관 :한흥서림	1922	국립중앙 도서관	대창서원과 동일	·	
		회동서관	1925	국립중앙 도서관	대창서원과 동일	·	
서상기	대월서상기	?	1916/흑백	국립중앙 도서관	"一牲香은 願遷父이 무生天界케 ᄒ쇼 셔 一牲香은 願中堂 老母가 百年石壽 케 ᄒ쇼셔 一牲香은 ᄒ고 鸎鸎이 良久 不語科라"라는 삼어가 보인다. 1점 삽 화(법홍, 법본, 두장군, 혜명, 정항, 손비호)가 있다.	·	
		신구서림	1923	국립중앙 도서관	장군서와 앵앵이 만나는 장면(위의 책 과 동일, 컬러)	·	
		세창서관	1961	간호윤소장	장판교 위의 장비와 조자룡이 칼을 든 장면(서상기에는 이런 장면이 없다)	관계 없음	
	(선한쌍문) 서상기	회동서관	1930	서울대학교 중앙도서관	앵앵과 시비	·	
서유기(언한문)		조선서관	1913/흑백	국립중앙 도서관	삼장법사 일행(흑백, 상당히 잘 그린 그림)	·	
서유기(언한문)		박문서관	1921/흑백	국립중앙 도서관	삼장법사 일행(흑백, 상당히 잘 그린 그림)	·	
서정기		박문서관	1923	『한국의 딱지본』	전투장면	·	
석화룡전		대창서원	1919	『한국의 딱지본』	석화룡이 말을 타고 달리는 장면	·	
설정산실기		세창서관	1952	홍윤표 교수 소장	번이화가 용을 탄 장면(확인)	·	
설홍전		영창서관 :한흥서림	1929	국립중앙 도서관	전투장면으로 '장(張)'이라 쓴 기가 보이는 것으로 미루어 다른 표지인 듯하다	관계 없음	
		영창서관	1929	서울대학교 중앙도서관	전투장면으로 '설(薛)'이라 쓴 기가 보 인다.(잘 그린 그림)	·	

고소설 제명		발행처	연도	출처	책의도	소설 단계	광고· 관권장문구
성종대왕실기		덕흥서림	1930	『한국의 딱지본』	성종이 미복으로 밤에 순행하는 장면	·	
세종대왕실기		덕흥서림	1961	『한국의 딱지본』	세종대왕 모습	·	회고 찬미
소약란직금도		신구서림	1916	국립중앙 도서관	"소약란이 비단을 짠다"라는 글귀가 있는 장면	전개	
소진장의전		광동서국	1918	국립중앙 도서관	소진, 장의가 길을 걷는 장면	·	
		보성서관	1938	『한국의 딱지본』	소진, 장의가 길을 걷는 장면(광동서국 것 모사)	·	
소한림전		대성서림	1928	『한국의 딱지본』	한림이 동자와 있는 장면	·	
손방연의		회동서관	1918	서울대학교 중앙도서관	방연이 버드나무에 자신의 죽음을 써 놓은 글을 보는 장면(잘 그린 그림). 龐涓 死地樹下라는 삽어가 나무에 써 있음	절정	
손오공		회동서관	1922	국립중앙 도서관	염왕이 보낸 두 사람이 손오공을 잡으러 오는 모습	전개	
수양제행락기		?	1918	인터넷	한림이 동자와 있는 장면	·	
신숙주 부인전	신숙주부인	세창서관	?	『한국의 딱지본』	신숙주가 돌아오고 부인이 돌아서는 집안 장면	절정	
	신숙주 부인전	회동서관	1930	홍윤표 교수 소장	신숙주가 돌아오고 부인이 목매는 장면	절정	
(의기남아) 신립신대장실기		태화서관	1927		활을 쏘는 신립 모습(잘 그린 그림임)	·	
신유복전		박문서관	1928	『한국의 딱지본』	광문서시와 동일	절정	특별
		영창서관	1928	국립중앙 도서관	광문서시와 동일	·	
		세창서관	1928	『한국의 딱지본』	광문서시와 동일	절정	
		성문당 서점	1935	국립중앙 도서관	광문서시와 동일	십생구사	
		세창서관	1952	홍윤표 교수 소장	김정승의 딸이 운선을 여자로 변장시켜 배를 타고 옥향의 별당으로 가는 장면	전개	전개
쌍미기봉		회동서관	1916	간호윤소장	황진이 운아의 방을 넘겨다 보는 장면	전개	
양귀비		광문사	1922	『한국의 딱지본』	양귀비의 초상	·	

고소설 제명		발행처	연도	출처	책의도	소설단계	광고·판권장문구
양산백전		유일서관	1915	국립중앙도서관	여주인공이 애련정으로 가는 장면(흑백) "月光如水水如天~"시를 넣었다	·	기이
		박문서관	1917/흑백	국립중앙도서관	유일서관과 동일	·	
		한성서관	1918/흑백	국립중앙도서관	유일서관과 동일	·	기이
		회동서관	1925	『한국의딱지본』	한성서관 것을 모사(시 없음)	·	기이
		덕흥서림	1925	국립중앙도서관	회동서관과 동일	·	
		영창서관	1928	국립중앙도서관	회동서관과 동일	·	기이
양주봉전		한성서관	1917	『한국의딱지본』	전투장면	·	
양풍운전	양풍운전	한성서림	1915	『한국의딱지본』	집안 정경(의미 없는 듯)	·	고진감래/경계
	양풍운전	영화출판사	1961	『한국의딱지본』	양풍운이 말을 타고 싸우는 장면	·	
어룡전		광동서국	1923	『한국의딱지본』	어룡의 전투장면	·	
		회동서관	1925	국립중앙도서관	광동서국 모사	·	
		태화서관	1931	국립중앙도서관	광동서국과 동일	·	
		향민사	1971	간호윤소장	어룡의 전투장면(광동서국과 동일)	·	
영웅호걸		세창서관	?	『한국의딱지본』	주인공이 말 탄 장면	·	
영조대왕야순기		대성서림	1929	국립중앙도서관	심생원/홍세영 과거 급제 이야기	결말/전개	
오성과 한음		세창서관	1952	『한국의딱지본』	두 사람의 대화 장면(현대식 두발)	·	
왕장군전		세창서관	1952	홍윤표 교수소장	이화정서전과 동일	·	
옥낭자전		세창서관	1952	홍윤표 교수소장	옥낭자의 초상	·	

고소설 제명		발행처	연도	출처	책의도	소설 단계	광고·관권장문구
옥련몽	옥련몽(1~4)	삼문사	1918	『한국의 딱지본』	1권:문창이 제방옥녀 등 5명의 여인과 있는 장면 2권:선낭이 옥피리를 원수에게 전하는 장면 3권: 알 수 없음 4권: 알 수 없음	발단	충효/권선징악
	강남홍전	경성서적	1926	국립중앙도서관	훼손되어 알 수 없음	·	
		회동서관	1926	서울대학교 중앙도서관	두 사람의 대화 장면	·	
옥루몽 1~4		대창서원	1927	서울대학교 중앙도서관	신구서림과 동일(컬러)	·	
(연정) 운영전		영창서관	1925	서울대학교 중앙도서관	빨래하는 여인과 이를 보는 사내(관계 없는 그림인 듯)	·	
울지경덕실기		신구서림	1925	서울대학교 중앙도서관	전투 장면으로 세련된 그림	·	
원두표실기		태화서관	1930	인터넷	원두표가 흰 말을 탄 장면		
		세창서관	1962	『한국의 딱지본』	원두표가 임금을 알현하는 장면	결말	
월봉산기	월봉산기	박문서관	1916	『한국의 딱지본』	재판을 받는 장면(조선서관 것과 동일)	결말	효칙
		조선서관	1916/흑백	국립중앙도서관	재판을 받는 장면	결말	
		유일서관	1917/흑백	국립중앙도서관	물에 빠진 정소저를 거북이 구해주는 장면	전개	
		신구서림	1918	국립중앙도서관	유일서관과 동일	전개	
		신구서림	1924	국립중앙도서관	조선서관과 동일	결말	
		경성서적	1926	국립중앙도서관	유일서관과 장면	전개	
		세창서관	1961	간호윤소장	잔치 장면	결말	
	고대소설 월봉기	광문사	1916	간호윤소장	어사가 된 소운이 조대와 만나는 장면	전개	
	옥소기연	신구서림	1915	간호윤소장	장언경이 신선 앞에서 피리를 부는 장면	발단	
월영낭자전		한성서관	1917	『한국의 딱지본』	여주인공이 시비와 달밤에 정자 앞에 서있는 장면	전개	충효/열행
		회동서관	1925		한성서관과 동일	전개	

고소설 제명		발행처	연도	출처	책의도	소설 단계	광고· 판권장문구
유문성전		조선도서 주식회사	1925	서울대학교 중앙도서관	유문성의 전투 장면	·	
		세창서관	1952	홍윤표 교수 소장	유문성의 전투 장면	·	적선
		영화 출판사	1961	『한국의 딱지본』	세창서관 것을 모사	·	적선
육효자전		박문서관	1919(3판)	홍윤표 교수 소장	회동서관과 동일(삼어는 없음)	절정	
		회동서관	1916	『한국의 딱지본』	'김효징이 가듸 장가가는구나'라는 글 귀가 보인다	절정	
원두표실기		세창서관	1962	『한국의 딱지본』	원두표와 임금이 만나는 장면	결말	
음양옥지환		박문서관	1914	『한국의 딱지본』	화수영이 책을 읽고 이국량이 화만수 에게 옥지환을 받는 장면	전개	기이
		신구서림	1924	서울대학교 중앙도서관	박문서관과 동일(컬러만 다름)	전개	
을지경덕실기		신구서림	1918	국립중앙 도서관	을지경덕의 전투장면	·	
이대봉전		회동서관	1925	서울대학교 중앙도서관	영창서관과 동일	·	
이순신전	이순신실기	영창서관	1921	홍윤표 교수 소장	이순신 모습/거북선	·	
	이순신실기	박문서관	1925	『한국의 딱지본』	이순신 모습	·	
	이순신전	영화 출판사	1961	『한국의 딱지본』	이순신 모습/거북선	·	
이진사전		신구서림	1915	『한국의 딱지본』	경패를 가마에 태워 데려 감/ 여승으 로 변장한 경패가 이진사를 찾는 장면	위기	부귀 영화
이태경전		동아서관	1916/흑백	국립중앙 도서관	이태경의 전투장면(흑백, 상당히 잘 그린 그림)		
이태백실기		세창서관	1915	국립중앙 도서관	이태백이 노파와 만나는 장면	발단	
		신구서림 :박문서관	1925	국립중앙 도서관	이태백이 글을 쓰는 장면(상당히 잘 그린 그림)	·	
이화몽		신구서림	1914	『한국의 딱지본』	이원성이 암행어사로 평안감영에 출 두 장면	절정	
이화정서전		세창서관	1952	『한국의 딱지본』	이화가 양번을 죽이는 장면	전개	
설정산실기		박문서관	?	『한국의 딱지본』	설정산이 고기를 타고 이화와 싸우는 장면	전개	
인둑겁전		삼광서림	1927	서울대학교 중앙도서관	왜색풍의 옷을 입은 여인들이 사냥하 는 모습/하단에 두꺼비	·	

고소설 제명		발행처	연도	출처	책의도	소설 단계	광고 · 판권장문구
임거정전		태화서관	1931	서울대학교 중앙도서관	활을 든 임거정으로 보이스카웃 복장 (?)	·	
임경업전	림경업전	태화서관	1928	홍윤표 교수 소장	임경업의 전투 장면	·	
		이문당	1936	디지털한글 박물관	태화서관 것을 모사	·	
		세창서관	1952	『한국의 딱지본』	태화서관 것을 모사	·	
임오군란기		덕흥서림	1930	국립중앙 도서관	"王后가 武監에게 업히시고 播遷하시다"	절정	
임진명장이여송실기		덕흥서림	1933	권혁송 소장	이여송이 말 탄 장면(역동적인 말의 모습)	·	
임진록		세창서관	1952	『한국의 딱지본』	이순신과 거북선	·	
		향민사	1968	『한국의 딱지본』	세창서관 구도를 그대로 본떠 그림	·	
임호은전		대성서림	?	『한국의 딱지본』	임호은이 말 탄 장면	·	유명
		경성서적 업조합	1926	서울대학교 중앙도서관	임호은이 말 탄 장면(상당히 잘 그린 그림)	·	
임화정연		조선도서 주식회사	1923/이도영 (?)	『한국의 딱지본』	꽃과 나비(〈옥중화〉와 비슷)	·	
장경전		회동서관	1925	서울대학교 중앙도서관	의미 없는 그림	관계 없음	
		세창서관	1952	『한국의 딱지본』	의미 없는 장면인 듯	관계 없음	
장국진전		박문서관	1925	서울대학교 중앙도서관	동아서관을 모사	위기	
장끼전		회동서관	1925		장끼를 잡아가는 장면	·	
		경성서적	1926	국립중앙 도서관	회동서관과 동	결말	
장익성전		광문서시	1920	국립중앙 도서관	모란꽃 그림	전개	
		광문서시	1922	국립중앙 도서관	"張元帥가 匹馬單騎로 妍臣百官 屠殺ㅎ고 賊將兩人의 不測變化之術를 掃蕩ㅎ고 裵賊七兄弟를 幷斬ㅎ 後 南蠻王平守膽을 嚴戒ㅎ야 宋室을 회복ㅎ다"라는 삽어가 있다.	절정	적선
		광문서시	1922	국립중앙 도서관	모란꽃 그림	전개	
		박문서관	1926	『한국의 딱지본』	광문서시 그림을 모사	절정	절정

고소설 제명		발행처	연도	출처	책의도	소설 단계	광고·판권장문구
장자방실기		회동서관	1926	서울대학교 중앙도서관	장자방이 '구정(九鼎)'이란 삶어가 쓰인 솥을 들고 있는 장면	·	
		세창서관	1952	『한국의 딱지본』	회동서관과 동일	·	
장학사전		회동서관	1926	홍윤표 교수 소장	소씨가 강물에 뛰들고 한어사가 구하는 장면	절정	
		세창서관	1952	『한국의 딱지본』	장비와 마초란 쓴 군기를 세우고 행진하는 장면(내용과 다름)	관계 없음	
장한절효기		신명서림	1915	국립중앙도서관	한부인이 죽은 남편의 원수를 갚기 위하여 오태수에게 독주를 먹여 살해하고 피신하는 장면(상당히 잘 그린 그림)	발단	적선
장화홍련전		동명서관	1915	『한국의 딱지본』	홍련이 장화에게 안기어 있는 장면	〈금강취유〉 구도와 유사	알 수 없음
		영창서관	1917/흑백	국립중앙도서관	허씨가 쥐를 들고 배좌수에게 장화를 모함하는 장면	전개	
		한성서관	1917	국립중앙도서관	장화가 죽으려 못으로 뛰어들고 호랑이가 장쇠에게 달려드는 장면	위기	
		대창서관	1923	국립중앙도서관	장화가 죽으려 못으로 뛰어들고 호랑이가 장쇠에게 달려드는 장면(한성서관 것 모사)	위기	
		조선도서 주식회사	1923	『한국의 딱지본』	(한성서관 것 모사)	위기	
		경성서관	1926	국립중앙도서관	(한성서관 것 모사)	위기	
		동양대학당	1929	국립중앙도서관	(한성서관 것 모사)	위기	
적벽가·황부인전(합본)		세창서관	1952	『한국의 딱지본』	황부인전 전투장면	·	
적성의전	적성의전 (덕성의전)	영창서관	1917	국립중앙도서관	일영주를 구해 오는 성의를 형인 항의가 죽이는 장면	위기	
		회동서관	1926	서울대학교 중앙도서관	의미 없는 그림	·	
		세창서관	1952	『한국의 딱지본』	영창서관과 동일	위기	
	장화홍련전 (부:적성의전)	세창서관	1915	국립중앙도서관	적성의가 피리 부는 장면	위기	
전우치전		(교정)영창서관	1918	국립중앙도서관	전우치가 천상 선관으로 가장하여 피리를 불고 임금이 황금 들보를 만들어 바치는 장면	전개	
		해동서관	1918	국립중앙도서관	의미를 알 수 없는 그림	·	
		세창서관	1952	홍윤표 교수 소장	국립중앙도서관과 동일	전개	

고소설 제명		발행처	연도	출처	책의도	소설 단계	광고·판권장문구
정도령전		영창소림	1925	인터넷	정도령이 길을 걷는 장면 (윗 부분이 찢어져 알 수 없음)	발단	
		세창서관	1962	『한국의 딱지본』	소운전을 그대로 모사	발단	
정수경전		한성서관	1918	서울대학교 중앙도서관	정수경이 행군하는 장면(흑백, 상당히 잘 그린 그림)	.	
		대조사	1959	『한국의 딱지본』	정수경이 전투하는 장면	.	신기/ 여장군
		향민사	1972	알 수 없음	정수경이 전투하는 장면	.	
정수정전	녀자충효록	회동서관	1925	서울대학교 중앙도서관	정수정이 전투하는 장면		
		세창서관	1952	『한국의 딱지본』	회동서관과 동		
	녀장군전	세창서관	1952	『한국의 딱지본』	정수정이 호 왕과 싸워 장영을 구하는 장면 衝義女將, 戰地求郞	전개	
정을선전		박문서관	1918	서울대학교 중앙도서관	정을선이 과거에 급제하여 삼일유가 하는 장면	전개	
		덕흥서림	1925	홍윤표 교수 소장	박문서관 모사	전개	기이
		영화 출판사	1961	『한국의 딱지본』	박문서관 모사	전개	기이
정포은전	덩포은전	덕흥서림	1929	홍윤표 교수 소장	정몽주의 초상(흑백)과 선죽교	.	
	선죽교	회동서관	1930	『한국의 딱지본』	포은이 선죽교에서 죽는 장면	절정	
조생원전		신구서림	1917	국립중앙 도서관	강물에 투신하는 조생원의 며느리 김 부인을 유여사가 구하는 장면	절정	
		세창서관	1961	『한국의 딱지본』	신구서림 모사	위기	재미
주원장창업실기 (쥬원장창업실긔)		대창서원	1919	홍윤표 교수 소장	"남아 난시를 당하여~" "천시를 부지고 천명을 거역하엿사 오니~" 원문을 그대로 옮겨 놓았다.	결말	
진대방전		신구서림	1917	국립중앙 도서관	진대방 가족이 태수 앞에 나아가 꾸지 람을 듣는 장면	절정	충효/ 경계
		세창서관	1962	『한국의 딱지본』	신구서림을 조잡하게 모사	절정	
진장군전(진성운전)		대창서원	1916	『한국의 딱지본』	진소저와 시비가 석문암으로 가는 장 면/진성운이 배를 타고 도망하는 거을 군사들이 쫓는 장면	위기	위기

고소설 제명		발행처	연도	출처	책의도	소설단계	광고·권권장문구
창선감의록	창선감의록	경성서적조합	1926	『한국의 딱지본』	여승 청원이 남씨에게 선약을 먹여 살리는 장면	전개	선(善)·의(義)
		신구서림	1926	서울대학교 중앙도서관	경성서적조합 모사(?)	전개	
청년회심곡		신구서림	1914	『한국의 딱지본』	남주인공과 여주인공이 만나는 장면	발단	기이
최고운전		신영서림	1927	홍윤표 교수 소장	최치원이 높은 모자를 쓰고 황제의 궁궐에 들어가는 장면	위기	
		회동서관	1930	서울대학교 중앙도서관	신영서림 모사	위기	
		세창서관	1952	간호윤소장	신영서림과 동일	위기	
청년회심곡		신구서림	1914	『한국의 딱지본』	남주인공과 여주인공이 만나는 장면	발단	기이
		영창서관	1926	인터넷	신구서림과 동일	발단	기이
최현전	최장군전	경성서관	1924	인터넷	최장군의 모습		
충무공이순신실기		영창서관	1921	홍윤표 교수 소장	이순신/거북선		
콩쥐팥쥐전		태화서관	1928	『한국의 딱지본』	콩쥐와 팥쥐가 정자에 있는 장면		
	김씨렬행록	대창서원	1919	서울대학교 중앙도서관	쥐가 연미복을 입고 있는 모습	·	
타호무송		?	?	『한국의 딱지본』	무송이 호랑이를 치는 장면	전개	
평안감사		세창서관	1931	『한국의 딱지본』	평안감사 잠자는 장면	·	
평양공주전		덕흥서림	1926	서울대학교 중앙도서관	온달과 평강	·	
한후룡전		동양대학당	1930	인터넷	'후룡'이라 쓴 기를 세우고 출전하는 장면	결말	
현수문전		태화서관	1918/흑백	『한국의 딱지본』	현수문의 전투장면	·	
		신구서림	1920	국립중앙도서관	현수문의 전투장면"匹馬單騎로 宋天子를 救援ᄒᆞᆫ 萬古忠臣에 魏王 玄壽文"이란 삽어가 있다 (상당히 잘 그린 그림)	·	
		대산서림	1926	서울대학교 중앙도서관	신구서림 모사	·	
현씨양웅 쌍린기	상	덕흥서림	1919	간호윤소장	현사인이 능선을 문초하는 장면	위기	
	하	덕흥서림	1919	간호윤소장	왕을 모시고 있는 장면	·	
형산백옥		신구서림	1915	『한국의 딱지본』	유침 부부가 유후묘에 기자 치성/아이들이 노는 장면	발단	

고소설 제명	발행처	연도	출처	책의도	소설 단계	광고·판권장문구
홍경래실기	신문관	1917	국립중앙도서관	장군이 활을 멘 모습(수준급의 작품) (동일)	·	
	광학서관	1917	국립중앙도서관			
	박문서관	1929	국립중앙도서관	장군이 활을 멘 모습(신문관 것을 조잡하게 모사)		
	신구서림	1929	국립중앙도서관	장군이 활을 멘 모습(신문관 것을 조잡하게 모사)		
홍계월전	광동서국	1916/흑백	국립중앙도서관	홍계월의 전투 장면(흑백, 상당히 잘 그린 그림)	·	
	신구서림	1920	국립중앙도서관	광동서국 것에 컬러를 입혔다.		
	대산서림	1926	홍윤표 교수 소장	홍계월이 말을 탄 모습		
	회동서관	1926	서울대학교 중앙도서관	광동서국에 컬러		
	세창서관	1961	『한국의 딱지본』	홍계월이 말을 탄 모습 (대산서림을 치졸하게 본뜸)		
홍길동전	회동서관	1926	서울대학교 중앙도서관	덕흥서림을 보고 유사하게 본뜸	·	
황월선전	향민사	1972	『한국의 딱지본』	설연과 황운의 모습	·	
황장군전	동미서시	1917/흑백	국립중앙도서관	설연과 황운의 모습	·	재미
	신구서림	1924	국립중앙도서관	동미서시 모사	·	
	박문서관	1925	『한국의 딱지본』	동미서시	·	
	세창서관	1952	권혁송소장	황장군이 말 탄 모습(수준급의 작품) 「홍경래실기」(세창서관, 1951과 동일)	·	
회심곡	향민사	1972	『한국의 딱지본』	설연과 황운의 모습	·